Jan Behl

Gefangene Leidenschaft

© 2021 - Jan Behl
Alle Rechte vorbehalten und der Inhalt entsprang meiner Fantasie. Alle Rechte vorbehalten.

Autor: Jan Behl
BehlMedia - Medien & More
www.behlmedia.de

TWENTYSIX
Eine Marke der Books on Demand GmbH
Herstellung und Verlag:
BoD – Books on Demand, Norderstedt
ISBN: 9783740784034

Dieses Buch widme ich meiner Frau die in meinen dunkelsten Tagen immer zu mir gehalten hat und danke ihr dafür sehr!

Prolog

Der Begriff Parallelwelt oder Paralleluniversum bezeichnet eine Welt oder ein Universum das außerhalb des bekannten Universums existiert. Die Gesamtheit aller Parallelwelten wird als Multiuniversum bezeichnet. Parallelwelten sind vor allem aus der Science-Fiction bekannt, ihre theoretische Möglichkeit wird jedoch auch in Bereichen der Physik diskutiert, z.B. in der Astrophysik der sogenannte dunkle Fluss. In einem übertragenen Sinne wird der Begriff auch in der Psychologie und in den Gesellschaftswissenschaften verwendet.

Doch was nützte es einem, wenn in der Parallelwelten Vampire lebten, die verschiedene Clans waren und gegeneinander um Macht kämpften?

Rosalie

Kapitel 1

Wow Rosalie! Dein neues Buch ist der Hammer, quietschte Jane vor Freude und sah mich über den Rand meines neuen Bestsellers an. Ihre blauen Augen leuchteten mich an, während ihre roten kurzen Haare in alle Richtungen abstanden und sie mich musterte. Jane war schlank, hatte wunderbare Rundungen und heute steckte sie in einem dunkelgrünen Kleid was sich furchtbar mit ihrem roten Haar biss. Ich hingegen besaß hellgrüne Augen, braunes langes Haar, hatte ebenfalls perfekte Rundungen und ich trug ein geblümtes Kleid. „Danke Jane. Ich habe mich wiedermal selber übertroffen. Das sagt mir zumindest Dallas", bedankte ich mich, Jane klappte das Buch zu und legte es zur Seite. „Jetzt sei mal ehrlich Rose. Dallas ist total vernarrt in dich und du hast nur deine Arbeit im Auge. Habe endlich mal mehr Spaß am Leben, und amüsiere dich, bevor du noch als alte Jungfer ins Grab gelegt wirst. Du bist sogar noch Jungfrau Rose", schimpfte sie, ich nippte an meinem Glas Eistee und seufzte schließlich.

Jane hatte ja Recht gehabt, denn ich hatte damals einen Freund gehabt aber noch nie mein erstes Mal gehabt. „Ich kann nicht Jane! Dallas ist nur ein guter Freund und außerdem schreibe ich schon wieder an einem neuen Buch und das muss in einem halben Jahr fertig sein", erwiderte ich, stellte das Glas beiseite und erhob mich.

„Du bust zu sehr in deine Arbeit verliebt und es würde mich nicht wundern, wenn du sie irgendwann heiratest", fügte Jane noch hinzu und ich musste lachen. „Ich sage dir Bescheid wann die Hochzeit ist, damit du meine Trauzeugin sein kannst", sagte ich, Jane verdrehte die Augen und begleitete mich noch zur Tür. „Kommst du morgen Abend mit zur Party von Dallas oder vergräbst du dich hinter deiner Arbeit? Einsam und alleine?", fragte sie mich, ich zog die Strickjacke an und schlüpfte in meine weißen Highheels, bevor ich sie kurz umarmte.

„Das könnte durchaus passieren und das Alleinsein ist nicht schlimm Jane. Ich bin gerne alleine und habe dadurch meine Ruhe."

„Denke an meine Worte Rosalie! Du wirst am Ende eine alte Junger sein und dann ist es zu spät." Ich werde daran denken, wenn ich im Altersheim sitze und Linsensuppe schlürfe." Wir mussten Beide darüber lachen, umarmten uns ein letztes Mal und ich machte mich auf den Weg zum Fahrstuhl um nach unten zu fahren. Als ich in den Fahrstuhl stieg standen dort zwei 16 Jährige, sie fuhren ebenfalls nach unten und musterten mich grinsend. Oh Gott hatten die nur das Eine im Kopf gehabt? Das waren echt hormongesteuerte Teenager, die sich nicht unter Kontrolle hatten und allen nahmen was nicht bei drei auf den Bäumen war. „ Hey du! Hast du einen Freund?", fragte mich der mit dem Basecap auf dem Kopf, ich warf ihm einen Blick zu und grinste.

„Aber sicher doch und wir sind sogar schon verlobt", antwortete ich, log ihn perfekt an und wurde noch nicht einmal rot dabei. „Oh schade! Ich wäre gern dein Freund gewesen." Der Fahrstuhl hielt, ich stieg zuerst aus, wandte mich zu den Beiden um und lächelte zuckersüß. „Tut mir leid aber deine Jungfräulichkeit solltest du woanders verlieren, Kleiner", fügte ich noch hinzu, er wurde knallrot und sein Kumpel fing an zu lachen. Ich trat nach draußen wandte mich nach rechts und trat auf meinen geliebten blauen Mercedes zu. Dabei warf ich einen Blick in den Himmel, dieser war dunkel bewölkt und es sah nach regen aus. Ich steig als eilig ins Auto, schnallte mich an, startet den Motor und fuhr in den New Yorker Nachmittagsverkehr. Als ich in einen Stau geriet, fing es an zu regnen und schon bald arbeiten meine Scheibenwischer auf Hochtouren.

 Während ich wartete, dass ich vorankam hörte ich gerade Christina Aguilera, summte mit und hatte gute Laune. Meine Bücher waren auf den Bestsellerlisten ganz oben gewesen, ich hatte ein Interview hinter mir und mein Konto sprengte fast den Rahmen. Dabei war ich gerade mal 20 Jahre alt, hatte mit 16 angefangen und da war mein erstes Buch ebenfalls ein Hit. Endlich nach einer ellenlangen Fahrt fuhr ich in die Tiefgarage meines Appartments , parkt auf meinem privaten Parkplatz stieg aus und sperrte mein Auto ab. Langsam trat ich zum Fahrstuhl, bestieg ihn und fuhr in das 20 Stockwerk. Unterwegs dachte ich nach was ich noch tun wollte, lächelte und hatte schon meine Ideen. Ein heißes Bad nehmen, den zweiten Band meiner Lieblingsbuchreihe dabei lesen und mich danach mit einer Tasse heißen Kakao vor den Laptop setzen um mein eigenes Buch zu schreiben. Der Fahrstuhl hielt, die Türen glitten auf und ich trat auf den Gang, der wie immer sehr still war. Ich zog den Schlüssel aus der Tasche, steckte ihn ins Schloss und kurz darauf hatte ich die Highheels ausgezogen, die nun in der Ecke lagen.

 Mein Weg führte ins Badezimmer was eine große Eckbadewanne besaß, mein Buch lag bereit und ich leis heißes Wasser in die Badewanne laufen. Langsam schlüpfte ich aus den Klamotten, band mein braunes Haar hoch damit es nicht nass wurde und sobald ich in der Wanne saß, lehnte ich mich entspannt zurück. Ich hatte die Augen geschlossen und seufzte und Dampf stieg auf, was einen leichten Neben in der Luft bildete. Schon nach wenigen Minuten nahm ich das Buch, schlug die markierte Stelle auf und las weiter. Es war ein weltberühmter Erotikroman, die Erzählungen der Protagonistin kurbelte meine Fantasie an und schon manches mal hatte ich den Wunsch mit ihr zu tauschen. Doch so einen Typen gab es leider nicht, nach fast zwei Stunden legte ich das Buch beiseite und stieg aus der Badewanne.

    Dann trocknete ich mich ab, schlüpfte in neue Unterwäsche, eine Jogginghose und einem alten T-Short in Rosa und ging in die Küche um mir aus dem Kakaoautomaten einen Becher heißen Kakao zu holen. Nebenbei bestellte ich mir eine Pizza, ging zu meinem Schreibtisch, fuhr den Laptop hoch und stellte den Kakao ab. Schon klingelte es an der Tür, ich nahm mein Geld, öffnete und vor mir stand der Pizzabote. „Das macht 15,95$, Miss", sagte er, ich gab ihm 20 Dollar, nahm die Pizza entgegen und schloss lächelnd die Tür hinter mir. Der Duft der Pizza drang mir in die Nase, ich schloss genussvoll die Augen und freute mich auf den Geschmack der Schinkenpizza mit viel Käse. Der Laptop stand bereit, ich verschlang die Pizza und als ich fertig war, setze ich mich an meine Arbeit. Genüsslich trank ich den Kakao, starrte auf den Bildschirm, öffnete dann den Order und begann zu schreiben. Meine Finger flogen über die Tastatur, ich war in meinem Element und hatte sehr viele Ideen gehabt. Draußen tobte der Sturm vor meinem Fenster, es heulte lautstark und ich bemerkte es kaum.

Da wusste ich nur noch nicht, dass sich mein Leben in wenigen Minuten komplett verändern würde und meine Welt auf den Kopf stand. Das Telefon meldete sich, ich erhob mich, hob ab und Janes Stimme ertönte. „Bei mir ist Stromausfall! Ich sitze hier im kompletten Dunkeln", jammerte sie, ich sah aus dem Fenster und alles was ich sah war vom regen verschwommen. „Ich habe noch Licht aber wer weiss wie lange noch, denn ich bin schon wieder am schreiben habe unendlich viele Ideen", erwiderte ich, das Licht flackerte und kurz darauf stand ich im Dunkeln. „Okay ich nehme es zurück", murmelte ich, es kam von Jane nichts zurück und als ich mein Telefon anstarrte, wusste ich, dass es tot war. Also steckte ich es auf die Station, ging in die Küche und öfter eine der vielen Schubladen und holte die Taschenlampe raus um in den Keller zu gehen. Bevor ich jedoch gehen konnte meldete sich mein Handy, ich verdrehte die Augen und schon hörte ich die Stimme von Jane. „Stromausfall?", fragte sie, ich bejahte und nahm meinen Schlüssel.

„Ja ich wollte gerade in den Keller gehen und nach dem Stromkasten schauen ob ich etwas tun kann", antwortete ich, Jane schnappte nach Luft und protestierte sofort. „Nein tu es nicht Rose! Dort könnte etwas passieren! Bitte wäre bis der Stromausfall vorbei ist", flehte sie, ich hielt in der Bewegung inne und runzelte die Stirn. „Was hast du? Denkst du ich bekomme einen Stromschlaf, wenn ich es anfasse?, fragte ich sie, musste grinsen und sie bejahte leise. „Jane also wirklich! Glaubst du etwa ich bin so blöd und fasse den Stromkasten an?" „Naja...eigentlich nicht aber ich bin mir da nicht so sicher." „Jane bitte, du kennst mich doch! Ich schau es mir nur genauer an. Danach rufe ich dich wieder an." „Okay Rose. Pass auf dich auf. Nicht das du die Treppe hinabstürzt", murmelte sie, ich versprach es ihr und legte auf. Dann nahm ich die Taschenlampe, schaltete diese ein und seufzte , da die Batterien alle waren. Wie sollte ich den nachschauen, wenn ich andauernd aufgehalten wurde? Also suchte ich neue Batterien raus, setzte sie in die Taschenlampe ein, schaltete diese an, nahm meine Schlüssel und verließ mein Appartement.

Auf dem Gang war es ziemlich still, ich ging diesen entlang und musste die Treppe benutzen, da der Fahrstuhl auch nicht funktionierte. Abermals ertönte mein Handy, ich verdrehte die Augen und als ich auf den grünen Hörer drückte, hörte ich die Stimme von Dallas. „Ichhabe gehört, dass du auf den Weg in den Keller bist", fing er an, ich blieb stehen und seufzte genervt. „Ja bin ich und ich werde auch nichts anfassen. Versprochen", erwiderte ich, Dallas brummte nur und schwieg kurz. „Jane macht sich eben Sorgen um dich und ich ebenfalls. Du darfst wirklich nur schauen und nichts anfangen den ein Stromschlag kann dich töten und wir wollten dich ja nicht verlieren. Wir brauchen dich noch", meinte er, ich stand vor der Kellertreppe und starrte nach vorne. „Das ist so süß von euch Beiden und ich werde wirklich nichts anfassen. Ich schaue nur und dann gehe ich wieder in mein Appartement." „Du könntest auch in ein Paralleluniversum kommen, wenn du da etwas anfasst." Ich blieb verdutzt auf der Kellertreppe stehen, gluckste und verdrehte die Augen abermals. „Bitte was?", fragte ich ihn und wartete auf eine Antwort. „Na eine Parallelwelt. Dort sieht es genauso aus wie bei uns, nur ist dort irgendetwas anders oder so."

„Gibt es so etwas wirklich?" „Wissenschaftlich gesehen ja und in der Physik wird auch darüber diskutiert. Möglich ist alles." „Oh gut zu wissen, falls ich doch so blöd bin und den Stromkasten anfasse. Darf ich jetzt endlich nachschauen und dann wieder in mein Appartement gehen? Mir wird es langsam kalt", murrte ich, Dallas seufzte und hörte auf mich abzuhalten. „Ja dann gehe eben Naschauen und fasse es nicht an. Ruf zurück, wenn du wieder nach oben gehst. „Ja versprochen." Ich legte auf, steckte das Handy weg, atmete tief durch und ging endlich den Gang entlang. Es war totenstill im gesamten Haus, niemand schlich durch die Gänge und nur ich bewegte mich leise nach vorne. Je näher ich dem Stromkasten kam, umso unwohler fühlte ich mich und das Gespräch mit Dallas ging mir nicht mehr aus dem Kopf. Ob es wirklich eine Parallelwelt gab, wenn ich den Stromkasten anfasste und ich dorthin verschwand? Irgendwo über mir ging eine Tür, ich fuhr erschrocken zusammen und blieb zitternd vor Angst stehen.

Kam da jemand? Wollte da irgendjemand selber nachschauen was mit dem Stromkasten los war? Nein, denn eine weitere Tür wurde geöffnet und Stille drang wieder an meine Ohren. Eine bedrückende Stille umgab mich, Gänsehaut überzog meinen Körper und mein Herz schlug schneller. War da etwas in der Dunkelheit? Kroch da etwas auf mich zu? Nein! Mein Gehirn spielte mir da einen Streich, ich ging weiter und als ich den Stromkasten sah, kapitulierte meine Taschenlampe. Blödes Ding! Ich lies meinen Arm sinken, tastete mich durch die Dunkelheit und endlich hatte ich den Stromkasten erreicht. Langsam holte ich mein Handy hervor, betätigte die Taschenlampe und bedeutete den Stromkasten. Alle Schalter waren auf on geschaltet, ich runzelte die Stirn und überlege was ich als nächstes tun sollte. Den Stromkasten anfassen, einen Stromschlag bekommen und sterben oder doch in eine Parallelwelt verschwinden?

Bei dem Gedanken musste ich innerlich lachen, leuchtete den Gang zurück und als ich nichts erkennen konnte, wandte ich mich dem Stromkasten wieder zu.

Meine dumme Neugier siegte, ich hob den rechten Arm und betätigte einen der Schalter. Es gab einen heftigen Schlaf, dieser schleuderte mich gegen die Wand gegenüber, ich fiel zu Boden und das Licht ging wieder an. Doch davon bekam ich nichts mehr mit, denn ich versank in tiefe Dunkelheit und verschwand auf der Stelle, wo nur noch die Taschenlampe da lag und mein geliebtes Handy ebenfalls.

Kapitel 2

Irgendwann kam ich wieder zu mir, öffnete die Augen und schaute mich um. Wo war ich nur und wieso lag ich in einer Seitengasse?

Langsam richtete ich mich auf, trat an den Ausgang der Seitengasse und merkte, dass ich noch immer in New York war. Während ich noch überlegte wie ich in diese Seitengasse kam, trat eine junge Frau auf mich zu und lächelte. „Hallo! Du siehst hungrig und etwas erschöpft aus. Ich kann dir einen Ort zeigen, wo du etwas essen und dich ausruhen kannst!", sagte sie, ich musterte sie kurz und nickte langsam. „Okay." „Super" Nur eine Sache musst du tun und zwar Blut an die Vampire spenden, aber das kannst du ja schon." Ich hatte große Augen bekommen, fasste mich jedoch schnell und nickte verstehend. „Ja klar, wieso nicht. Gibt es dort auch Toiletten? Ich müsste mal ganz dringend. Ich war schon lange nicht mehr Blut spenden." „Natürlich. Ich werde dir die Toiletten zeigen. Folge mir einfach, denn es ist nicht weit von hier."

Die junge Frau ging voraus über die Straße, ich schaute mich kurz um und folgte ihr schließlich eilig. Vampire in New York? Also tot konnte ich definitiv nicht sein, aber da gab es noch eine zweite Möglichkeit. Parallelwelt! Dallas hatte absolut Recht gehabt, ich saß in dieser Welt gefangen und ob da wieder rauskam, war ein Problem mit dem ich mich später befassen würde. Also folgte ich diesem Vampir, sie trat auf ein großes steriles Gebäude zu und verschwand kurz darauf im Innern. Nach einem kurzen Blick zu allen Seiten folgte ich ihr, blieb in der Tür stehen und schaute mich um. Das Gebäude hatte zwei Etagen gehabt, auf der linken Seite gab es einen großen Raum wo viele Liegen nebeneinander standen, einige waren besetzt und die Menschen darauf wurden von diesen Vampiren gebissen und verloren ihr Blut. Auf der rechten Seite gab es ebenfalls einen großen Raum wo viele Menschen auf Stühlen saßen und warteten, dass sie ebenfalls dran kamen.

„Die Toiletten sind da hinten am Ende des Ganges auf der rechten Seite und falls du irgendetwas brauchst, dann frage nach mir. Mein Name ist Scarlett", erklärte sie mir, ich nickte lächelnd und ging den Gang entlang. Auf der rechten Seite gab es eine Dunkelrote Tür mit der Aufschrift „Damen", ich trat dort hinein und Kabinen reihten sich auf der linken Seite entlang. Ich runzelte die Stirn, schüttelte mit dem Kopf und mir gegenüber befand sich ein Fenster. Eilig lief ich darauf zu, schob es nach oben und kletterte nach draußen. Auf der anderen Seite fiel ich unsanft auf den Bauch, rappelte mich auf und rannte eilig die Straßen entlang. Als dieses Gebäude weit weg war, hielt ich an, beruhigte meine Atmung und mein Herz bekam seinen normalen Rhythmus. Das war eine so verkorkste Welt gewesen, es war noch immer mein New York aber eins wo Vampire lebten.

Ha Vampire! Das war doch völliger Blödsinn gewesen, denn Vampire gab es nicht, sondern nur in Büchern und in der Fantasie der Menschen! Leider musste ich umdenken, den hier gab es Vampire und ich war mitten drin. Plötzlich lief ich in irgendetwas hinein, blinzelte, schade nach oben und direkt in dunkelblaue Augen. Ich sah die spitzen Eckzähne, war geschockt gewesen und als er etwas sagen wollte, brach ich auch schon bewusstlos zusammen....

Das war alles nur ein böser Traum gewesen und wenn ich die Augen öffnete, dann lag ich noch immer neben dem Stromkasten auf dem Boden. „Willst du wirklich nicht von ihr trinken, Lucan? Jetzt hast du doch die Chance", ertönte eine weibliche Stimme, der Angesprochene brummte nur und ich spürte, dass dieser Typ auf einer Bettkante saß. „Nein will ich nicht Mia, denn jetzt wo ich sie so in Unterwäsche gesehen habe, ist mir da etwas ganz anderes eingefallen und das wird Spaß machen", sagte der Vampir mit einer dunkeln sonoren Stimme, ich erschrak innerlich und hoffte nicht zu rot zu werden um mich zu verraten. „Gut dann lasse ich euch mal alleine und die passenden Sachen habe ich hier hingelegt. Die kann sie dann anziehen und ihre alten Fetzen habe ich weggeworfen." „Was? Du hast meine Sachen weggeworfen?", fragte ich sie, saß im Bett und als ich den Blick von diesem Vampir auf meinem Busen bemerkte zog ich die Decke hoch.

„So etwas trägt man aber nicht in New York", meinte diese Mia ich musterte sie und verengte die Augen. Mia war groß, schlank, hatte blondes kurzes Haar und trug Lederklamotten in schwarz.

„Was fällt dir ein du blöde Kuh! Du kannst nicht einfach meine Klamotten wegwerfen, nur weil du so etwas niemals anziehen würdest!", fauchte ich, hatte das Bett verlassen und stand in weißer Spitzenunterwäsche vor ihr. „Ähm...tut mir leid. Ich hole sie wieder", entschuldigte sie sich, ich schnaubte nur und winkte mit der Hand ab. „Ach vergiss es einfach! Diese Sachen habe ich auch nur zu Hause getragen und bin damit nicht draußen auf der Straße gewesen. Aber was erzähle ich dir das? Du bist sowieso nicht real, denn das Alles hier träume ich nur und wenn ich aufwache, liege ich noch immer neben dem Stromkasten." „Stromkasten? Oh du kommst aus dieser anderer Welt.

Unsere Parallelwelt, denn bei dir gibt es keine Vampire", sagte sie, ich sah sie verblüfft an und war sprachlos. „W... Was? W...Woher weist du das?", fragte ich sie leise, der Vampir lächelte und zwinkerte mir zu. „Vor ungefähr 30 Jahren kam ein junger Mann hier an und ihm ist genau das Gleiche passiert wie dir. Seitdem lebt er in unserer Welt und es gefällt ihm sehr", antwortete sie mir, ich schwankte, wurde festgehalten und auf das Bett gesetzt. „Das reicht jetzt Mia! Geh und erledige deine Streife in der Nähe des Empire State Building", sagte Lucan streng, Mia nickte und rauschte davon. Stille umgab uns, ich atmete tief durch und musterte Lucan zum ersten Mal genauer. Er war ziemlich groß mindestens 1,95m, hatte schwarzes schulterlanges Haar und dunkelblaue Augen. Sein Blick trag meinen, er schrie und es kam mir vor als ob ich in einem dunkelblauen Ozean schaute. „Du solltest dir etwas anziehen, aber es würde mir auch gefallen, wenn du nur in deiner weißen Spitzenunterwäsche herum läufst.

Wobei die Anderen wascheidlich scharf auf dich wären und dieser Gefahr kann ich dich leider nicht aussetzen", bemerkte er, ich hob eine Augenbraue und sah ihn fragend an. Plötzlich war er mir seinem Gesicht meinem ganz nahe, ich hielt die Luft an und schwieg. „Du wirst hier bei uns wohnen, unter meine Fittiche bleiben und nicht ohne Begleitung nach draußen gehen. Ich werde auf dich aufpassen", flüsterte er, sein warmer Atem traf mein Gesicht und mein Herz schlug höher. Konnten Vampire eigentlich amten? Waren sie den nicht tot gewesen? „Zieh dich an Baby und dann kannst du dir ruhig das Haus anschauen. Nur verlaufe dich nicht." Ich blinzelte, der Platz mir gegenüber war leer und die Tür wurde gerade geschlossen. Wow war der Typ heiß gewesen und was der für Muskeln unter dem schwarzen T-Short hatte.

Ja das wäre doch mal einer für mich gewesen und... Moment was dachte ich den da? Nein ich wollte nicht, den das mit den Vampiren war mir zu hoch und ich musste es erst einmal verdauen. Also erhob ich mich, trat auf den roten Chintzsessel zu und hob das Oberteil hoch. Es war ein schwarzes Trägertop gewesen, ich zog es an und mein Piercing an meinem Bauchnabel war gut zu sehen. Dann schlüpfte ich in die enge blaue Hüftjeans, alles passte wie angegossen und ich verließ das Zimmer, was für ein großes Doppelbett er hatte mit Kamin, Chintzsesseln und einen Bücherregal. Ich stand auf dem Gang, schaute mich um, fand eine Treppe und ging diese nach unten, wo ich in einer großen Eingangshalle stand die aus Marmor bestand mit Säulen wi Rosen sich nach oben entlang schlängelten. Davor blieb ich stehen, bestaunte diese eingeschnittene Kunst und war begeistert gewesen. Schließlich liebte ich die Kunst, zeichnete für mein Leben gern und Fotografieren war auch eines meiner Hobbys gewesen. „Hallo! Darf ich mich vorstellen? Ich bin Dimitri", ertönte eine Stimme hinter mir, ich drehte mich um und sah einen hochgewachsenen Mann mit blonden kurzen Haare und braunen Augen.

Auch er trug komplett schwarz, lächelte mir jedoch zu und wartete ab. „Hey ihm... ich bin Rosalie und ihm...cooles Haus", erwiederte ich, Dimitri lächelte noch immer und nickte verstehend. „Danke aber du hast sicherlich noch nicht den Rest gesehen oder? Schau dich ruhig um und habe keine Angst, denn wir werden dir nichts tun. Versprochen", fügte er noch hinzu, ich nickte langsam und Dimitri ging davon. Ich sah ihm nach, wandte mich nach rechts und fand dort ein großes Wohnzimmer. Dort standen eine schwarze Sitzgruppe, ein großer Flachbildschirm mit Boxen im Wohnzimmer verteilt. Langsam wandte ich mich um, verließ den Raum und trat in den nächsten, der ein großes Esszimmer war. Ein langer Tafeltisch stand in der Mitte, Stühle daran und in der Mitte war ein Bouquet aus roten und weißen Rosen.

Ich schnupperte daran, lächelte, wandte mich um und kam als nächsten in eine hochmoderne Küche, wo ein weiterer Typ am Herd stand und ein zweiter an einer Frühstückstheke saß. Der Typ am Herd wandte sich zu mir um, goldbraune Augen sahen mich an und er lächelte. „Hey! Du musst Rosalie sein, stimmt's? Dimitri hat uns deinen Namen gesagt. Ich bin Victor und der Typ dort ist Stan", stellte er sich und den Mann an der Frühstückstheke vor und ich lächelte leicht.

Stan war so groß wie ich mit meinen 1,70m, hatte eine Glatze, graue Augen und auch er trug schwarz. Fehlgriffe in der Mode. Eindeutig. „Siehste dir wohl das Haus an oder? Es wird dir gefallen. Vor allem das Lieblingszimmer von Lucan", warf Stan ein, Victor stieß ihn mit dem Ellbogen an und seufzte kurz. „Mach ihr keine Angst hörst du?", murrte er, wandte sich mir zu und lächelte.

„Falls du es doch findest, dann weist du zumindest, was Lucan so in seiner Freizeit macht und lasse dich nicht davon abschrecken. Es ist nichts schlimmes." „Ähm...okay. Dann werde ich mir mal weiter das Haus anschauen", erwiderte ich, wandte mich von den Beiden ab und ging weiter auf Erkundungstour. In der unteren Etage fand ich eine Bibliothek mit hunderten von Büchern, ein Arbeitszimmer und weiter unter einen Swimmingpool mit Fitnessraum daneben. An der Treppe führte ein Gang entlang nach hinten, ich schaute am Ende nach und dort war ein Wintergarten gewesen. Tausende von verschiedenen Blumen wuchsen dort, ich war regelrecht erstaunt und Schmetterlinge flogen umher. Ich strahlte, lächelte seitdem ich in dieser Welt war und verließ dann den Wintergarten um eine Etage höher zu gehen. Dort waren alles Schlafzimmer gewesen, ein einziges Mädchenzimmer, ein weiteres Arbeitszimmer und drei Badezimmer, die immer gleich aussahen. Gruß mit einer großen Eckbadewanne, einer großen Dusche, einer Toilette, einem Waschbecken und einem Spiegel.

    Lucan sein Badezimmer erkannte ich sofort da es nach ihm roch, ich sah Jeans die eigentlich Cowboys trugen, runzelte die Stirn und fragte mich wo dieses Zimmer von Lucan war, was Victor und Stan erwähnt hatten. Meine Neugier wurde größer, ich ging eine weitere Etage hinauf, dort gab es einen langen Gang und am Ende war eine schwarze Tür gewesen, wo daneben ein kleiner Schrank stand. MEin Herz klopfte vor Aufregung, ich zögerte einen Moment und war mir nicht sicher, ob ich es wirklich wissen wollte. Um mich herum war es still, es gab drei große Fenster, ich blieb vor einem stehen, schaute raus und sah in einen großen Garten, der jetzt im Dunkeln erleuchtet war und ich erkannte einen Pavillon. Ich drehte den Kopf zur Tür, ging den Gang weiter und schon bald stand ich davor.

    Ein Blutrotes Schild war dort angebracht, ich musterte es und atmete tief durch, da nur der Name „Lucan" stand. Ich öffnete den kleinen Schrank, fand in der letzten Schublade einen silbernen Schlüssel und nahm ihn raus. Sollte ich es wirklich wagen, die Tür öffnen und dahinter schauen, was Lucan in seiner Freizeit tat? Ja und es würde mich auch nicht umbringen, denn Lucan würde es sicherlich tun. Also riskierte ich doch einen Blick, hob den Schlüssel, steckte ihn ins Schloss und sperrte die Tür auf. Doch ich betätigte noch nicht die Klinke, schloss die Augen und amtete tief durch um mein nervöses Herz zu beruhigen. „Also gut! Jetzt oder nie Rose", dachte ich, betätigte die Türklinke, es klickte und ich schon die Tür auf. Ich betrat das Zimmer, schaltete das Licht ein und blieb abrupt stehen, als ich sah, was Lucan in seiner Freizeit tat.

Kapitel 3

Das Zimmer war riesig gewesen, die Wände hatten eine weinrote Farbe gehabt und das Licht war gedämmt gewesen. Vor mir auf der anderen Seite des Zimmers stand ein riesengroßes Himmelbett mit weinroter Seidenbettwäsche, langsam ging ich weiter in den Raum und war wie hypnotisiert. Auf der linken Seite hingen an der Wand verschiedene weiche Lederpeitschen in allen erdenklichen Farben, Handschellen ebenfalls in allen erdenklichen Farben und darunter stand eine schwarze Kommode. Wollte ich wirklich wissen was in den Schubladen zu finden war? Ja, denn abermals siegte meine Neugierde, ich stand kurz darauf vor der Kommode und öffnete die erste Schublade. Zum Vorschein kamen Analdildos in allen erdenklichen Farben, Größen und Dicke, ich schloss eilig die Schublade und zog die Nächste auf.

Dildos und Vibratoren in verschiedenen Farben, Größen und Dicke, ich nahm einen pinken raus und als ich darüber nachdachte, was man damit machte, legte ich ihn schnell zurück und schlug die Schublade zu, während die Röte mir ins Gesicht schoss. In der dritten Schublade lagen Liebeskugeln, Lederhalsbänder, Ketten mit justierbaren Brustklammern, ich wurde noch roter und mein Blut rauschte mir in den Ohren. Die vierte Schublade beinhaltete Jeanswie die Cowboyjeans die ich im Badezimmer gefunden hatte und in der Letzten lagen noch mehr Halsbänder die einen Ring besaßen. Sobald ich mich wieder aufgerichtet hatte, war mein Körper erhitzt, neben den Fesseln an der Wand war ein Andreaskreuz wo an den Enden Lederfesseln befestigt waren und auf einem Regal lagen bunte Tücher um die Augen zu verbinden. Im Raum befand sich ein großer Tisch, auf der rechten Seite war eine Musikanlage und daneben stand eine schwarze Ledercouch, deren Sitzoberfläche eine weinrote Farbe aufwies.

Ein Räuspern von der Tür her lies mich zusammenzucken, ich drehte mich um und da stand er. Lucan lehnte am Türrahmen, hatte die Arme verschränkt und beobachtete mich. Wie lange stand er schon dort? Hatte er alles gesehen? Sofort wurde ich so rot im Gesicht, das man meinen konnte, ich würde mit einer voll ausgereiften Kirsche konkurrieren. „E...Es tut mir leid. I...Ich hätte dich fragen sollen, ob ich hier rein darf", stammelte ich, Lucan löste sich von seinem Platz und trat weiter ins Zimmer. „Du musst dich nicht entschuldigen Rosalie, denn ich habe dir ja erlaubt das Haus zu besichtigen. Einschließlich dieses Zimmer", erwiderte er, trat an die weichen Lederpeitschen und fuhr mit den Fingern dort entlang.

„Weist du was das ist?", fragte er mich, nahm eine rote Lederpeitsche von der Wand und musterte sie genau. Ohne auf eine Antwort zu warten, redete er weiter und beachtete mich nicht dabei. „Man nennt sie auch Flogger wie sie oft bei BDSM- Spielen verwendet werden. BDSM setzt sich aus mehreren Begriffen zusammen wie Bondage und Discipline, Dominance und Submission, Sadism und Masochism. Es ist ein vielseitiges Spiel mit Dominanz, Unterwerfung sowie Lustschmerz oder Fesselspielen. Eine spielerische Bestrafung." Lucan hängte die weiche Lederpeitsche zurück, öffnete die eine Schublade und holte eine dieser Ketten mit den justierbaren Brustklammern hervor und lies sie durch seine Finger gleiten. „Es ist wunderbar mit anzusehen, wenn die Frau einen Orgasmus hat, man zieht die Klammern ab und sie erreicht einen weiteren Orgasmus."

Er legte die Kette zurück, schloss die Schublade und ging weiter an der Wand entlang, während ich noch immer auf der Stelle standund ihm schweigend zuhörte. „Bei mir gibt es Fäkalienspiele wie man sie in bestimmten Pornos einsehen kann, denn das ist nicht meine Art. Ich bin der Dom der Herr, der Alles befiehlt und auch ausführt. Was ich sage muss von der Sub, der Sklavin ausgeführt werden wie zum Beispiel nicht reden, nicht bewegen und mich nicht ansehen. Es besteht eine Schweigepflicht, denn die Sub darf und soll es keiner dritten Person weitererzählen. Bei diesen Lustspielen besteht als erstes Vertrauen und Einverständnis beiderseits. Hierfür gibt es das sogenannte Safeword was vieles sein kann wie zum Beispiel Pilz, Kirsche etc." Lucan stand nun beim Tisch, beobachtete mich und wartete ab, während meine Fantasie auf Hochtouren arbeitete und mein Kopfkino keine einzige Pause einlegte.

Er war ein Dom gewesen? Ein dominanter Vampir? Und was war ich? Eine unschuldige noch jungfräuliche Frau inmitten von Floggern, Liebeskugeln, Fesseln und sonstigen Dingen von Lustspielabenteuern. „Ich bin ein herrischer befehlender Vampir, denn ich bin der Anführer des Shadow Clans und alle hier im Haus wissen was ich in meiner Freizeit tue. Sie haben auch eine Schweigepflicht und dürfen niemandem etwas sagen." Ich wandte den Blick vom Vampir ab, schaute mich ein letztes Mal um und rannte aus dem Zimmer. Das war zu viel für mich gewesen, ich sperrte Lucan in seinem Zimmer ein, eilte die Treppen runter, öffnete die Eingangstür und verschwand nach draußen.

Ich lief zum Eisentor, zog es einen Spaltbreit auf und schlüpfte hindurch um so schnell wie möglich den Weg nach unten zu flitzen. Kein einziges Mal drehte ich mich um, wollte weg von diesem irrsinnigen Vampir und einen Weg finden um in meine Welt zu gelangen. Ich bog vom Weg ab in den Wald, sprang über umgestürzte Bäume und hatte irgendwann Seitenstechen. Doch das nahm ich nur am Rande war, denn wichtig war nur zu verschwinden und einen Ausweg aus der gesamten Situation zu finden. Leider gab es keinen, plötzlich stolperte ich, fiel hin und landete ausgerechnet mit dem Kopf auf einem Stein. Es tuckerte schmerzhaft hinter der Stirn, ich konnte wahrhaftig Sterne sehen und versank in die schwarze Tiefe der berüchtigten Bewusstlosigkeit…

Als ich wieder zu mir kam lag ich in einem weichen Bett, öffnete die Augen und dieser Lucan lag auf der anderen Seite, wo er noch tief und fest schlief. Vorhänge verdeckten die Fenster, Sonnenlicht wurde ausgesperrt und ich fragte mich, ob Vampire am Tag herumlaufen konnten. So war es zumindest in den Büchern und alten Filmen, doch in der heutigen Zeit waren die Vampire moderner und es gab sogar Filme wo sie im Sonnenlicht glitzerten. Ich wandte den Kopf von Lucan weg, schloss die Augen und schlief sofort ein, da ich grässliche Kopfschmerzen hatte. Mein Schlaf hielt nicht lange an als Lucan sich regte und wach wurde. Ich rieb mir die Augen, öffnete diese und sah in diese dunkelblauen. „Na Rosalie, wie geht es dir?", fragte mich Lucan, ich seufzte und schaute an die Zimmerdecke. „Ich habe leichte Kopfschmerzen aber ansonsten geht es mir gut", antwortete ich, sah ihn abermals an und er musterte mich eingehend.

„Sag mal vergehst du nicht in der Sonne?", fragte ich ihn, Lucan lächelte und hob nur die Schultern. „Du kannst es ja mal ausprobieren und die Vorhänge zurückziehen. Dann kannst du dich davon selber überzeugen", antwortete er, ich sah ihn misstrauisch an und runzelte die Stirn. „Okay." Ich setzte mich langsam auf, es pochte in meinem Kopf und ich schloss kurz stöhnend die Augen. „Gut das wird dann wohl nichts. Du bleibst heute im Bett liegen und wirst es nicht verlassen, verstanden?", befahl er mir, verließ das Bett und holte eine neue schwarze Hose aus dem Schrank. Ich sah seinen nackten Körper, er trug eine schwarze Boxershorts und mein Blick glitt über diese sehnigen Muskeln. Mein Herz hämmerte wie verrückt, Röte stieg nach oben und ich klappte den Mund eilig zu, während Lucan in seine schwarzen Hosen schlüpfte. Dann zog er ein schwarzes enges T-Shirt an, schloss seinen schwarzen Ledergürtel und als er die Strümpfe an hatte, zog er die schwarzen Schuhe an.

„Ich werde dir etwas zu essen bringen und eine Kopfschmerztablette dazu. Du bleibst derweil liegen und wirst nicht aufstehen", sagte er, ich nickte kurz und Lucan verließ das Schlafzimmer. Ich sah wieder an die Zimmerdecke, atmete tief durch und musste mir eingestehen, das das Alles kein Traum war und ich in der Parallelwelt gefangen war. Nach einer kurzen Weile kam Lucan wieder, hatte ein Tablett dabei und stellte es auf den Nachttischschrank ab. Ich setzte mich auf; Lucan stellte meine Kissen auf und ich konnte mich dagegen lehnen. „Hier dein Frühstück Rose. Mit Kopfschmerztablette und einem Glas Wasser. Ich muss für ein paar Stunden das Haus verlassen und möchte nicht, dass du das Haus verlässt. Ebenso wenig das Bett. Wenn du etwas haben willst, dann rufe nach Mia und sie wird dir alles bringen was du möchtest. In ein paar Stunden bin ich wieder da Rose", erklärte er mir, wandte sich um und lies mich alleine. Ich nahm die Tablette ein, trank das Wasser hinterher und begann zu frühstücken. Sachte klopfte jemand an die Tür, öffnete diese und Mia steckte den Kopf rein.

„Guten Morgen Rose. Wie geht es dir?", fragte sie mich, kam ins Zimmer und schloss hinter sich die Tür. „Die Kopfschmerzen sind jetzt weg." „Aber du darfst heute das Bett nicht verlassen. Das habe ich schon gehört und du solltest auf ihn hören, denn er hat seine Methoden um jemanden zu bestrafen", erwiderte sie, ich verschluckte mich an einem Croissant und Mia klopfte mir sachte auf den Rücken. „Tut mir leid Rosalie. Das hätte ich nicht sagen sollen. Schließlich hast du letzte Nacht sein Reich gefunden", entschuldigte sie sich, ich lief abermals dunkelrot an und schwieg beharrlich. Mia schwieg ebenfalls, ich frühstückte zu Ende und als ich fertig war, brachte Mia schnell das Tablett weg. Sobald sie wieder da war kroch sie auf das Bett, setzte sich im Schneidersitz hin und sah mich gebannt an. „Ähm...was ist?", fragte ich sie, fühlte mich unwohl und sie lächelte. „Erzähl mir von dir. Wie alt bist du? Was machst du so beruflich?

Hast du einen Freund? Einfach alles und keine Angst, ich werde nichts Lucan erzählen", antwortete sie, sah mich noch immer gebannt an und lächelte dazu. „Ähm... ich bin 20 Jahre alt, bin eine Bestsellerautorin, habe keinen festen Freund und ähm...naja", antwortete ich, wurde wieder rot und Mia bekam große Augen. „Du bist noch Jungfrau oder?" „Ja bin ich und meine Freundin meinte schon ich werde noch als alte Jungfer sterben." „Das glaube ich nicht. Du wirst schon noch den Richtigen finden Rosalie. Möchtest du noch etwas über Lucan wissen? Außer seine Hobbys?" „Wie alt ist Lucan wirklich?" „294 Jahre alt aber hier ist er 24 Jahre alt und seinem Hobby geht er seit 100 Jahren nach." „Hast du mit ihm das auch schon durchgemacht?", fragte ich sie, Mia grinste und schüttelte mit

dem Kopf. „Nein das ist nicht so mein Fall und Stan seiner ebenso wenig. Ja Stan und ich sind seit 50 Jahren ein Paare und ich bin 125 Jahre alt.

Hier bin ich 22 und ja ich bin keine Jungfrau mehr. Seit Lucan dich gerettet hat sozusagen, ist er sehr angetan von dir und kann von nichts Anderem mehr reden. Als er dich nach deiner Flucht gefunden hatte, da war er sehr in Sorge und war erleichtert, dass du noch gelebt hast. Er hat auch deine Wunde am Kopf versorgt und er hat Angst, dass dir irgendetwas schreckliches passieren könnte. Deswegen solltest du lieber hier im Haus bleiben und nur in seiner Begleitung nach draußen gehen. Übrigens arbeitet Lucan ebenfalls in seiner eigenen Firma." „Und was für eine Firma?" „Er ist Autohersteller. Lucan macht die Baupläne, leitete seine eigene Firma und hat in New York mehrere Clubs die ihm gehören." Als ich das hörte, hatte ich große Augen bekommen, dachte sofort an mein Lieblingsbuch, welches in meinem Badezimmer in meiner Welt lag und gelesen werden wollte.

„Will ich wissen, wie viel Geld er besitzt?", fragte ich leise, Mia grinste und lehnte sich zurück. „Sagen wir es mal so. Lucan hat fünf verschiedene Autos, drei Limousinen, 6 Kawasakis, ein Penthouse, dieses Anwesen, ein Privatflugzeug, sechs Firmen auf der Welt, eine wird gebaut und er hat genau genommen zehn Clubs in New York", antwortete sie, mein Mund klappte auf und ich war sprachlos. „Okay er ist also regelrecht reich. Noch mehr?" „Er hat zehn verschiedene Kreditkarten und jeden Tag verdient er mehr Geld." „Okay das reicht an Informationen. In meiner Welt habe ich auch haufenweise Geld gehabt und drei verschiedene Kreditkarten." „Das war doch auch etwas und jetzt solltest du dich bis zum Mittagessen etwas ausruhen. Ich werde es dir dann bringen", meinte Mia, verließ das Bett, lächelte mir zu und lies mich alleine.

Ich sank in die Kissen zurück, rieb mir die Augen und gähnte, während ich an die Zimmerdecke starrte. Das war alles so verkorkst gewesen, dass er unmöglich real sein würde, aber ich war wirklich in einem Haus mit Vampiren und der Anführer hatte eine Vorliebe für BDSM. Wie es sich wohl anfühlte, wenn man gefesselt war, die Augen verbunden und ihm total ausgeliefert? Bei diesem Gedanken

kribbelte es auf meinem gesamten Körper, mein Herz schlug höher und ich errötetet. Der Gedanke war nicht schlecht gewesen und vielleicht würde ich es auch ausprobieren. Ich drehte mich auf die Seite, schloss die Augen und mit diesen Gedanken schlief ich auch schon ein.

Kapitel 4

Am päten Nachmittag kam Lucan wieder, er erschien im Schlafzimmer, setzte sich auf die Bettkante und musterte mich eingehend. „Wie geht es dir?", fragte er mich, ich erwiderte seinen Blick und lächelte leicht. „Schon viel besser und ich habe nur geruht", antwortete ich, Lucan nickte, nahm den Verband ab und musterte die Wunde an meiner Stirn. „Deine Wunde verheilt gut und meine Erlaubnis hast du um das Bett zu verlassen." „Okay...ähm danke", bedankte ich mich, verließ das Bett und zog mich eilig an, da ich schon wieder nur in Unterwäsche vor ihm stand. Sobald ich fertig war stand Lucan neben mir und öffnete die Tür. „Lass uns in den Wintergarten gehen wo wir uns in aller Ruhe unterhalten können", schlug er vor, ich wurde rot, verließ vor ihm das Schlafzimmer und er folgte mir eilig. Danach ging er voraus die Treppe hinunter, ich folgte ihm und schwieg die ganze Zeit.

Vor der Tür zum Wintergarten hielt er an, öffnete die Glastür und sah mich erwartungsvoll an. Im Haus war es still, ich trat in den Wintergarten und Lucan schloss hinter uns die Tür. Dann führte er mich zu einem weißen runden Tisch wo Eistee bereit stand, wir setzten uns und Lucan schenkte etwas Eistee in ein Glas. „Ähm... nehmt ihr denn keine Nahrung zu euch?", fragte ich, sah zu Lucan und dieser schüttelte mit dem Kopf. „Nein wir ernähren uns hauptsächlich von Tierblut und nur selten von Menschen. Die anderen vier Clans haben in New York ihre Blutspenden aufgebaut um Menschenblut zu bekommen. Wir versuchen sie schon seit Jahren zu vernichten, aber bis jetzt kamen wir noch nicht weiter", antwortete er mir, ich nickte langsam und trank einen Schluck vom Eistee. „Also wie alt bist du eigentlich?" „20 Jahre alt." Puh Mia hatte Wort gehalten und ihm nichts gesagt. „Hast du schon mal Sex gehabt?" „Wie bitte?"

„Ob du schon Sex hattest?" Ich wurde rot, senkte den Blick und schüttelte mit dem Kopf. „Gut das ist kein Problem und wir können esbald beseitigen. Hast du schon mal darüber nachgedacht?" Ich sah Lucan an, wurde dunkelrot und nickte langsam. „Ich...ähm...naja...ich", stotterte ich, senkte den Blick und fand dieses Thema total peinlich. „Wir werden langsam anfangen und Schritt für Schritt voran gehen", erwiderte er, lächelte und als ich ihn wieder ansah, nickte ich langsam, wobei ich tief Luft holte. Lucan erhob sich, reichte mir seine Hand, ich zögerte kurz, ergriff sie schließlich und er half mir auf die Beine. Seine Hand war ungewöhnlich warm gewesen, mein Herz schlug höher und Lucan führte mich weiter in den Wintergarten hinein, wo wir auf einer Wiese stehen blieben. Der Wintergarten war wirklich riesig gewesen, Kirschbäume umgaben diese Wiese und in der Mitte blieben wir stehen. Lucan stand genau vor mir, sein Blick ruhte auf meinen Lippen und er umfasste sanft mein Kinn mit den Fingern.

Mein Herz klopfte vor Aufregung schneller, das Blut rauschte mir durch die Adern und ich hielt den Atem an. Lucan beugte sich zu mir runter, seine Lippen berührten vorsichtig meine und er küsste mich kurz. Dann löste er sich von mir, musterte mich und wartete geduldig ab. Als ich nichts tat, beugte er sich abermals vor, berührte wieder meine Lippen mit den seinen und küsste mich sanft. Meine Arme bewegten sich automatisch, meine Hände umfassten sanft seine Oberarme und ich hatte die Augen geschlossen um diesen Kuss zu genießen. Der Kuss wurde intensiver, Lucan stupste seine Zunge gegen meine Lippen, diese öffnete ich und er erkundete vorsichtig meine Mundhöhle. Kam ich gerade meinem ersten Mal mit einem Mann immer näher? Ja das tat ich und mein Verstand sagte mir, dass diese Aktion vollkommen in Ordnung war. Lucan strich mit seinen Händen auf meinem Rücken entlang, drückte mich enger an sich und küsste mich noch intensiver, was mein Körper unbedingt wollte.

Ohne von mir abzulassen ergriff er den Saum von meinem Top, zog es mir aus und küsste mich weiterhin. Seine Hände ruhten auf meinem Rücken, seine Lippen fuhren sachte über meinen Hals, er hauchte Küsse drauf und ich genoss es voller Hingabe. Lucan zog sich das T-Shirt aus, warf es zu Boden und ich musterte seinen nackten Oberkörper der nur aus Muskeln bestand. Wieder küsste er mich voller Intensität, ich wollte unbedingt mehr und Lucan merkte

dieses Verlangen, was in mir immer größer wurde. Mit Bedacht trat er hinter mich, öffnete meinen weißen Spitzen-BH, streifte die Träger von meinen Schultern und kurz darauf lag mein BH auf der Wiese. Noch immer stand Lucan hinter mir, sein Oberkörper war an meinem Rücken und seine Hände ruhten auf meinem Bauch.

Solche intensiven Empfindungen hatte ich noch nie gehabt, mein Kopf ruhte an seiner Schulter und während Lucan mich wieder küsste, wanderten seine Hände zu meinen Büsten und er umfasste sie sanft. Sofort reagierten meine Brustwarzen gegen diese Berührungen, stellten sich auf und waren hart gewesen. Lucan nahm sie zwischen Daumen und Zeigefinger, drückte sie sanft und zwirbelte sie leicht, so das mir ein lustvolles Stöhnen entglitt. Immer wieder vollführte er diese Aktion, mein Blut geriet in Wallungen und alle Empfindungen versammelten sich in meinem Unterleib. Lucan trat wieder vor mich, kniete sich vor mich hin, öffnete meine Hose und streifte sie von meinen Beinen wo ich dann hinaus schlüpfte. Sanft küsste er meinen Bauch, ich hatte meine Hände in sein volles Haar gekrallt und meine Atmung ging schneller.

Mein Slip verschwand kaum merklich, Lucan küsste meine Scham, öffnete diese und als er über meinen Kitzler leckte, entfuhr mir ein leiser Schrei. Doch Lucan war noch nicht fertig, drang mit einem Finger in mich ein und ein Zweiter folgte. Zitternd stand ich nackt auf der Wie3se, Lucan bewegte seine Finger in mir und leckte weiter über meinen Kitzler bis ich plötzlich einen heftigen Orgasmus bekam, der mich fast in die Knie gezwungen hätte. Lucan legte mich auf die Wiese, zog sich komplett aus und als er selber nackt war, begann er mich abermals zu küssen. „Ich werde ganz vorsichtig sein Rose, denn es soll unvergesslich für dich werden", hauchte er gegen meine Lippen, sah mich danach an und ich nickte kurz bestätigend.

Der Vampir öffnete meine Schenkel, küsste die Innenseiten und erneut wurde ich erregt. Schließlich war es soweit gewesen, er zog mich näher zu sich heran und drang ganz vorsichtig in mich ein, wobei mein Jungfernhäutchen zerriss und ein kurzer Schmerz war zu spüren. Lucan beobachtete mich ganz genau, ich lächelte und er drang komplett in mich ein, wobei er mich gänzlich ausfüllte. Noch immer kniete er, schlang meine Beine um seine Hüften, umfasste mit seinen

Händen meine eigenen Hüften und begann sich zu bewegen. Immer wieder drang er vollständig in mich ein, zog sich wieder zurück und begann von neuem. Alle Empfindungen versammelten sich in meinem Unterleib, bauten sich dort auf und machten sich zu einer gewaltigen Explosion bereit. Als wir diesem Ziel näher kamen stieß Lucan kräftiger zu, meine Finger verkrallten sich in das weiche Gras und ich bäumte mich auf, als ein heftiger Orgasmus meinen ganzen Körper durchschüttelte. Auch Lucan erreichte dieses Ziel, stöhnte laut und ergoss sich in meinem Unterleib.

Für ein paar Minuten verweilten wir noch in dieser Postion, dann zog sich Lucan zurück und lag kurz darauf neben mir im Gras. Leicht überrascht zog er mich in seine Arme, er hatte die Augen geschlossen und strich mir wie selbstverständlich über den rechten Arm. Über uns flatterten die Schmetterlinge durch die Luft, irgendwo summte eine Biene und es duftete nach Blumen. „Rose ich würde morgen Abend gerne mit dir ausgehen", fing Lucan an, ich hob den Kopf und traf seinen Blick, der mich an die Tiefen des Ozeans erinnerten. „Ich dachte ihr Vampire nehmt nichts zu euch", erwiderte ich, setzte mich auf und Lucan lächelte. „Du darfst nicht vergessen, dass die Menschen hier in New York von uns wissen und wir fallen nicht mehr auf. Du kannst dich durch ein Drei-Gänge-Menü arbeiten und ich trinke Tierblut mit Rotwein vermischt", fügte er noch hinzu, strich mit seiner linken Hand in meinen Nacken und küsste mich sanft.

„Okay einverstanden", gab ich nach, lächelte und Lucan nickte kurz. „Doch morgen Vormittag werden wir in die Stadt fahren und einkaufen, Du brauchst unbedingt neue Kleidung und kannst nicht immer nur in denselben Sachen herumlaufen", fügte er noch hinzu, ich hielt in der Bewegung inne und lies meine Hose sinken, die ich gerade anziehen wollte. „Aber...", wollte ich sagen, Lucan zog eine Augenbraue hoch und ich verstummte sofort. Er war ein herrischer besitzergreifender Vampir gewesen und duldete auf keinen Fall ein „Nein." Ich biss mir auf die Unterlippe, schwieg und sein Blick haftete nun auf meinem Mund. Schnell lies ich meine Unterlippe in Ruhe, zog mir das Top über den Kopf und sobald ich wieder angezogen war, hatte Lucan sich schon komplett angezogen. „Du solltest jetzt etwas essen, denn du hast sicherlich Hunger und ich werde dir etwas

kochen. Alles was du essen möchtest." Lucan nahm meine rechte Hand, führte mich den Weg zurück durch den Wintergarten und kurz darauf hatten wir ihn verlassen.

Irgendwo oben im Haus ging eine Tür, ich fuhr erschrocken zusammen und Lucan schmunzelte. „Das war nur Dimitri gewesen, der von der Arbeit kam und heute Nacht seine Streife geht", erklärte mir der Vampir, ich entspannte mich und wir betraten die Küche. „Setzt dich", sagte er, deutete auf die Frühstückstheke und während ich mich auf einem Hocker niederließ, spürte ich Stellen an meinem Körper wo ich nie gedacht hätte, dass ich auf wundersamer Weise wund werden könnte. Lucan trat an den Kühlschrank, öffnete diesen und schaute kurz hinein. „Was würdest du jetzt gerne essen?", fragte er mich, hob den Kopf und schaute mich an. „Ähm...keine Ahnung. Was ist denn da?" „Komm her und schaue selbst Rose." Ich erhob mich vom Hocker, trat neben ihn an den Kühlschrank und schaute selber hinein. „Kannst du Lasagne machen?", fragte ich ihn, hob den Blick und Lucan musste sich ein Lachen verkneifen.

„Meine Liebe ich kann kochen und ich kann dir sogar eine Lasagne zubereiten." Ich wurde rot, nickte bedächtig und setzte mich wieder auf meinen Platz. Lucan holte alle Zutaten aus der Speisekammer, legte sie auf die Arbeitsfläche und bereitete eine Lasagne zu. Sobald diese im Backofen war, holte Lucan einen zubereiteten Salat aus dem Kühlschrank, stellte mir etwas davon hin und legte eine Gabel bereit. „Iss ruhig. Die Lasagne dauert noch eine Weile. Derweil werde ich mich mit Dimitri unterhalten." Ich nickte verstehend, Lucan verließ die Küche und ich begann den Salat zu essen. Oh mein Gott ich hatte das erste Mal Sex gehabt und dieser war fantastisch gewesen. Lucan war ein unglaublicher Vampir gewesen der wusste wie man eine Frau zum fantastischen Orgasmus brachte und als ich an sein Reich dachte, da reagierte mein Körper sofort darauf.

Ich atmete tief durch, aß den Salat weiter und nach einer halben Stunde kam Lucan wieder. „So ich habe alles geklärt, deine Lasagne ist fertig und morgen Vormittag haben wir alle Zeit der Welt", sagte er, ich schob die leere kleine Schale von mir und bekam von Lucan einen Teller mit Lasagne. Diese begann ich zu essen, Lucan räumte derweil die Küche auf und schwieg dabei. „Wir werden in den nächsten Tagen etwas Neues ausprobieren und werden sehen, wie es so läuft. Wie gesagt fangen wir langsam an und gehen Schritt für Schritt vor", fing er an, ich wurde abermals rot und atmete tief durch. „Du musst keine Angst davor haben, denn ich mache nicht das was du nicht willst. Wie gesagt müssen Beide einverstanden sein und es gibt auch kein heißes Kerzenwachs auf der Haut oder Fisting. Das wäre für Leute die das Extreme lieben und du bist noch nicht soweit", fügte er noch hinzu, ich nickte und trank einen Schluck vom Orangensaft.

„Okay", erwiderte ich, aß meine Lasagne auf und Lucan räumte auch da das Geschirr weg. Ich gähnte herzhaft, Lucan hob mich plötzlich auf die Arme und ich lehnte mit dem Kopf an dessen Oberkörper. „Du bist müde und solltest jetzt schlafen, damit du für morgen ausgeruht bist." Lucan betrat das Schlafzimmer, schloss die Tür hinter sich und legte mich ins Bett. Dort zog er mich bis zur

Unterwäsche aus, legte die Sachen beiseite und deckte mich liebevoll zu. Lucan war also ein herrischer beherrschender machtführender Vampir, aber zu mir war er liebevoll gewesen und er würde mir niemals wehtun.

„Jetzt schlafe ruhig, denn ich habe noch etwas zu tun und werde später dazu kommen. Gute Nacht." Er gab mir einen sanften Kuss auf die Stirn, wandte sich um und verließ leise das Schlafzimmer. Wollte ich wirklich wieder zurück in meine Welt und dort wieder ohne Freund da sitzen? Nein, denn ich fühlte mich bei den Vampiren sehr wohl und mit einer gewissen Vorfreude auf das was noch kommen wollte, glitt ich sanft in den Schlaf hinein.

Kapitel 5

Ich hatte einen sehr festen Schlaf gehabt, wachte am darauf folgenden Tag auf und fühlte mich gestärkt. Lucan war schon wach, kam jedoch ins Schlafzimmer und hatte ein Tablett mit Frühstück dabei. „Guten Morgen Rose! Hast du gut geschlafen?", fragte er mich, ich nickte und als ich mich aufgesetzt hatte, stellte er mir das Tablett auf die Beine. Dann setzte er sich auf die Bettkante, ich trank einen Schluck vom Kaffee und begann zu frühstücken. „Mia gibt dir neue Kleidung die du dann anziehen kannst", fing er an, es klopfte und Mia trat ins Zimmer. „Hier Rosalie, neue Unterwäsche und ein hellesSommerkleid", sagte sie, legte die Sachen auf einen Stuhl und stellte noch weiße Highheels dazu. Dann verließ sie das Schlafzimmer wieder, ich beendete das Frühstück, verließ das Bett und zog die weiße Spitzenunterwäsche aus. Nackt vor Lucan?

Kein Problem mehr, denn schließlich hatten wir am gestrigen Tag wunderbaren Sex gehabt und da störte es mich nicht mehr. Ich zog also die dunkelblaue Spitzenunterwäsche an, das gelbe Sommerkleid darüber und schlüpfte in die Highheels. Als ich meine Haare gekämmt und zu einem Pferdeschwanz zusammengebunden hatte, stand Lucan neben mir und hielt mir die Tür. „Ladys First Rose", meinte er, ich wurde rot und verließ zuerst das Schlafzimmer. Lucan folgte mir, hatte seine Autoschlüssel dabei und er führte mich die Treppe hinunter nach draußen. Dann wandte er sich nach links, ich folgte ihm, das Garagentor öffnete sich und dort standen seine ganzen Autos.

Der schwarze BMW blinkte auf, Lucan hielt mir die Tür der Beifahrerseite auf und ich stieg ein. Als ich mich anschnallte lies sich Lucan hinter dem Steuer nieder, startete den Motor und fuhr aus der Garage raus. Kurz darauf hatte er das Anwesen verlassen, fuhr den Weg runter und lenkte kurz darauf auf die Straße, welche ins große New York hineinführte. Dieses New York sah genauso aus wie mein, doch hier konnte ich die Vampire erkennen und ein unwohles Gefühl machte sich in mir breit. „Du brauchst keine Angst zu haben, denn solange ich an deiner Seite bin, wird kein einziger Vampir dich jemals anfassen. Er würde eher seinen Kopf verlieren", beruhigte mich Lucan, ich wandte mich an ihn und nickte langsam. Lucan fuhr durch New York, hielt an drei roten Ampeln und parkte nach einer halben Stunde in einer Tiefgarage. Wir stiegen aus, Lucan schloss das Auto ab, kam an meine Seite und hielt mir den Arm hin.

„Hake dich bei mir unter, sonst kannst du von den anderen Vampiren weggeschnappt werden und das will ich nicht. Du gehörst mir", befahl er, ich hakte mich bei ihm unter und wir traten auf die Straße. Überall waren Vampire die sich unter die Menschen gemischt hatten, ich krallte die Finger in den Jackenärmel von Lucan und wir gingen in die größte Mall von New York. Lucan blieb kurz stehen, dachte nach und führte mich in ein Modegeschäft wo es die teuersten Klamotten gab. Im Geschäft sah Lucan sich um, musterte mich, ging

zu einem Kleiderständer und suchte die passenden Sachen raus. Diese hielt er fest, führte mich zu den Umkleidekabinen, reichte mir die Sachen und setzte sich in den Sessel davor. „Probiere sie an und zeige mir ob es auch wirklich passt", sagte er, ich atmete tief durch und verschwand in der Umkleidekabine. Dort zog ich zuerst die weiße Hüftjeans an, ein weißes Top dazu und zeigte es Lucan der zufrieden nickte. Bei den anderen Klamotten tat er es immer wieder, erhob sich danach und ging die Sachen bezahlen.

Wir verließen gemeinsam das Geschäft, Lucan steuerte das Nächste an und dieses hatte viele schicke Abendkleider gehabt. Lucan suchte einige Abendkleider aus, reichte sie mir und ich zog diese nacheinander an, wobei er sehr stolz auf seine Auswahl war. „Du siehst umwerfend aus und du solltest öfters solche Sachen tragen. Das bringt deine Rundungen sehr gut zur Geltung", sagte er, ich wurde rot und lächelte leicht. „In meiner Welt habe ich haufenweise solcher Kleider getragen, da ich dort eine Bestsellerautorin bin und mein Konto schon fast den Rahmen sprengte", erwiderte ich, trat in die Kabine zurück und zog das Kleid aus. „Hier hast du noch Unterwäsche, obwohl du bei mir keine tragen musst", meinte er, reichte mir

Spitzenunterwäsche in die Kabine und ich wurde abermals rot. Gott wieso brachte er mich jedes Mal zum erröten, wenn er etwas sagte?

Dieser Vampir war einfach nur perfekt gewesen, brachte mein Herz zum höher schlagen und seine Komplimente liesen mir das Gesicht erröten. Immer wenn ich neue Unterwäsche an hatte, schaute er selber nach, musterte mich eingehend und nickte zufrieden. Nach einer halben Stunde kamen wir aus dem Geschäft, kauften Schuhe und am späten Nachmittag knurrte mein Magen laut protestierend. „Du musst etwas essen Rose", meinte Lucan, führte mich in ein kleines Café und dort setzten wir uns in eine Ecke. Eine kleine Speisekarte stand auf dem Tisch, ich nahm diese zur Hand und studierte sie eingehend. „Hey du bist doch dieses Mädchen, was letztens in der Seitengasse stand", ertönte eine Stimme, ich schaute auf und dort stand diese Scarlett. Sie lächelte, warf einen Blick zu Lucan und bekam große Augen. „Oh du hättest mir ruhig sagen können, dass du schon für Lucan Blut spendest. Na dann lasse ich
euch mal alleine", fügte sie noch hinzu, wandte sich ab und ging wieder. „Was meinte sie damit, ich spende für dich schon Blut?", fragte ich Lucan, hatte die Auswahl der Speisen vergessen und sah ihn fragend an.

„Ich bin ein Anführer und die Anführer der Clans haben private Blutspender bei sich wohnen. Scarlett denkt du wärst mein Besitz und so soll es auch bleiben. Wenn sie raus findet, dass du es nicht bist, werden sie versuchen dich zu entführen und für ihr eigenes Wohl benutzen", antwortete er, eine Bedienung erschien und ich bestellte einen Erdbeerkuchen mit Schlagsahne. „ah okay. Dann weiss ich ja Bescheid", meinte ich, mein Stück Erdbeerkuchen mit Schlagsahne wurde gebracht und ich begann ihn zu essen. „Deswegen bleibst du immer an meiner Seite und wohnst bei mir im Haus, damit du so ein Schicksal nicht erleiden musst", fügte er noch hinzu, ich nickte kurz und danach schwiegen wir gemeinsam. Als ich fertig gegessen hatte zahlte Lucan, nahm die Einkäufe, ich hakte mich wieder bei ihm unter und wir gingen zum Auto zurück. Sobald die Einkäufe verstaut waren, stiegen wir ein, ich schnallte mich an und wir fuhren zurück.

„Es würde mir gefallen wenn du heute Abend das rote Kleid trägst und zwar ohne Unterwäsche. Nur das Kleid und die Highheels", fing Lucan an, ich sah in seine Richtung und schwieg. Meinte er das wirklich ernst? Musste ich mich von ihm beherrschen lassen? Als ich widersprechen wollte, sah er mich ernst an und ich schluckte meinen Protest ganz schnell runter. „Ja okay", erwiderte ich, Lucan nickte zufrieden und fuhr schon bald den Weg zum Anwesen hinauf. Keine Unterwäsche. Das machte ihn wahrscheinlich total an, ich atmete tief durch und schwieg lieber, anstatt etwas zu sagen. Noch tat ich es, doch er sollte nicht glauben, ich würde das lange mitmachen und auf ihn hören. Die zeit wollte ich abwarten und schweigen, bis die Gelegenheit kam.

Sobald das Auto wieder in der Garage stand stiegen wir aus, Lucan nahm die Einkäufe und ging voraus ins Haus. Was wohl Dallas und Jane gerade taten? Ob sie mich suchen liesen oder Dallas ihr versicherte wo ich steckte? „Da bist du ja wieder! Wie war das Shoppen gewesen?" Mia riss mich aus meinen Gedanken, stand direkt vor mir und strahlte. „Es war fantastisch und wirklich sehr gut gewesen. So viele Klamotten und Schuhe", antwortete ich, Mia strahlte und folgte mir nach oben ins Schlafzimmer. Die Einkäufe standen auf dem Bett, ein kleines Päckchen lag daneben und Lucan war abwesend.

Ich trat ans Bett, nahm das Päckchen hoch und suchte nach einer Nachricht, aber es war keine zu finden. Mia saß im Sessel, hatte die Beine übereinander geschlagen und sah mir zu, wie ich das Päckchen öffnete. Der Inhalt war ein neues Handy, ein BlackBerry Z10 in weiß, ich war überrascht und sprachlos. „Ist das für mich?", fragte ich, drehte mich zu Mia um und diese grinste breit. „Ja das ist dein neues Handy von Lucan, damit du immer erreichbar für ihn bist und du solltest es immer bei dir tragen.

Du weist ja was Lucan sonst macht", antwortete sie, ich nickte langsam, legte das Handy zur Seite und begann die Einkäufe in den Schrank zu räumen. Danach nahm ich das rote Trägerkleid raus, sah Mia an und diese lächelte. „Geh ruhig ins Badezimmer Rosalie. Ich werde hier auf dich warten und Makeup steht schon bereit. Lass dir ruhig Zeit, denn Lucan ist gerade nicht da." „Aha okay." Ich verließ das Schlafzimmer, ging den Gang entlang und betrat kurz darauf das Badezimmer. Dort zog ich mich komplett aus, trat unter die Dusche und sobald ich das Wasser aufgedreht hatte, schloss ich genussvoll die Augen. Es tat gut, ich entspannte mich und ich wurde sauber. Nach einer halben Ewigkeit war ich fertig, trocknete mich ab und zog nur das rote Trägerkleid an, was mich dennoch entblößt vorkommen lies. Schnell drängte ich den Gedanken beiseite, föhnte mein Haar, steckte es hoch, begann mich zu schminken und legte den Schmuck an.

Zuguterletzt kamen die roten Highheels dran, ich besah mich ein letztes Mal im Spiegel und als ich wirklich perfekt aussah, ging ich zurück ins Schlafzimmer, wo Mia noch immer im Sessel saß. „Wow siehst du gut aus Rosalie. Einfach nur perfekt und Lucan wartet unten auf dich", bemerkte sie, ich nahm eine kleine rote Handtasche, steckte das BlackBerry ein und als ich alles bei mir hatte, verließ ich nach Mia das Schlafzimmer wieder. Unten stand Lucan in einem schwarzen Anzug mit weißem Hemd und schwarzer Krawatte. Wiedermals sah er einfach nur verboten gut aus, ich errötete leicht und er hielt mir seinen Arm hin, woraufhin ich mich bei ihm unterhakte.

Lucan führte mich nach draußen zu einer schwarzen Limousine, Victor hielt die hintere Tür auf und ich stieg zuerst ein.

Sobald ich angeschnallt war, saß Lucan neben mir, Victor stieg vorne ein und kurz darauf fuhren wir los. Die Limousine war riesig gewesen, besaß Champagner mit den entsprechenden Gläsern, einem Flachbildschirm mit DVD-Player, eine kleine Musikanlage und Plüschhandschellen mit den passenden Augenbinden dazu. Liebeskugeln lagen in einer Glasvitrine, ich wurde rot und wandte den Blick schnell ab, damit Lucan es nicht sah. Victor fuhr ordentlich, hielt an den roten Ampeln und da eine dunkle Glasscheibe zwischen uns war, konnte ich ihn nicht sehen. Plötzlich hatte Lucan ein paar Liebeskugeln in den Händen, begutachtete die schwarzen glänzenden Kugeln und legte sie wieder zurück. Kein einziges Mal hatte er mich angesehen, mein Herz schlug höher und ich wurde dunkelrot im Gesicht. Wo war ich nur hingeraten und wie sollte es nur weitergehen?

Ein Vampir der wirklich so veranlagt war aber das war nicht ungewöhnlich. Er war ein Vampir und die Menschheit wusste, dass solche Blutsauger unter ihnen wandelten. Sie hatten sie akzeptiert, gaben ihr Blut her und hatten sich daran gewöhnt. Das war so verkorkst gewesen, so abstrakt, dass es schon wieder normal war. „Lucan wir stecken in einem Stau", ertönte die Stimme von Victor aus einem Lautsprecher, Lucan seufzte und bejahte, dass er verstanden hatte. „Wie lange wird es dauern?" „Nicht lange.

Es geht Schritt für Schritt voran." „Dann ist ja alles in Ordnung." Stille umgab uns, leise Musik dudelte mir an die Ohren und ich seufzte. „Was ist das für Musik?", fragte ich Lucan, dieser wandte den Blick vom Fenster und schaute mich an. „Das ist klassische Musik. Meine Lieblingsmusik. Ich kann auch etwas anderes einlegen lassen. Was hörst du denn gerne?", antwortete er, ich lächelte und entspannte mich. „Schon okay. Klassische Musik ist gut. Obwohl ich eher die aktuelle Musik aus den Charts höre", erwiderte ich, Lucan nickte und sagte Victor sofort Bescheid.

Schon hörten wir Christina Aguilera, ich entspannte mich und lächelte noch immer, während wir an einem schweren Unfall vorbei kamen. Endlich nach einer kompletten Stunde hielt Victor vor einem schicken Restaurant, Lucan stieg zuerst aus, hielt die Tür auf und ich folgte ihm bedächtig, damit ich nicht umknickte. „Ich werde hier auf euch warten Lucan", bemerkte Victor, schloss die Tür und Lucan nickte. „Rufe mich an, wenn etwas sein sollte und zwar jederzeit." „Natürlich Lucan. Jederzeit und das weist du auch." „Gut und ähm...poliere sie noch einmal richtig und stelle den Champagner kalt." „Natürlich Lucan und lass es dir schmecken Rosalie. Das Essen hier soll ganz köstlich sein."

„Danke Victor, das werde ich auf jeden Fall tun", bedankte ich mich, Victor lächelte und Lucan führte mich über die Straße zum Restaurant. „Darf ich fragen was er polieren soll?", fragte ich, Lucan blieb kurz stehen und küsste mich voller Leidenschaft. „Das wirst du nach dem Essen sehen und selber erfahren oder besser gesagt spüren", antwortete er, hatte eine Hand in meinem Nacken und lächelte mich liebevoll an. „Dann warte ich solange, bis ich es erfahre", gab ich nach, er gab mir noch einmal einen innigen Kuss und führte mich danach in dieses schicke Restaurant, wo nur die Reichsten ihr Mahl einnahmen.

Kapitel 6

Das Restaurant war groß gewesen, ein großer Kronleuchter hing von der Decke und die Wände waren in einer beigen Farbe gestrichen. Es gab Sitzecken, die besetzt waren und Tische welche akkurat angerichtet waren und natürlich besetzt. Eine Bedienung führte uns in eine Sitzecke, wir liesen uns dort nieder und uns wurde der beste Wein gebracht. Lucan hatte Blut mit in seinem Wein, ich bekam eine Speisekarte und studierte diese eingehend. Als ich nach zehn Minuten mir das Drei-Gänge-Menü ausgesucht hatte, kam eine Bedienung und ich bestellte mir die Vorspeise eine Kürbiscremesuppe. Während ich diese dann auch aß legte Lucan seine Hand auf meinen Oberschenkel und strich unter mein rotes Kleid, bis er die betroffene Stelle gefunden hatte und mich dort streichelte. Die Nässe schoss mir in den Schoß, ich versuchte ruhig zu bleiben und mir nichts anmerken zu lassen. Als das Hauptgericht serviert wurde, begann ich dieses zu essen und währenddessen drang Lucan mit zwei fingern in mich ein.Niemand achtete auf uns, sein Daumen massierte meinen Kitzler und nachdem ich fast fertig gegessen hatte, bekam ich einen heftigen Orgasmus, wobei ich ein lautes Stöhnen unterdrücken musste. Beim Nachtisch lies mich Lucan in Ruhe, ich bekam wieder einen normalen Herzschlag und mein Blut floss normal durch meine Adern. Als ich fertig war, trank ich mein Glas Rotwein, sah Lucan an und lächelte leicht. „Ich werde mal auf die Toilette gehen und bin gleich wieder da", meinte ich, Lucan nickte und ich ging auf die Damentoilette. Als ich meine Hände gewaschen hatte wollte ich neues Makeup auflegen, als eine Frau aus einer der Kabinen kam und mich grinsend beobachtete. „Du bist also diese Neue, die bei Lucan wohnt", fing sie an, ich wandte mich zu ihr um und musterte sie.

„Und weiter?", fragte ich sie, plötzlich stand sie genau vor mir und ich wollte zurückweichen, doch das Waschbecken war im Weg. „Mhmm du riechst gut und ich glaube, ich probiere etwas von dir, ob du auch gut schmeckst", fügte sie noch hinzu, starr vor Angst stand ich da und konnte mich nicht bewegen. Blitzschnell hatte sie ihre Zähne in meinen Hals geschlagen, begann zu saugen und hielt mich dabei fest. Ich wurde schwächer, ein Nebel legte sich über meine Augen und als sie genug hatte, lies sie mich los. „Ja du schmeckst himmlisch und ich werde es mir merken bis zum nächsten Mal", hörte ich die Frau sagen, Schritte entfernten sich von mir und kurz darauf war sie weg. Ich klammerte mich am Waschbecken fest, stützte mich dort ab und zitterte am ganzen Körper.

Das war ja schrecklich gewesen, langsam ging ich auf die Tür zu und versuchte nicht zu schwanken. Langsam kam ich zu Lucan, dieser sprang auf und hielt mich kurz darauf fest. „Wer hat dich gebissen?", fragte er mich, war sehr ernst und sah mich dabei an. „Eine Frau war das. Sie meinte ich schmecke gut und sie würde mich wieder aufsuchen, wenn sie abermals Blut trinken will", antwortete ich leise, Lucan hielt mich weiterhin fest, zahlte und führte mich nach draußen zur Limousine. Als wir einsteigen wollten musste ich übergeben und Lucan hielt mich fest. „Was ist denn passiert?", fragte Victor, musterte mich besorgt und Lucan wischte mir den Mund ab. „Eine Vampirin hat sie auf der Damentoilette abgefangen und ihr Blut getrunken. Das was ich vorhatte kann ich heute Abend vergessen.

Rose braucht Ruhe und Schlaf um sich zu erholen", antwortete Lucan, half mir in die Limousine, schnallte mich an und als die beiden Vampire auch saßen, fuhr Victor los.

Ich lehnte an Lucan, hatte die Augen geschlossen und döste vor mich hin. „Es tut mir leid Lucan", entschuldigte ich mich, Lucan hielt mich in den Armen und brummte nur. „Du brauchst dich nicht zu entschuldigen, denn du hast dein Blut nicht angeboten", erwiderte er, ich nickte und atmete tief durch. „Schlafe ruhig, damit du wieder zu Kräften kommst", fügte er noch hinzu, ich nickte und schlief auch wirklich ein. Zwischendurch wachte ich auf als Lucan mich aus der Limousine hob und nach drinnen trug. „Was ist passiert Lucan?", hörte ich Mia, öffnete die Augen und sie stand genau vor uns. „Vampirangriff auf der Damentoilette. Sie braucht jetzt Ruhe und viel Schlaf, denn sie hat viel Blut verloren", antwortete Lucan knapp, Mia nickte und lies uns vorbei nach oben gehen.

Im Schlafzimmer legte Lucan mich ins Bett, zog mir die Sachen aus, öffnete meine Haare und deckte mich zu. „Schlafe jetzt Rose. Hier bist du komplett sicher und wenn du ausgeschlafen hast, musst du mir erklären wie diese Vampirin aussah", hörte ich die Stimme von Lucan, nickte, drehte mich auf die Seite und schlief schnell wieder ein. Als ich irgendwann aufwachte war es Tag gewesen, wie immer schlief Lucan noch und ich drehte mich auf den Rücken um an die Zimmerdecke sehen zu können. Der gestrige Angriff ging mir durch den Kopf, automatisch fasste ich mir an den Hals und dort spürte ich noch die Einstiche der Vampirzähne. „Nach ein paar Tagen sind sie wieder verschwunden", murmelte Lucan, ich wandte den Kopf nach rechts und seine dunkelblauen Augen sahen mich an. „Das ist gut, aber ein Vampir werde ich nicht oder?", fragte ich ihn, Lucan schüttelte mit dem Kopf und gähnte herzhaft.

„Schlafe noch etwas Rose. Es ist erst halb zwölf", fügte er noch hinzu, war wieder eingeschlafen und ich sah abermals zur Zimmerdecke. Nein schlafen konnte ich nicht mehr, doch ich hatte Hunger, verließ das Bett, zog mich an und verließ leise das Schlafzimmer. Von unten waren Geräusche zu vernehmen, ich ging langsam die Treppe hinunter und in der Küche war Mia gerade am kochen. „Hallo Rose, wie geht es dir heute?", fragte sie mich, wandte sich vom Herd ab und lächelte mich an. „Schon besser und ich habe Hunger bekommen", antwortete ich, setzte mich an die Frühstückstheke und Mia freute sich, dass ich Hunger hatte. „Lucan schläft wohl noch?", fragte sie mich abermals, rührte kurz etwas im Topf um und ich bejahte. „Dann lass ihn ruhig schlafen, denn das braucht er. Lucan hat gestern im Wintergarten getobt wie verrückt.

Er hat geschworen diesem Weib den Kopf abzureißen, denn niemand aber auch wirklich niemand darf dein Blut trinken außer er selber. Wenn er so einen Koller bekommt, dann sollte man schnell das Weite suchen, denn sonst ist man verloren. Obwohl ich kaum glaube, dass er dir jemals etwas antun würde, denn du hast sein Interesse geweckt und manchmal hat er so einen verträumten Blick. Da möchte ich gerne mal wissen, was er so denkt", fügte sie noch hinzu, richtete einen Teller an und stellte ihn mir hin. Kartoffelbrei mit Fischstäbchen. Einfach nur köstlich. Ich begann sofort zu essen, Mia räumte die Küche auf und lies sich dann mir gegenüber. „Also mag Lucan mich?", fragte ich sie, Mia grinste und hob nur die Schultern. „Wer weiss? Du bist bestimmt mehr für ihn als nur das Eine", antwortete sie, ich wurde rot und aß stillschweigend weiter. Schritte ertönten, jemand kam in die Küche und setzte sich neben mich. Lucan.

„Mia könntest du mir mal bitte eine Flasche Tierblut und ein Glas hergeben?", fragte er sie, Mia sprang auf und kurz darauf hatte er das Entsprechende bei sich stehen. Lucan füllte das Glas mit Tierblut, trank daraus und wandte sich dann mir zu. „Kannst du dich erinnern wie diese Frau aussah?", fragte er mich, ich schluckte den Bissen hinunter und nickte langsam. „Sie war so 1,75m groß, hatte rötlichbraune lange Haare und sie trug ein türkises kurzes Kleid", antwortete ich, aß noch auf und Mia räumte den leeren Teller weg. „Das war eindeutig Endora gewesen", warf Mia ein, stellte mir ein Glas Eistee hin und Lucan nickte bedächtig. „Ja das war definitiv Endora gewesen und das wird sie noch bereuen. Ich werde gleich losfahren und ihr einen Besuch abstatten. Mia du passt auf Rose auf und Victor soll sie bereit legen, damit ich sie dann benutzen kann.

Er weiss was ich damit meine", erwiderte Lucan, trank die Flasche leer, erhob sich, gab mir einen besitzergreifenden Kuss und

sah mich danach an. „Ich hole dich dann ab, damit wir gemeinsam zu meiner Firma fahren. Dort muss ich noch etwas wichtiges erledigen", sagte er, ich nickte verstehend und Lucan eilte los. „Ich werde gleich wieder bei dir sein", sagte Mia, sprang auf und verließ eilig die Küche. Ich trank derweil meinen Eistee, schwieg und wartete ab, bis Mia wieder in der Küche kam und mich erwartungsvoll ansah. „Wollen wir in den Wintergarten gehen? Es ist dort wirklich wunderschön." „Ähm...ich weiss. Dort war ich schon zweimal gewesen und einmal mit Lucan." Mia bekam große Augen, ich hatte den Blick gesenkt und die Farbe von voll ausgereiften Kirschen bekommen. „Oh...ähm... tut mir leid Rosalie", entschuldigte sie sich, ich hob den Blick und lächelte sie an. „Du brauchst dich nicht zu entschuldigen Mia.

Schließlich hattest du keine Ahnung gehabt und das muss niemand wissen", erwiderte ich, Mia stieß die Luft aus und nickte langsam. „Wir können auch etwas Anderes machen. Alles was du möchtest", schlug sie vor, ich erhob mich und sie räumte noch schnell das Glas weg. „Gehen wir in den Wintergarten." „Okay." Mia hakte sich bei mir unter, wir verließen die Küche und Dimitri kam aus dem Wohnzimmer. „Lucan ist in einer halben Stunde wieder da. Du sollst dann zu ihm ins Schlafzimmer gehen", sagte er zu mir, ich lächelte verstehend und ging mit Mia in den Wintergarten. Wie immer flogen dort die Schmetterlinge, ich sah Bienen bei den Blumen und dachte automatisch an Jane, die Blumen liebte. Ob ich sie jemals wieder sah? Ihre witzige und liebevolle Art? Und Dallas? Der mich mit seinem Charme umwickelte und mich in jeder Lebenslage zum Lachen brachte?

Ich hatte keine Ahnung gehabt, konnte nur die zeit abwarten und hoffen, dass ich beide noch einmal sah. Mia die neben mir ging schwieg die ganze Zeit, schaute sich neugierig um und lächelte dabei. „Ehrlich gesagt bin ich froh, dass du hier bist Rosalie. Die Einzige in der Gruppe zu sein ist voll doof und eine weitere Frau ist schon abwechslungsreich", fing sie an, wir waren stehen geblieben und das genau auf der Wiese. Die Erinnerung an mein erstes Mal mit Lucan kam mir wieder ins Gedächtnis, ich lächelte verträumt und hörte Mia kaum zu, die noch immer redete. Erst als sie verstummte kam ich aus meiner Träumerei, sie sah mich an und grinste breit. „Du bist mit deinen Gedanken ganz woanders. Das habe ich dir angesehen und in deinen Gedanken ist doch sicherlich Lucan die Hauptperson oder?" „Ach ist doch egal. Ja er ist die Hauptperson und ja ich habe mich in ihn verliebt, aber ich glaube kaum, dass er das Gleiche für mich empfindet", gab ich zu, Mia musterte mich eingehend und lächelte wissend. „Vielleicht ja, vielleicht nein. Du solltest die zeit abwarten und wenn es soweit ist, dann wirst du es mitbekommen."

„Hier seid ihr ja. Ich habe euch schon gesucht", warf Lucan ein, wir wandten uns um und der Vampir kam zu uns auf die Wiese. Dabei lies er seinen Blick schweifen, fing an zu grinsen und ich errötete in seiner Gegenwart. „Wir haben uns hier die Zeit vertrieben und ein bischen geredet", erklärte ich, Lucan nickte und sah uns wieder an. „Ich habe Endora angetroffen und sie gewarnt. Sollte sie dich noch einmal anfassen, dann würde sie es mit mir zu tun bekommen und es gäbe dann kein schönes Ende", erklärte er mir, ich nickte kurz und atmete tief durch. „Ich lasse euch mal alleine. Bis später Rosalie", sagte Mia, lächelte mir zu und verließ den Wintergarten. Lucan zog ein paar schwarz glänzender Liebeskugeln aus der Hosentasche, polierte sie und sah mich danach an.

„Ich möchte, dass du sie von jetzt an bis morgen Nachmittag trägst", meinte er, ich wurde rot, er zog mir die Hose und das Spitzenhöschen aus und kniete sich vor mich hin. Mein Herz schlug schneller, ich war erregt und irgendwie freute ich mich darauf. Lucan stellte mein linkes Bein auf seine Schulter, nahm die Liebeskugeln einzeln in den Mund und befeuchtete sie. Vergessen war alles um mich herum, er schob mir die Erst unten rein und die Zweite folgte kurz darauf. So spürte ich sie nicht mehr, doch als ich mich wieder anziehen wollte, da merkte ich, dass sie in mir drinnen waren. Sobald ich die Hose zugemacht hatte, gab Lucan mir einen leidenschaftlichen Kuss, nahm meine Hand und wir verließen den Wintergarten. Bei jeder Bewegung spürte ich die Liebeskugeln, das machte mich regelrecht heiß und ich spürte die Hitze in meinem Gesicht. Lucan führte mich zur Limousine wo Victor schon auf uns wartete, er hielt die Tür auf und ich stieg zuerst ein.

Dann schnallte ich mich an, entspannte mich und Lucan lächelte die ganze Zeit. War morgen Nachmittag das was ich dachte? Würde

Lucan mich in sein Reich führen, wo wir hoffentlich auch Sex hatten? Mein Herz schlug wieder höher, Lucan nahm meine rechte Hand und drückte sie sanft, während Victor die Musik anschaltete. Dann startete er den Motor, lenkte auf die Straße und fuhr ins New York hinein. „Gleich wirst du meine Firma von außen und von Innen sehen. Meine Mitarbeiter und mein Büro, wo ich die wichtigen Dinge erledigen werde und du dort auf mich wartest", erklärte mir Lucan, ich wandte mich zu ihm um und atmete tief durch. „Ich bin gespannt wie deine Firma aussehen wird", erwiderte ich, Lucan gab mir einen erneuten Kuss und nach einer halben Stunde hielt Victor auf einem Firmenparkplatz.

Kapitel 7

Seine Firma war ein großes Gebäude mit vielen Glasfenstern, es erinnerte mich an meine Lieblingsbücher und Lucan grinste breit. „Nein das ist nicht Fifty Shades of Grey Rose und ich bin nicht Mr Christian Grey. Obwohl die Bücher sehr interessant sind und inspirierend zugleich. Doch ich betreibe BDSM schon länger als dieser Typ, denn ich bin älter als er und habe mehr Frauen in dieses Thema einbezogen", erklärte er mir, ich grinste und seufzte tief. „Woher hast du das gewusst? Also das ich an die Bücher gedacht habe?", fragte ich ihn, er führte mich nach drinnen und an der Rezeption vor uns saß ein junger Mann. „Ich habe es deinem Gesichtsausdruck angesehen und jetzt fahren wir mit dem Fahrstuhl nach oben", antwortete er, führte mich rechts an der Rezeption vorbei und hielt vor der Fahrstuhltür, wo er den Knopf drückte.

Während wir warteten schaute ich mich neugierig um, schwieg und sog alles in mich auf. Schon nach kurzer Zeit glitten die Türen des Fahrstuhls auf, wir traten in die Kabine und Lucan drückte den Knopf mit der Nummer 40. Langsam fuhren wir nach oben, Lucan drückte mich gegen die Wand und küsste mich voller Begierde. „Ich kann es kaum abwarten bis es morgen Nachmittag ist und wenn ich daran denke, dass du Liebeskugeln in dir trägst, dann macht das mich wahnsinnig", brachte er hervor, ich lächelte darüber und drängte mich an seinen Körper. „Du kannst dir gar nicht vorstellen was das für ein tolles Gefühl ist, denn ich spüre sie bei jeder Bewegung", neckte ich ihn, Lucan sah mich an und hatte eine Augenbraue hochgezogen. „Reizt du mich etwa Rosalie?", fragte er mich, ich kicherte und hob nur die Schultern. „Wer weiss?" „Das heißt also ja. Gut okay."

Lucan lies von mir ab, der Fahrstuhl hielt und wir traten in einen Vorraum wo niemand anzutreffen war. Lucan nahm meine Hand, zog mich in sein Büro und sperrte die Tür hinter sich zu. Während ich eine große Fensterwand sah wo ein Schreibtisch mit Bürostuhl davor stand, trat Lucan zu seinem Schreibtisch und sah mich ernst an. „Komm her", befahl er, ich trat auf ihn zu und sah zu ihm auf. Lucan zog mir die Hose und das Spitzenhöschen runter, ich sollte mich mit dem Oberkörper auf seinen Schreibtisch legen und bevor ich mich versah, schlug er mir auf die linke Pobacke. Es tat nicht weh, sondern ziepte nur etwas, er streichelte kurz über die Stelle und schlug abermals zu. Das waren Emotionen gewesen die mich durchfluteten, ich hatte die Augen geschlossen und nach ungefähr ein dutzend Schlägen auf meinen Po, zog er mich wieder an und ich richtete mich auf.

„Setzte dich dort auf das Sofa und warte auf mich, während ich hier am Schreibtisch meine Arbeit erledige", befahl er wieder, ich nickte und setzte mich auf das Sofa. Lucan lies sich an seinem Schreibtisch nieder, holte seine Unterlagen raus und fing an zu arbeiten. Stillschweigend saß ich da, sah ihm zu und die Zeit verging wie im Flug. Als es draußen dunkel wurde, packte Lucan alles weg, erhob sich und trat auf mich zu. „Komm Rose, lass uns nach Hause fahren, damit du etwas essen kannst", meinte er, reichte mir die Hand, ich ergriff sie und sobald ich auf den Beinen war, verließen wir sein Büro. Abermals küsste er mich im Fahrstuhl, seine linke Hand glitt unter mein T-Shirt und umfasste meine Brust. Wohlige Schauer durchschossen meinen Körper, ich drängte mich an ihn und wollte unbedingt mehr von ihm haben. Wie als ob er meine Gedanken gelesen hätte, löste er sich von mir und lächelte. „Noch nicht meine Liebe.

Erst morgen Nachmittag und ich bekomme es mit, wenn du die Liebeskugeln entfernst", stoppte er mich, ich hatte erhitzte Wangen und nickte langsam. Der Fahrstuhl hielt unten an, die Türen auf und Lucan führte mich durch den Eingangsbereich nach draußen zur Limousine. Zusammen stiegen wir ein, ich schnallte mich an und

Victor fuhr los mit dudelnder Musik aus den Lautsprechern. Lucan rutschte zu mir rüber, küsste mich verlangend und seine Hände waren überall auf meinem Körper. „Nein ich kann nicht bis morgen warten. Ich will es heute noch", presste er zwischen den Küssen hervor, ich seufzte und war damit einverstanden. Als Victor anhielt stiegen Lucan und ich aus, der Vampir führte mich ins Schlafzimmer und dort sollte ich alles ausziehen bis auf das Spitzenhöschen. Als er mich eine Etage höher brachte, schlug mein Herz vor Aufregung schneller und ich war neugierig wie es ablaufen würde. In Lucans Reich blieb er vor eine Art Hocker stehen, sah mich an und nickte. „Knie dich hier davor hin und Beine weit auseinander. Nicht bewegen und nicht sprechen. Warte hier bis ich wieder da bin", sagte er, ich verstand und kniete mich hin.

„Weiter auseinander die Beine", befahl er, ich tat es und stützte die Ellbogen auf diese kleine Erhöhung. Die Tür ging zu, ich war alleine und konnte meinen eigenen Herzschlag hören, der noch immer sehr schnell war. Was erwartete mich da? Wie würde es weitergehen? Ich war nervös, neugierig und total erregt, so das mein Spitzenhöschen schon feucht war. Irgendwann kam Lucan wieder, stand kurz darauf vor mir und ich sah seine nackten Füße die in diesen Cowboyjeans steckten. „Steh auf", befahl Lucan mit einer drohenden Stimme, ich tat es und sah ihn noch immer nicht an. Lucan trat hinter mich, verband mir die Augen und ich konnte absolut nichts sehen. „Du brauchst keine Angst zu haben, denn es passiert dir nichts und ich werde dir nicht wehtun", flüsterte er an meinem Ohr, ich nickte verstehend und atmete tief durch. Lucan führte mich durch den Raum, blieb stehen, zog mir das Spitzenhöschen aus und half mir mich auf das Bett zu legen.

Meine Arme streckte er nach oben, schlang um die Handgelenke Schlaufen von straffen Bändern und band mich fest. Meine Schenkel schob er auseinander, band diese auch fest und entfernte sich wieder. Ich lag unbeweglich auf dem Bett, mein Herz raste mittlerweile und ich war gespannt, was er vorhatte. Plötzlich ertönte klassische Musik, ich lauschte und war total angespannt. Etwas Spitzes berührte meine Fußsohle, fuhr mit leichtem Druck dort entlang und danach war der rechte Fuß dran. Ich erschauderte bei diesem

Gefühl, bekam eine Gänsehaut und wandte den Kopf. Diese Prozedur wiederholte sich bis Lucan von mir abließ und ich wartete. Was war das Nächste gewesen? Kam noch mehr? Etwas schlug leicht auf meinen Bauch, ich fuhr erschrocken zusammen und merkte, dass es ein Flogger war. Im Rhythmus schlug Lucan leicht zu, traf verschiedene Stellen an meinem Körper und ich stöhnte lustvoll auf.

Wieso quälte er mich so und erlöste mich nicht endlich? Auf einmal war er weg, ich lauschte und bevor ich mich versah, begann er mich mit der Zunge zu bearbeiten. Ich wand mich in den Fesseln, stöhnte und kam dem Ziel näher. Als er die Liebeskugeln raus zog explodierte ich und bekam einen heftigen Orgasmus der mich noch ein paar Minuten erzittern lies. Doch Lucan begann mich zu küssen, streichelte und knetete meine Brüste und lies mich noch immer gefesselt im Bett liegen. Die Erregung durchflutete mich erneut, Lucan küsste mich intensiver, lies kurz von meinen Lippen ab und ich spürte an meinem Po seinen Finger. Vorsichtig führte er ihn dort ein, ich stöhnte auf und er bewegte ihn , wobei er mich wieder küsste. „Oh Gott", brachte ich raus, wandte mich unter ihm und der nächste Orgasmus nahte. „Shht Rose! Nicht reden und nicht bewegen. Kein einziges Mal", sagte er, entzog sich mir und ich lag heftig atmend in den Kissen.

    Schließlich drang er in mich ein, erfüllte mich voll und ganz und hielt kurz inne. Langsam begann er sich zu bewegen, ich hatte den Drang es ihm gleich zu tun, doch ich riss mich zusammen und versuchte still dazuliegen. Lucan folterte mich sozusagen, zog sich ein Stück zurück und stieß dann wieder zu, um es immer wieder zu wiederholen. Ich keuchte, stöhnte verzweifelt auf und wollte endlich zum Ende kommen. Irgendwann erhöhte Lucan sein Tempo, wurde schneller und ich spürte seinen Atem überall auf meiner Haut. Endlich hatten wir gemeinsam das Ziel erreicht, kamen zum Höhepunkt und er lag noch ein paar Minuten auf mir. Dann löste er sich von mir, befreite mich von den Fesseln und sobald die Augenbinde ab war, blinzelte ich kurz um besser sehen zu können. Lucan räumte alle Sachen wieder weg, reicht mir danach etwas zum anziehen und ich beobachtete ihn, wie er die Musik ausschaltete. „Du kannst gleich etwas essen gehen, denn Mia hat extra für dich gekocht und danach kannst du ein heißes

Bad nehmen, wenn du möchtest", schlug er vor, ich nickte und knöpfte die Hose zu.

„Okay das ist gut, denn ich habe einen Bärenhunger bekommen und ich bin müde", erwiderte ich, Lucan grinste und küsste mich besitzergreifend. „Ja das erschöpft euch Menschen sehr Rose aber das Hier war noch gar nichts gewesen. Warte erst einmal ab, wenn ich Analdildos und Vibratoren benutze mit den Brustklammern. So schnell kannst du dann gar nicht, da hast du dann nicht nur einen Orgasmus, sondern gleich mehrere", fügte er noch hinzu, mein Herz schlug schneller bei dieser Vorstellung und ich nickte langsam, wobei ich tief durchatmete. „Doch das wird noch eine Weile dauern und bis dahin werden wir die einfachen Dinge tun so wie das Heutige. Sofern du das auch möchtest." Ich sah Lucan an, grinste und hob nur die Schulter. „Wer weiss das schon", schmunzelte ich, Lucan zog eine Augenbraue hoch und ich musste lachen.

„Provozierst du mich etwa Rose? Sei vorsichtig oder ich muss dich bestrafen", warnte er mich, ich lachte darüber und flitzte aus dem Zimmer, bevor er es in die Tat umsetzen konnte. Indem Moment hatte ich nur vergessen, dass er ein Vampir war, vor der Treppe hatte er mich eingefangen und hielt mich fest. „Da kommt wohl jemand aus seinem Schneckenhaus raus? Das gefällt mir, wenn man denkt du seist am Anfang ein Unschuldslamm und dann wirst du zu einer Raubkatze im Bett. Beim nächsten Mal wirst du mir behilflich sein und mich zum Orgasmus bringen. Ich will sehen ob du noch unerfahren darin bist oder ob du das schon mal gemacht hast." Ich sah Lucan an, hatte große Augen bekommen und nickte langsam, wobei ich schweigsam war. „Du brauchst wirklich keine Angst zu haben Rose und mir einfach vertrauen. Ich werde dich zu nichts zwingen und alles soll freiwillig passieren. Wenn du etwas nicht möchtest, dann sagst du einfach nein und wir hören sofort auf." „Ich habe keine Angst Lucan.

Es ist nur alles so neu, denn ich habe das vorher noch nie getan", erwiderte ich, Lucan nickte verstehend und lächelte. „Hat es dir vorhin gefallen oder war es eher unangenehm für dich gewesen?" „Es war ein schönes neues und aufregendes Gefühl gewesen und es hat mir ehrlich gesagt gefallen." Lucan grinste breit, küsste mich ein letztes Mal und gab mir danach einen Klaps auf den Po. „Und jetzt los Fräulein! Geh etwas essen und danach nimmst du ein schönes heißes Bad." „Okay Lucan." Ich lächelte, wandte mich von ihm ab und ging die Treppe hinunter bis zur Küche. Dort waren Stan und Mia, beide küssten sich voller Leidenschaft und hatten mich nicht mitbekommen. Erst als ich mich räusperte liesen sie voneinander ab und sahen mich lächelnd an. „Hallo Rosalie, alles in Ordnung? Geht es dir gut?", fragte mich Mia, erhob sich vom Hocker und ging zum Herd um mir etwas Essen auf den Teller zu tun. „Ja ich kann mich nicht beklagen Mia. Alles in bester Ordnung", antwortete ich, setzte mich neben Stan an die Frühstückstheke und bekam das Essen. Nudelsalat mit Wienerwürstchen. Ich tat Ketchup über das Essen, nahm die Gabel und während ich aß, grinsten die beiden Vampire bis über beide Ohren. „Was ist? Habe ich irgendetwas im Gesicht oder so?", fragte ich, die Beiden schüttelten mit dem Kopf und warfen sich kurz einen Blick zu.

„Wie war es denn mit Lucan in seinem eigenen Reich?", fragte mich Stan, ich schluckte den Bissen hinunter und lächelte ihn an. „Das verrate ich dir ganz sicher nicht, aber eins kannst du wissen. Es war schön gewesen", antwortete ich, Mia hatte große Augen bekommen und freute sich. „Soll ich dir ein heißes Bad einlassen? Du brauchst bestimmt Erholung und auch Entspannung nach der ganzen Aktion", meinte sie, ich lächelte und nickte bestätigend. „Gut dann iss du in aller Ruhe auf und ich werde dir dein Badewasser einlassen. Du darfst das Badezimmer von Lucan mit benutzen und ich habe es für dich hergerichtet", fügte sie noch hinzu, eilte aus der Küche und Stan leistete mir Gesellschaft.

„Lucan hat in zwei Wochen Geburtstag", fing er an, ich schon den leeren Teller von mir und nickte verstehend. „Dann werde ich mir ein Geschenk ausdenken und ich weiss auch schon, was es sein könnte", erwiderte ich und lächelte über meine Idee, welche genau passend für Lucan war. „Nach deinem Gesichtsausdruck zu urteilen hast du schon etwas für Lucan", bemerkte Stan, ich grinste breit und trank meinen Eistee. „Würdest du mir einen Gefallen tun?", fragte ich ihn, er sah mich an und nickte langsam. „Ähm...ich brauche eine Stange und zwar eine Stripteasestange. Sie sollte im Zimmer von Lucan eingebaut werden, aber er darf es nicht erfahren." „Das bekommen wir hin da er eine Woche vor seinem Geburtstag auf Geschäftsreise macht und erst an seinem Geburtstag kommt er zurück." „Oh das ist sehr gut und jetzt gehe ich mein heißes Bad nehmen." Ich erhob mich, nickte Stan zu, verließ die Küche und ging nach oben, wo ich nebenbei an meine Idee für das Geschenk dachte.

Kapitel 8

Die Woche zu Lucans Geschäftsreise verging ziemlich schnell, er packte zwei große Koffer und war selten zu Hause. Am Morgen seiner Abreise kam er runter in die Küche und sah mich an. „Ich habe einen Koffer für dich mit gepackt, denn ich werde dich mitnehmen", sagte er ernst, ich stellte meine Tasse ab und warf einen Blick zu Mia. „Du musst für mich noch etwas erledigen, während ich nicht da bin", fing ich an, Mia nickte, wir erhoben uns und ich eilte mit ihr in ihr Zimmer was ein totales Mädchenzimmer war. „Und was?", fragte sie mich und ich zeigte ihr das was ich bestellen wollte. „Das hier bitte bestellen. Es ist ein Teil meiner Geburtstagsüberraschung für Lucan", antwortete ich, Mia strahlte und nickte eifrig. „Das wird sicherlich super an dir aussehen Rose!

Ich werde es dir definitiv bestellen und jetzt solltest du gehen, bevor er dich holt. Viel Spaß mit ihm." Ich lächelte, zog mich eilig an und trat danach unten an Lucans Seite. „Was hattet ihr da noch zu reden gehabt?", fragte er mich, ich grinste und hob nur die Schultern. „Nichts Wichtiges. Lass uns fahren Lucan", antwortete ich und trat vor ihm nach draußen. Der Himmel war bewölkt gewesen, es sah nach Regen aus und Victor hielt mir einen Regenschirm über den Kopf da es nieselte. „Damit du nicht nass wirst und am Ende auch noch krank. Das wollen wir ja nicht", meinte er nur, ich lächelte und stieg in die Limousine ein. Lucan folgte mir, wir schnallten uns an und Victor fuhr die Limousine vom Anwesen. „Wo fliegen wir jetzt überall hin?", fragte ich ihn, Lucan wandte sich vom Fenster ab und sah mich an. „Zuerst fliegen wir nach London und bleiben dort bis morgen Mittag.

Dann Paris, danach Rom und am Ende Berlin", antwortete er, ich verstand und schaute wieder aus dem Fenster. „Am Samstagabend sind wir wieder hier, da ich am Sonntag Geburtstag habe und sie eine Party veranstalten wollen. Das habe ich herausbekommen wie jedes Jahr, doch du hast auch etwas vor und da bin ich schon die ganze Zeit am überlegen, was es sein könnte. Bis jetzt bin ich deswegen in einer Sackgasse", fing Lucan an, ich wandte mich zu ihm hin und lächelte wissend. „Das erfährst du auch erst am Sonntag zu deinem Geburtstag und bis dahin wirst du dich gedulden müssen", erwiderte ich, lächelte und Lucan hatte eine Augenbraue hochgezogen. Gott sah das bei ihm sexy aus und dieser Blick reichte aus um mein Blut in Wallungen zu bringen. Am Liebsten hätte ich ihn auf dem Rücksitz der Limousine überfallen, Lucan grinste und es sah aus, als ob er meine Gedanken gelesen hätte.

„Kannst du Gedanken lesen?", fragte ich ihn, Lucan lachte und hatte ein Aufblitzen in den Augen. „Nein das kann ich nicht, aber ich höre deinen schnelleren Herzschlag und wie dein Blut durch deine Adern rauscht. So kann ich es mir dann zusammenreimen, was dir durch den Kopf geht", antwortete er mir, ich atmete tief durch und Victor hielt bei einem großen Privatflugzeug. Meine Tür wurde geöffnet, es regnete nun und er hielt mir den Schirm über den Kopf, damit ich trocken blieb. Eilig stiegen wir in das Flugzeug, Victor verschwand und sobald Lucan auf seinem Platz saß, schloss sich die Tür. „Falls du auf die Toilette musst, da hinten gibt es ein Badezimmer und daneben ein Schlafzimmer. Neben deinem Sitz gibt es einen Knopf, der dir das Essen bringt. Also es kommt dann jemand und erfüllt dir jeden Wunsch", erklärte mir Lucan, ich sank in meinen Sitz und lehnte mich schließlich zurück. „Und wie lange fliegen wir jetzt?"

„Eine Stunde nur. Dieses Flugzeug ist ziemlich schnell und so schaffen wir jede Stadt in dieser Woche, wo eine Firma von mir besteht." „Wow und ähm...wie ist das denn mit diesem Typen, der vor Jahren ebenfalls in diese Welt kam? Weiß er wie ich wieder zurückkomme?" Als ich das Lucan fragte richtete er sich abrupt im Sitz auf und sah mich böse an. „Nein! Du bleibst bei mir und das für immer! Ich lasse dich nie wieder gehen", fauchte er, sprang auf und rauschte ins Badezimmer wo er die Tür hinter sich zuknallte. Ich atmete tief durch, stützte den Kopf auf der Hand ab und sah aus dem Fenster. Na toll! Jetzt war ich auch noch sein Besitz gewesen und wieder nach Hause? Das konnte ich komplett vergessen, denn Lucan würde mich niemals gehen lassen und ich saß auf ewig in der Parallelwelt fest. Ganz super! Die ganze Stunde über ließ sich Lucan nicht blicken, ich war alleine und starrte aus nur aus dem Fenster. Sobald das Flugzeug landete und die Tür aufging, erschien Lucan und sah mich ernst an.

„Komm!" Der Vampir ging voraus, ich erhob mich und folgte ihm nach draußen. Es regnete ebenfalls in London, doch Lucan war es egal ob ich nass wurde und stieg in die Limousine. Diesmal wurde ich sauer, blieb in der Tür des Flugzeuges stehen und hatte die Arme verschränkt. So etwas musste ich mir nun wirklich nicht gefallen lassen, blieb stur stehen und bevor ich mich versah, fuhr die Limousine davon. Voller Entsetzen sah ich hinterher, wurde stinksauer und rauchte vor Wut. „Hier die Adresse zu seinem Hotel wo er sich ein Doppelzimmer gemietet hatte", erklärte mir der Pilot, reichte mir eine Visitenkarte und als ich die Adresse las, bekam ich große Augen. Das Hotel war in Charing Cross, es war ein Luxushotel und ziemlich weit vom Flughafen entfernt. „Danke schön und ich werde es sicherlich finden." Der Pilot lächelte, nickte mir zu und ich stieg endlich aus.

Als ich über den Flugplatz ging wurde ich komplett nass und meine Kleidung klebte mir sofort auf der Haut. In diesem Moment verfluchte ich diesen verdammten Vampir, begann ihn zu hassen und fragte mich echt, wieso ich mit ihm schlafen musste. Sein Geschenk konnte er ebenfalls vergessen, denn da war ich schon stur gewesen und so schnell verzieh ich dem Blutsauger nicht. Ich trat auf den Fußweg, schaute mich um und überlegte wo ich langgehen musste, da ich noch nie in London war. „Ach geh einfach los, denn du wirst es schon finden", dachte ich mir, ging los und fluchte unterwegs immer wieder. Irgendwann hatte ich die Schnauze voll, setzte mich auf eine Bank und verschränkte die Arme. Ich war total durchweicht, hatte Hunger, brauchte ein heißes Bad und trockene Klamotten. Plötzlich stand Lucan vor mir, packte mich am Arm und zog mich zur Limousine.

Dort stieg ich zuerst ein, der Vampir folgte und als die Tür zu war, fuhr die Limousine los. Auf der Fahrt zum Hotel schwiegen wir Beide, waren zu stolz um uns zu entschuldigen und deswegen war es auch so still gewesen. „Nein Rosalie, du entschuldigst dich nicht bei ihm, denn du gibst nicht nach", dachte ich, hatte die Arme abermals verschränkt und starrte stur aus dem Fenster. Ab und zu warf Lucan mir einen Blick zu, ich ignorierte es jedoch gekonnt und schwieg beharrlich. Die Limousine hielt nach einer halben Stunde vor einem riesigen Hotel, wir stiegen aus und Lucan ging voraus in die Lobby. Ich trottete ihm hinterher, Blicke verfolgten uns und Lucan wurde regelrecht angestarrt. An der Rezeption saß eine Blondine, sie sah von ihrer Arbeit auf und lächelte Lucan an. „Guten Tag Mr Flynn! Schön, dass sie wieder in London sind. Ein Doppelzimmer bis morgen Mittag?", fing sie an, Lucan nickte und sie reichte ihm eine Checkkarte.

Dann sah sie mich an, hob eine Augenbraue und wollte etwas sagen, doch Lucan legte einen Arm um mich und bedeutete der Blondine, dass ich zu ihm gehörte. Die Blondine nickte verstehend, Lucan führte mich zu einem der beiden Fahrstühle und drückte den Knopf für den 25 Stockwerk. Während wir warteten schwiegen wir immer noch und sagten kein Wort. Vor uns hielt der Fahrstuhl, die Tür glitt auf und wir traten in die Kabine. Sobald die Tür wieder zu war fuhren wir nach oben, ich starrte die Wand an und wollte auf jeden Fall, dass Lucan sich bei mir entschuldigte. Doch auch er sagte nichts, war ebenfalls stur und somit lies ich es bleiben. Auf der Etage des 25 Stockwerks gingen wir den Gang entlang, vor der letzten Tür blieben wir stehen und Lucan benutzte die Karte um ins Zimmer zu kommen.

Das Doppelzimmer war groß gewesen, hatte einen Flachbildschirm an der Wand hängen, eine Minibar und ein angrenzendes Bad, wo Lucan darin verschwand. Kurz darauf hörte ich Wasser rauschen, er kam wieder ins Zimmer und zog sich komplett um. „Du wirst hier im Zimmer bleiben und es nicht verlassen, bis ich wieder da bin", sagte er bestimmt, duldete keinen Widerspruch und lies mich alleine. Ich atmete tief durch, schluckte die Schimpfworte hinunter und ging ins Badezimmer wo dampfendes Wasser in die Badewanne lief. Eilig holte ich neue Klamotten aus dem Koffer, sperrte hinter mir die Tür ab und schälte mich aus den nassen Sachen. Diese legte ich erst einmal zur Seite, stieg dann ins heiße Wasser und lehnte mich entspannt zurück, wo ich die Augen zugleich mit schloss.

Langsam taute ich wieder auf, begann mich zu waschen und auch meine Haare kamen in den Genuss eines Shampoos und sobald ich fast aufgeweicht war, stieg ich wieder aus dem Wasser. Ich wickelte mich in ein großes flauschiges Handtuch, trocknete mich eilig ab und zog die warmen Klamotten an. Danach kam ich wieder ins Zimmer, sank auf das Bett, nahm die Fernbedienung in die Hand und sobald der Fernseher an war, zappte ich durch die Kanäle um irgendeinen interessanten Film zu finden, den ich anschauen konnte. Ich fand natürlich einen guten Film, rollte mich auf dem Bett ein und schaute ihn mir an. Die Zeit tröpfelte dahin, irgendwann klopfte es an der Tür und diese ging auf. „Zimmerservice Miss", sagte ein junger Mann, stellte ein Rolltablett in den Raum, verneigte sich vor mir und lies mich alleine. Ich erhob mich vom Bett, trat an dieses Tablett und hob die Haube vom Teller. Nudelauflauf. Sofort lief mir das Wasser im Mund zusammen, ich nahm den Teller und sobald ich saß, begann ich zu essen.

Es war ziemlich langweilig gewesen, ich war alleine und hatte niemandem zum reden. Gut in meiner Welt hatte es mir nie ausgemacht, wenn ich alleine war, doch jetzt war Lucan meine Gesellschaft und diese vermisste ich schon. Konnte ich mich in ihn verliebt haben? In diesen Vampir? Wie fühlte es sich eigentlich an verliebt zu sein? Ich hatte damals zwar einen freund gehabt, doch wirklich geliebt hatte ich ihn nicht. Was waren die Anzeichen gewesen? Schmetterlinge im Bauch, Herzklopfen und man konnte nur an ihn denken. An seinen muskulösen Oberkörper, an diese dunkelblauen Augen und seiner wunderbaren Bestückung. Sein Penis war weder groß noch zu klein, sondern genau richtig und als meine Gedanken in jedes Detail abschweifte, spürte ich wie mein Körper sich meldete.

Nach einer halben Stunde war ich mit dem Essen fertig, nahm mir den Nachtisch Obstsalat und aß ihn, während ich auf dem Bett saß. Ein neuer Film wurde gezeigt, ich trank meinen Eistee und sah ihn mir an. Draußen regnete es noch immer, ein Gewitter folgte und sofort erinnerte es mich an mein Ereignis in meiner Welt. Wie lange war das schon her? Zwei Wochen? Was machten Jane und Dallas? Dachten sie genauso an mich wie ich an sie? Ganz sicherlich, denn wir waren zu dritt die besten Freunde und jetzt war ich nicht mehr bei ihnen. Auf einmal bekam ich Heimweh, verließ das Bett und trat ans Fenster. Dicke Tropfen klatschten ans Fenster, liefen nach unten und hinterließen ihre Bahnen. Gedankenverloren sah ich den Tropfen dabei zu, atmete tief durch und seufzte kurz. Wie lange war Lucan fort? Würde seine Abwesenheit noch dauern?

Jemand klopfte an die Tür, ich drehte mich um und dort stand diese Frau, welche mich im Restaurant überfallen hatte. „Gut das du alleine bist meine Liebe, denn so kann Lucan mich nicht aufhalten und ich kann dich mitnehmen", fing sie an, ich blieb wo ich war und lies sie nicht aus den Augen. „Und was willst du von mir?", fragte ich sie, die Vampirin trat näher auf mich zu und blieb beim Schrank stehen. „Na was wohl Schätzchen? Dein Blut, dass so köstlich ist und durch deine Adern fließt. Doch wie viel es sein wird kann ich dir nicht sagen, denn ich brauche ganz viel von dir, damit ich eine Weile überleben kann", antwortete sie, ich musterte sie und hatte die Arme verschränkt. „Such dir jemand Anderes du billige Schlampe", fauchte ich, stieß sie zur Seite und verließ fluchtartig das Zimmer.

So schnell ich konnte rannte ich zu den Fahrstühlen, diese waren leider unten und ich nahm die Treppe. Immer wieder sah ich nach hinten, suchte die Treppen nach oben ab und konnte sie jedoch nicht sehen. Wo war sie nur? Stand sie unten? Wartete sie oben, dass ich aufgab und mich fügte? Nein nicht darüber nachdenken, sondern einfach nur rennen, rennen und nicht anhalten. Sobald ich unten ankam blieb ich stehen, beruhigte meine Atmung und mein Herz raste wie verrückt. Erst nach einer Weile schaute ich noch einmal zurück, konnte diese Vampirin jedoch nicht sehen und trat durch diese Metalltür, was ich sofort bereute. Eine Faust erschien blitzschnell, traf mich mitten ins Gesicht und ich torkelte zurück, wo ich gegen die Wand prallte. Dort glitt ich zu Boden, hörte noch ein hämisches Lachen und versank dann sofort in die Bewusstlosigkeit...

Kapitel 9

Irgendwann kam ich wieder zu mir, blinzelte und sah zu einer weißen Zimmerdecke auf. Wo war ich nur hingebracht wurden und würde Lucan mich finden? Wie viel Zeit war seit meiner Entführung verstrichen und wie lange lag ich hier schon? Ich wollte michaufsetzen doch ich war an dieser Liege gefesselt und eine Kanüle steckte in meiner linken Armbeuge, wo mein Blut in so einen Beutel floss. Na super! Ich saß oder besser gesagt lag in der Falle, konnte nicht fliehen und musste ausharren. Schritte ertönten, jemand trat in mein Blickfeld und das breite Grinsen der

Vampirin erschien über mir. „Dein Blut ist so köstlich, dass ich mehr von dir haben will und es auch bekomme. Lucan wird dich niemals finden und sollte er es doch schaffen, dann bist du kaum noch am Leben", sagte sie, lachte schadenfroh und verschwand wieder. Wenn sie Recht hatte, dann war ich verloren und würde meine Freunde nie wieder sehen. Wie lange lag ich nach dieser Endora da? Minuten, Stunden oder sogar schon tage? Ein Knall holte mich aus meiner Lethargie, ich öffnete schwerfällig die Augen und sah zu Lucan auf.

Er löste geschickt die Fesseln, entfernte die Kanüle, hob mich hoch und brachte mich nach draußen. Schnell rannte er durch die Straßen, kam schon bald beim Hotel an und betrat dieses. Ich hatte meinen Kopf an seinen Oberkörper gelehnt, die Augen geschlossen und war müde gewesen. „Du solltest schlafen, denn du hast mehr Blut verloren als das letzte Mal", sagte Lucan, ich murmelte irgendetwas und schlief wirklich auf seinen Armen ein. Mein Schlaf war fest, Traumlos und sehr erholsam, denn als ich aufwachte war ich fitter als am Vortag gewesen. Neben mir lag Lucan, er hatte einen Arm um mich gelegt und ich war eng an ihm gepresst. Lucan schlief noch, ich musterte ihn und er war sehr entspannt. Diese glatte Haut, keine Falten und keine Augenringe. Der perfekte Mann und ich war dabei mich in ihn zu verlieben. Sollte ich diese Gefühle zulassen, die mich schon seit Tagen nervten und nicht mehr verschwanden?

Das war eine ziemlich schwere Frage und ebenso eine ziemlich verzwickte Lage aus der ich einfach nicht mehr raus kam. Lucan regte sich, murmelte vor sich hin, zog mich enger an sich und schlief weiter. Ich gluckste, schüttelte mit dem Kopf und schloss die Augen. Gut okay ich musste bei ihm bleiben, hoffentlich jedoch nicht für immer und ewig. „Super! Bis das der Tode euch scheidet", dachte ich, erschauderte bei diesem Gedanken und Lucan erwachte. „Ist dir kalt?", fragte er mich leise, ich öffnete die Augen und er seine noch geschlossen. „Nein mir ist schön warm, da du mich umklammerst und

ich somit nicht friere", antwortete ich, Lucan sah mich an und musterte mich eingehend. „Du siehst noch ziemlich blass aus und wirst erst einmal richtig frühstücken.

Danach fahren wir zum Flugplatz und fliegen nach Paris. Du wirst mich ab heute mit begleiten und nicht mehr alleine im Hotel sitzen. Als ich gestern ins Zimmer kam habe ich dich gesucht und ahnte, dass etwas nicht stimmte. Also bin ich deinem Geruch gefolgt und hatte dich auch schnell gefunden. Noch ein paar Minuten länger und du wärst gestorben", erklärte er mir, ich schwieg und erwiderte seinen Blick. „Ich habe Angst Lucan, denn ich will nicht sterben. Ich bin zu jung dafür", flüsterte ich, Lucan drückte mich an sich und hielt mich schützend fest. „Du wirst nicht sterben Rose. Niemals, denn das lasse ich nicht zu", erwiderte er, strich mir über den Rücken und küsste sanft meine Schulter. Ich hatte die Augen geschlossen, genoss diese Küsse und lächelte leicht. „Nein wir haben dafür jetzt keine Zeit, denn das Flugzeug wartet schon auf uns.

Also solltest du jetzt frühstücken, anziehen und ich packe unsere Koffer." Lucan verließ das Bett, zog sich an, gab mir das Tablett mit dem Frühstück und begann danach die Sachen in die Koffer zu packen. „Also nimmst du mich in Paris mit in deine Firma", meinte ich, sah Lucan an und dieser nickte kurz. Ich frühstückte in aller Ruhe zu Ende, zog mich danach ebenfalls an und Lucan verließ mit den Koffern zuerst das Zimmer. Eilig folgte ich ihm, sah mich immer wieder um und sah im Geiste schon den nächsten Angriff. Doch dieser blieb diesmal aus, nach zehn Minuten waren wir bei der Limousine und sobald die Koffer verstaut waren, stiegen wir ein. Ich schnallte mich an, lehnte mich zurück und entspannte mich. Die Limousine fuhr los, ich sah aus dem Fenster und London rauschte an uns vorbei, wobei ich wenig mitbekam. Auf dem Flugplatz hielten wir an, stiegen aus und nach wenigen Minuten saßen wir im Flugzeug, welches dann auch abhob. „Warst du schon mal in Paris?", fragte mich Lucan, ich wandte mich an ihn und schüttelte mit dem Kopf.

„Nein noch nie. Ich lebte bis jetzt in New York", antwortete ich, Lucan grinste und lehnte sich im Sitz zurück. „Dann wird es wohl Zeit und heute Abend werden wir essen gehen", fügte er noch hinzu, ich lächelte und freute mich darauf. Der Flug nach Paris verlief ruhig, wir landeten sicher und Lucan führte mich zur Limousine. Sobald wir drinnen saßen, fuhren wir los und direkt durch Paris. Es war eine wunderschöne romantische Stadt gewesen, ich sah wieder aus dem Fenster und lächelte die ganze Zeit. „Wird sie uns folgen?", fragte ich Lucan, dieser atmete tief durch und bejahte. „Leider wird sie immer wieder hinter dir her sein, denn offenbar ist sie verrückt nach deinem Blut und das kann böse enden. Wir Vampire haben untereinander ein Abkommen vereinbart, dass den Menschen nur geringe Mengen an Blut abgezapft werden darf und niemand dabei sterben soll. Endora bricht soeben dieses Abkommen und da du bei mir lebst, kann es zum Kampf zwischen meinem und ihren Clan kommen.

Sie würde einfach behaupten, dass ich nicht teilen will, man würde uns angreifen und dich entführen, damit sie dein Blut haben kann. Endora kann wunderbar lügen und man kann nur schlecht entscheiden ob sie gerade die Wahrheit sagt oder nicht. Deswegen wirst du immer an meiner Seite sein, wenn wir unterwegs sind und am Samstagabend, Sonntagnacht wieder zu Hause sind", erklärte er mir, ich nickte verstehend und atmete tief durch wobei ich meine panische Angst hinunter schluckte. Vor einem Pariser Hotel hielten wir, stiegen aus und fuhren wieder in das 25 Stockwerk. Das Hotelzimmer war ebenfalls groß, Lucan stellte die Koffer ab, öffnete den Einen und holte einen Damenanzug hervor. „Den zeihst du jetzt an und dann fahren wir in meine Firma", sagte er kurz, ich entkleidete mich und zog den Anzug an. Sobald er perfekt saß nickte Lucan anerkennend und wir verließen das Zimmer wieder.

„Hake dich bei mir unter, damit du sicherer bist, denn Endora ist ganz bestimmt hier in Paris und du sollst dein Blut noch behalten", befahl er, ich tat was er sagte und kurz darauf fuhren wir mit dem Fahrstuhl nach unten in die Lobby. Mich beschlich ein ungutes Gefühl, ich sah mich immer wieder um und hatte Angst gehabt. Draußen stiegen wir in die Limousine, schnallten uns an und ich atmete erleichtert aus. „Ich spüre es, wenn dein Herz schneller schlägt und du hast Angst, das ich berechtigt finde. Das musst du aber nicht haben, denn ich bin ja bei dir und beschütze dich", bemerkte er, ich nickte, er nahm meine Hand, die er beruhigend drückte und ich mich sicherer fühlte. „Danke Lucan. Ich glaube es war Schicksal dir in die Arme zu laufen und dass ich den Stromkasten in meiner Welt angefasst hatte.

Obwohl ich das nicht hätte tun sollen. Jane und Dallas hatten mich davor gewarnt", fing ich an, Lucan wandte sich abermals mir zu und schwieg nur ganz kurz. „Wer sind Jane und Dallas? Ist Dallas dein Freund?", fragte er mich, ich erwiderte seinen Blick und in seiner Stimme konnte ich die Eifersucht heraushören. „Sozusagen ein guter Freund. Ein Kumpel. Mehr ist da nicht und du brauchst nicht eifersüchtig zu sein", antwortete ich, Lucan zog eine

Augenbraue hoch und musterte mich. „Ich bin nicht eifersüchtig aber du bist mein. Du gehörst mir und ich teile niemals mit Anderen", erwiderte er, die Limousine hielt und wir stiegen aus. Ich hakte mich abermals bei Lucan unter, er führte mich in seine Firma und diese sah genauso aus wie die in New York. In seinem Büro bedeutete er mir mich zu setzen, ich nickte kurz und er lies mich alleine, damit er seiner Arbeit nachgehen konnte.

Ich saß derweil auf dem Sofa, hatte die Beine übereinander geschlagen und wartete geduldig auf Lucan. Nach drei Stunden kam er wieder, hatte einen Salat für mich dabei und reichte ihn mir. „Iss, damit du nicht verhungerst", sagte er, ich lächelte und begann den Salat zu essen, während Lucan ein Glas Menschenblut gemischt mit roten Wein trank. „Ein guter Freund von mir hat die Umgebung abgecheckt und keine Spur von Endora gefunden. Sie ist also nicht in unserer Nähe. Jedoch werden wir vorsichtig sein und aufpassen, denn sobald wir leichtsinnig werden, kann sie ganz leicht angreifen", erklärte er mir, ich aß den Salat auf und trank danach den Eistee. „Sie wird keine Ruhe geben bis sie mich bekommen hat oder?", fragte ich, Lucan sah mich an und seufzte schwer.

„Leider nein Rose. Seitdem sie dein Blut gekostet hat, ist sie total vernarrt in dich und will alles haben. Dein gesamtes Blut." „Das klingt wirklich schrecklich und Angst einflößend. Da wird mir ganz anders, wenn ich daran denke und noch einmal entführt werden, will ich ebenfalls nicht. Für den Rest meines Lebens habe ich die Schnauze voll davon. Das kann ich dir versichern." „Ja das kann ich voll und ganz verstehen." „Darf ich dich etwas fragen Lucan?", fragte ich, Lucan setzte sich neben mich und nickte langsam. „Wie bist du eigentlich zu einem Vampir geworden?" „Mhm...das ist vor 294 Jahren passiert, als ich in Boston lebte und ein junger Mann war. Damals kam ein reicher Herr zu uns, der mich als Lehrling haben wollte und da meine Eltern arm waren, hatten sie zugestimmt.

Ich ging mit dem reichen Herrn mit und erst als es zu spät war, hatte er mich schon zu einem Vampir gewandelt. Seitdem bin ich einer und derjenige, der mich zu einem gemacht hatte ist vor 150 Jahren gestorben. Seit 100 Jahren gibt es uns Clans und seitdem spenden die Menschen ihr Blut an uns." „Holst du dir auch Menschenblut?" „Nicht mehr. Wie gesagt ernähren wir uns hauptsächlich von Tierblut und das ist auch gut so. Wir sind dennoch stark, sehr schnell und auch sehr leise." „Ah okay. Gut zu wissen." „Möchtest du etwas lesen? Ich muss noch einmal zwei Etagen tiefer." „was hast du denn zum lesen da?" Lucan erhob sich, trat an ein Regal, besah sich die Buchrücken und kam nach wenigen Minuten mit einem schwarzen Buch zurück. „Ein Begleitbuch für frische Vampire. Also die angezapft wurden. Du kannst es derweil lesen und ich beeile mich auch."

„Danke Lucan." ich nahm das Buch entgegen, Lucan wandte sich um und verließ abermals sein Büro. Leider konnte ich mich nicht so richtig konzentrieren, ich dachte nur an Lucan und an seinen wunderbaren nackten Körper. Gerne würde ich wieder mit ihm Sex haben und ebenfalls BDSM, denn es war ein gewisser Reiz gewesen, der mich eingefangen hatte. Als ich so daran dachte seufzte ich tief auf, legte das Buch weg und merkte wie mein Körper erhitzt war. Mein Herz schlug höher, auf meiner ganzen Haut kribbelte es und mein Blut geriet in Wallungen. Nie hätte ich gedacht so etwas zu spüren und zu empfinden, solche Gedanken zu haben und so fasziniert von diesem Thema zu sein. Ich erhob mich vom Sofa,, stellte das Buch wieder ins Regal und schaute aus dem Fenster. Von meiner Sicht aus konnte ich den Eiffelturm sehen, lichter blitzten mir entgegen und Autos fuhren auf der Straße entlang. Eine Ablenkung von meinen Gedanken da ich so fasziniert von Paris war, dass ich alles, dass ich alles um mich herum vergaß und nur nach draußen starrte. Leider hielt es nicht lange an, die Gedanken begannen in meinem Kopf wieder zu arbeiten und nichts konnte das Alles aufhalten oder zerstören.

Ich brauchte ihn, ich musste ihn haben und nie wieder hergeben. Seine weichen Lippen, seine harten Muskeln und sein prachtvolles Geschlecht was mich gänzlich ausfüllen konnte. Leise stöhnend schloss ich die Augen, lehnte mit der Stirn gegen die Scheibe und musste mich wieder abkühlen. „So ich bin jetzt fertig und…" Ich drehte mich um, Lucan stand in der Tür und musterte mich genau. Konnte er meine Erregung sehen, meinen schon leicht verschleierten Blick und die Sehnsucht nach ihm?

Langsam schloss Lucan die Tür hinter sich, sperrte diese ab und trat auf mich zu. Mein Herz raste, die Gier nach ihm wurde stärker und ich wollte unbedingt Sex mit ihm haben. Lucan stand nun genau vor mir, ich hatte den Kopf in den Nacken gelegt und sah ihn an. Keiner von uns beiden sagte ein Wort, ich hielt den Atem an und wartete ungeduldig auf den nächsten Schritt. Lucan legte eine Hand in meinen Nacken, zog mich enger an sich heran und begann mich sanft zu küssen.

Kapitel 10

Der Kuss blieb nicht lange so sanft, denn Lucan küsste mich leidenschaftlicher und voller Begierde, was mir ein lustvolles Stöhnen entlockte. Der Vampir hielt mich fest an sich gedrückt, hob mich hoch und setzte mich auf seinem Schreibtisch ab. Dort küssten wir uns weiter, er knöpfte meinen Blazer auf, die weiße Bluse ebenfalls und strich sie mir von den Schultern. Wir liesen voneinander ab, ich öffnete seine Krawatte, zog ihm die Jacke aus, das Hemd folgte und mit nacktem Oberkörper stand der Vampir vor mir. „Warte", flüsterte er, ging zu seinem Sofa, schob den kleinen Tisch weg und zog das Sofa aus, so das wir mehr platz hatten. Dann kam er zu mir zurück, nahm seine Krawatte, trat hinter mich und band mir die Arme auf den Rücken zusammen. Sobald der Knoten fest saß half er mir auf die Beine, zog mir Hose und den Slip aus und legte die Sachen beiseite.

„Stell deine Beine etwas auseinander", sagte er mit rauer Stimme, ich tat es und er kniete sich vor mich hin. Sein warmer Atem traf meine empfindlichsten Stellen, ich erschauderte und er begann gezielt meinen Kitzler zu lecken, während er zwei Finger in mich schob. Ichhatte die Augen geschlossen, genoss dieses wahnsinnige Gefühl und erzitterte, als der Orgasmus sich anbahnte. Lucan bemerkte es, leckte intensiver über meinen Kitzler, biss leicht hinein und ich kam heftig atmend zum Ziel Während ich zitterte, erhob sich Lucan, begann mich abermals zu küssen und trug mich zum Sofa. Dort lies er mich auf die Knie nieder, platzierte ein Kissen auf der breiten Sofalehne und zog sich selber Hose und Boxershorts aus. „Beuge dich nach vorne und lege dich mit dem Oberkörper auf das Kissen.

Du brauchst keine Angst zu haben und vertraue mir. Entspanne dich einfach und sag sofort Bescheid, sollte es wehtun", sagte er, ich nickte und beugte mich nach vorne, bis ich auf dem weichen Kissen lag. Lucan ging zu einem Schrank, holte eine Tube aus einem Fach und kam danach wieder zu mir. „Nicht erschrecken es könnte etwas kalt sein." „Okay." Der Vampir kniete wieder hinter mir, Stille und dann spürte ich das Kalte an meinem Po. Gleitgel. Großzügig trug er es dort auf, vorsichtig schob er einen Finger in mich hinein und ein zweiter folgte. Mein Herz schlug vor Aufregung schneller, ich war sehr neugierig und aufgeregt. Ein dritter Finger kam noch hinzu, Lucan dehnte mich hinten und war sehr behutsam. Nein Fisting, als mit der Faust jemanden zum Orgasmus bringen wollte er nicht, nun war ein vierter Finger in mir und ich stöhnte lustvoll auf.

„Tu ich dir weh?", fragte mich Lucan, hielt inne und wartete auf eine Antwort. „Nein du tust mir nicht weh. Wirklich nicht", antwortete ich und lächelte bestätigend. „Okay." Als Lucan fertig war und mich genug eingeschmiert hatte, zog er sich wieder zurück und ich wartete auf das Nächste. Plötzlich spürte ich einen leichten Druck von hinten an meinem Po, dieser wurde verstärkt und ich atmete tief durch. Lucan zog sich ein Stück zurück, drang wieder ein und er machte es so lange, bis ich ihn komplett aufnahm. Wow war das ein unbeschreibliches neues Gefühl gewesen! Vorsichtig bewegte er sich, hatte seine Hände an meine Hüften gelegt und stieß sanft zu um mir nicht wehzutun. Ich hatte die Augen geschlossen, genoss dieses neue Gefühl und meine Atmung ging stoßweise.

Als ein erneuter Orgasmus nahte, hörte Lucan auf, zog sich von mir zurück und ich war enttäuscht, da ich nicht erlöst wurde. Abrupt drang er in mich ein, ich lies einen kleinen erschrockenen Schrei los und er bewegte sich schneller. Immer wieder stieß er kräftig zu, ich stöhnte voller Lust und schon bald hatten wir gemeinsam einen gewaltigen Orgasmus gehabt, der uns beide noch ein paar Minuten zittern lies. Schließlich entzog sich Lucan, machte den Knoten der Krawatte auf und ich richtete mich auf, wobei ich mir kurz die Handgelenke rieb. „Ist alles in Ordnung? Geht es dir gut?", fragte er mich, half mir auf die Beine und hielt mich vorsichtshalber fest. „Es ging mir nie besser wie jetzt und es war fantastisch. So etwas hatte ich noch nie erlebt", antwortete ich, Lucan lächelte und gab mir einen innigen Kuss. „Bald gerne wieder Rose.

Solange es dir gefällt und du ebenfalls Spaß daran hast. Und nein kein Fisting, falls du daran gedacht hast, denn das ist nicht mein Fall", erwiderte er, reichte mir meine Sachen und während ich mich anzog, tat er es mir gleich. „Das hätte ich dir auch nicht zugemutet Lucan." Der Vampir gluckste, war fertig angezogen und als ich meinen Blazer zugeknöpft hatte, verließen wir gemeinsam sein Büro. Draußen kam der Abend näher, wir stiegen in die Limousine und fuhren durch Paris. „Wir gehen jetzt etwas essen, denn du hast sicherlich Hunger bekommen und brauchst etwas im Magen." „Ja das klingt wirklich gut, denn ich habe Magenknurren und muss etwas essen." „Gut im Restaurant 'Bistrotters' gibt es exzellentes Essen und es soll sehr gut sein." Ich lächelte, die Limousine hielt nach einer halben Stunde und wir stiegen aus. Das Restaurant war gut besucht gewesen, ich hatte mich bei Lucan eingehakt und er führte mich nach drinnen.

An einem Empfangspodest stand ein junger Mann, sah von seiner Liste auf und nickte Lucan lächelnd zu. „Sie haben einen Tisch reserviert Sir? Ich werde Sie dorthin begleiten", begrüßte er uns, wandte sich um und ging voraus zu den vielen Tischen. Lucan und ich folgten ihm, der junge Mann führte uns an eines der Fenster und wir setzten uns an den Tisch. Der junge Mann reichte mir die Speisekarte, ging davon und brachte uns etwas zu trinken. Hochwertiger Rotwein der sehr gut mundetet und etwas kostbares war. Ich studierte derweil die Speisekarte, wählte ein Drei-Gänge- Menü, sagte es dem Kellner und dieser nickte lächelnd. „Eine gute Wahl Miss. Die Vorspeise kommt sofort", sagte er, ging davon und ich nippte an meinem Glas Rotwein. Schon nach wenigen Minuten kam meine Vorspeise Crêpes mit Spinatfüllung, ich nahm das Besteck und begann zu essen. Lucan schwieg in der Zeit, saß mir gegenüber und schaute sich aufmerksam um.

„Was schenkst du mir zum Geburtstag?", fragte er mich plötzlich, ich sah von meiner Vorspeise auf und lächelte ihn an. „Das verrate ich dir nicht, denn das ist eine Überraschung und bis zu deinem Geburtstag musst du es noch abwarten", antwortete ich, schob meinen leeren Teller zur Seite und trank abermals einen Schluck vom Rotwein. „Es ist erst Dienstag und am Sonntag habe ich Geburtstag. Bis dahin kann ich nicht warten. Sag es mir bitte", säuselte er, fixierte mich und mein Hauptgang wurde serviert. Schweinemedaillons mit Zitrone, feiner Spargel und Kroketten. Schnell steckte ich mir eine Krokette in den Mund, kaute und Lucan schmunzelte darüber. „So kann man mir aus dem Weg gehen mit einer Antwort", bemerkte er, ich nickte zustimmend und aß in Ruhe weiter.

Sobald ich damit fertig war, bekam ich noch die Nachspeise Creme Brulet und aß das ebenfalls noch.

Endlich war ich damit fertig, lehnte mich auf dem Stuhl zurück und meine Hose fühlte sich total eng an. „Ich glaube gleich platze ich und dann muss man die Sauerei wegwischen", bemerkte ich, Lucan musterte mich und fing auf einmal an herzhaft zu lachen. So ein Lachen hatte ich von ihm noch nie gehört, es ging mir bis unter die Haut und ich hatte ein höher schlagendes Herz bekommen. „Nein das muss nicht sein Baby. Ich brauche dich noch", erwiderte er, sah mich an und seine dunkelblauen Augen funkelten wie zwei Sterne. „Ich zahle jetzt die Rechnung und dann können wir ins Hotel fahren", fügte er noch hinzu, ich lächelte und hatte nichts dagegen gehabt. Sofort war der Kellner da, Lucan bezahlte die Rechnung und wir erhoben uns gleichzeitig."

Ich hakte mich bei dem Vampir unter, gezielt führte er mich an den Tischen vorbei und kurz darauf saßen wir auch schon in der Limousine. Müde und erschöpft lehnte ich mit dem Kopf an Lucans Schulter, hatte die Augen geschlossen und er legte einen Arm um mich. Auf der Fahrt zum Hotel döste ich, fiel in den Halbschlaf und wäre auch eingeschlafen, wenn die Limousine nicht schon vor dem Hotel gehalten hätte. Lucan und ich stiegen aus, ich stolperte über meine eigenen Füße und er packte mich am Arm, damit ich den Fußboden nicht küsste. „Ich werde dich tragen, denn du kannst ja kaum noch laufen geschweige denn, dich auf den Beinen halten", bemerkte Lucan, ich wollte protestieren, doch er hob nur eine Augenbraue und ich hielt lieber den Mund. Sofort hatte er mich auf die Arme genommen, trat ins Hotel und fuhr dann mit mir in unsere entsprechende Etage.

Mein Kopf lehnte an seinem Brustkorb, ich hatte die Augen abermals geschlossen und war einfach zu müde gewesen. Der Tag hatte mich schließlich geschlaucht, denn ich hatte noch nie in meinem Leben analen Sex gehabt und zwei Mal zum Orgasmus kam ich vorher auch nie. Bis auf die beiden Male wo ich schon mit Lucan geschlafen hatte und es war immer wieder wunderschön gewesen. Als Lucan fast bei der Tür unseres Zimmers war, schlief ich sofort ein und bekam nicht mehr mit, wie er mich ins Bett legte, auszog und zudeckte. Am nächsten Morgen wachte ich erst gegen Mittag auf, hatte jedoch keine Lust zum aufstehen und blieb eingekuschelt in der Decke liegen. „Guten Morgen meine Liebe! Es wird Zeit aufzustehen um weiter zu fliegen. Du kannst im Flugzeug frühstücken", flüsterte Lucan, ich murrte nur und zog die Decke über den Kopf.

„Nein keine Lust heute. Lass uns morgen weiterfliegen", murmelte ich, Lucan gluckste und Stille war um mich herum, bis er meine linke Brust umfasste. Er streichelte sie sanft, zog leicht an der Brustwarze und ich stöhnte lustvoll auf. „Stehst du jetzt auf?" „Nein noch immer nicht." Seine Hand verschwand von meiner Brustwarze, ich wollte weiterschlafen, doch er zog die Decke weg und gab mir einen Klaps auf den Po, wobei ich vor Schreck aufquietschte. „Und jetzt? Du musst noch duschen", meinte er, ich rutschte von ihm weg und kicherte. „Ja ich gehe schon", brummte ich, quietschte abermals auf als er mich überraschenderweise über die Schulter legte und ins Badezimmer trug, wobei er mir wieder auf den Po haute. Im Badezimmer stellte er mich auf die Füße, drehte das Wasser in der Dusche auf und sobald es die richtige Temperatur hatte, schob er mich in die Kabine. „Duschen, abtrocknen, anziehen, fertig.

Zehn Minuten", befahl er, ich streckte ihm die Zunge raus und schob die Tür der Dusche zu, bevor er mich packen konnte. Während das warme Wasser meine Muskeln weckte dachte ich an unser nächstes Reiseziel und eigentlich hätte ich mich auf Rom freuen müssen, doch ich hatte keine Lust mehr und wollte lieber wieder nach Hause. Ich duschte zu Ende, trocknete mich ab, zog mich an und richtete mich noch her, bevor ich das Badezimmer verließ. Lucan hatte die Koffer gepackt, nahm diese und verließ vor mir das Zimmer. Ich folgte ihm, schloss die Tür hinter mir und wir fuhren mit dem Fahrstuhl nach unten in die Lobby. Dann verließen wir das Hotel, die Sonne schien am Himmel, Lucan verstaute die Koffer und nach wenigen Minuten saßen wir wieder in der Limousine. . Ich schnallte mich an, die Limousine fuhr los und klassische Musik drang aus den Boxen. „Ich bin froh, wenn wir wieder zu Hause sind", fing Lucan an, ich sah zu ihm rüber und lächelte leicht. „Nicht nur du bist froh, sondern ich ebenfalls.

Ich habe nichts gegen das Verreisen aber ich habe einfach keine Lust mehr", erwiderte ich, Lucan holte sein Handy hervor und telefonierte kurz. „Ja du hast richtig verstanden. Nach New York zurück. Ganz genau. Gut danke." Ich sah Lucan an, er steckte sein Handy weg und wandte sich dann an mich. „Wir fliegen nach Hause, denn ich habe keine Lust mehr, obwohl ich meine Firmen liebe und die Besuche wichtig sind. Doch Rom und Madrid mit Berlin können warten", erklärte er mir, ich gluckste und musste lachen. „Du klingst eher wie ein Mensch als ein Vampir und auch nicht so herrisch und besitzergreifend", brachte ich raus, Lucan zog eine Augenbraue hoch und sah mich ziemlich ernst an. Als ob er nicht lachen wollte, doch dann schmunzelte er und stimmte in mein Lachen mit ein.

„Vielen Dank für das Kompliment Rose und trotzdem wirst du dann im Flugzeug etwas essen, damit du nicht verhungerst. Ich finde du bist ziemlich dünn." „Ähm...du kannst versuchen mich zu mästen, aber ich nehme nicht zu, denn das ist genetisch bei mir veranlagt", erwiderte ich,

Lucan musterte mich und nickte verstehend. „Du hast dennoch die richtige Figur und perfekte Rundungen. Wie ein Model", machte er mir das Kompliment, ich wurde rot und sah aus dem Fenster. Auf dem Landeplatz hielt die Limousine, wir bestiegen das Flugzeug und sobald alles gecheckt wurde, flogen wir zurück nach New York zu unserem Zuhause, was meines noch lange nicht war.

Kapitel 11

Als wir ins Haus traten erschien Mia, blieb stehen und sah uns fragend an. „Solltet ihr nicht in Rom sein oder ist etwas passiert?", fragte sie uns, Lucan grinste breit und stieg die Treppe hinauf. „Wir hatten beide keine Lust gehabt und sind deswegen wieder nach Hause geflogen. Ich werde mit dem Mitarbeiter per Cam reden der für meine Firma in Rom zuständig ist", antwortete Lucan und war kurz darauf im Schlafzimmer verschwunden. Mia wandte sich an mich, grinste und trat näher zu mir heran. „Dein Outfit samt Stiefeln ist heute Morgen angekommen. Ich habe es in meinem Zimmer gut verstaut", flüsterte sie, ich strahlte und nickte verstehend. „Gut ich werde es mir gleich anschauen. Lass uns in dein Zimmer gehen und was ist mit dem dazugehörigen Geschenk was Stan besorgen sollte?" „Auch schon da und wird am Sonntag im Zimmer von Lucan aufgebaut." „Super Mia! Ich bin schon gespannt wie er darauf reagiert."

„Sehr überrascht und erfreut, denn er weiss es noch nicht und bekommt es einfach nicht heraus Jetzt lass uns in mein Zimmer gehen, damit du es sehen kannst." „Wunderbar!" Wir gingen in die Treppe hinauf, betraten kurz darauf ihr Zimmer und sie sperrte die Tür eilig ab. „Lucan ist in dieser Hinsicht sehr neugierig und wir wollen doch nicht, dass er die Überraschung jetzt schon sieht", meinte sie, trat an ihren Schrank, öffnete diesen und holte ein Paket hervor. Dieses öffnete sie, holte das Bestellte hervor und ich freute mich. Es war Spitzenunterwäsche in schwarz mit Blumenmuster und Strasssteinen. Das Oberteil war wie ein Korsett was vorne mit Häkchen zusammengehalten wurde, ein hauchdünnes Seidenhöschen und am Oberteil waren Strapsen befestigt um die schwarzen Seidenstrümpfe daran einzuhaken. Ich legte es zur Seite, wandte mich den schwarzen Stiefeln zu und hob sie hoch. Die Stiefel waren aus Leder, gingen mir bis kurz unter die Knie, waren zum Schnüren und hatten Nieten gehabt, wobei sie hohe Absätze besaßen.

„Der Wahnsinn! Solange wird Lucan gar nicht still halten können und die schwarze Maske ist auch dabei. Behalte alles gut im Schrank versteckt, damit Lucan es nicht entdeckt", bemerkte ich, packte alles wieder zurück und es klopfte an der Tür. „Mia? Seid ihr da drinnen?", fragte Lucan, Mia verstaute das Paket schnell in ihrem Schrank undals dieser zu war, sperrte ich die Tür auf um Lucan ins Zimmer zu lassen. Der Vampir blieb stehen, schaute sich genau um, suchte alles ab und ich warf Mia einen Blick zu, die sich ein Grinsen verkneifen musste. „Was habt ihr hier gemacht?", fragte er, ich stand neben Mia, wir warfen uns einen Blick zu und hoben nur die Schultern. „Nichts wichtiges Lucan oder Rosalie?", antwortete Mia, ich nickte und grinste breit. „Ganz genau Mia. Überhaupt nichts", erwiderte ich, nahm ihre Hand und zog sie hinter mir her aus dem Zimmer, die Treppe hinunter. Unten gingen wir in den Wintergarten, kamen bei der Wiese an und ich musste lachen, wobei Mia mit einstimmte.

„Das war verdammt knapp gewesen", fing ich an, wir sanken ins Gras und ich legte mich auf den Rücken. „Oja Rose! Ein paar Minuten eher und er hätte es herausgefunden", erwiderte sie, wir lachten noch mehr und erst nach einer halben Ewigkeit hatten wir uns wieder beruhigen können. Ich sah nach oben wo das Dach vom Wintergarten war, hatte die Arme unter dem Kopf verschränkt und dachte wieder an Jane und Dallas. Sie vermissten mich wahrscheinlich, lachten nicht mehr und hatten zu nichts Lust. Ich seufzte, schloss die Augen und lauschte dem Summen der Bienen. „Bist du eigentlich glücklich Rose?", fragte mich Mia nach einer Weile, ich öffnete die Augen und wandte den Kopf nach links. Mia lag auf der Seite, hatte den Kopf auf der Hand abgestützt und musterte mich. „Es ist anders als in meiner Welt, denn wie ich es schon einmal gesagt hatte, gibt es bei mir keine Vampire. Doch es ist schön hier und ich habe mich mittlerweile daran gewöhnt, obwohl ich meine Freunde schon sehr vermisse."

„Und was ist mit Lucan?" „Lucan ist ein Mann der weiss was er will und er mir Dinge zeigt, die ich mir nie hatte erträumen lasse. Es überrascht mich immer wieder und es ist ein schönes Gefühl", antwortete ich, lächelte und Mia schmunzelte. „Dann passt ihr gut zusammen und ergänzt euch wunderbar Rose. Hast du ihm gesagt, dass du ihn liebst?" Ich wurde rot, sah wieder nach oben und schüttelte mit dem Kopf. „Nein, denn ich glaube er will nur mit mir schlafen und sobald er genug von mir hat, dann lässt er mich fallen." Ich drehte mich auf die Seite, atmete tief durch und zupfte das Gras. „Nein das glaube ich nicht, denn so ist Lucan nicht und seitdem er dich gefunden hatte, ist er ganz anders. Du bist das was er gesucht und gefunden hat. Eine Erfüllung für sein Leben, wo jetzt Licht ist und das Dunkel vertrieben wurde. Vor dir war er in sich gekehrt, hatte jede Nacht eine andere Frau in seinem Spielzimmer sozusagen gehabt und lies sie dann wieder gehen. Bei dir ist es anders. Da entwickelt er Gefühle und verhält sich auch wie als ob er verwandelt wäre." Ich setzte mich auf, sah Mia an und atmete tief durch.

„Meinst du das im Ernst?", fragte ich sie, Mia nickte und lächelte. „Ja wirklich und jetzt wird es Zeit, dass du etwas isst, denn du hast bestimmt Hunger und Lucan will, dass es dir gut geht." Mia erhob sich, ich tat es ihr gleich, wir wandten uns um und verließen gemeinsam den Wintergarten. In der Küche waren Victor und Dimitri, beide kochten zusammen und als sie mich sahen, strahlten sie über das ganze Gesicht. „Na wie war es mit Lucan?", fragte Victor, ich setzte mich an die Frühstückstheke und lächelte. „Es war sehr schön mit ihm gewesen und gestern Abend waren wir sogar essen", antwortete ich, Mia lies sich neben mir nieder und beide nickten gleichzeitig. „Lucan ist in seinem Arbeitszimmer und möchte nicht gestört werden. Nur damit du Bescheid weist", sagte Dimitri, Victor richtete den Teller an und stellte ihn mir hin. „Okay dann werde ich etwas anderes ohne ihn machen. Das ist nicht schlimm, denn dann habe ich Zeit für mich und kann das tun was ich möchte", erwiderte ich, nahm das Besteck und begann zu essen.

„Eine gute Idee. Du kannst alles tun was du möchtest nur nicht das Gelände verlassen, denn das ist dir untersagt", warf Mia ein, ich sah sie an und schluckte den Bissen hinunter. „Das würde ich auch niemals tun, denn Endora will mein Blut und lässt mich nicht in Ruhe. Daher würde ich nur mit Lucan das Gelände verlassen und niemals alleine." „Sie hat es auf dich abgesehen?", fragte Victor, ich nickte und trank einen Schluck vom Orangensaft, da kein Eistee im Haus war. „Ja in London wo ich alleine im Hotelzimmer war, hat sie mir aufgelauert und mich entführt um mein gesamtes Blut zu bekommen. Lucan jedoch hatte mich eilig gefunden, losgemacht und zurück ins Hotel gebracht. Er war stinksauer gewesen und hat mich in Paris mit in seine Firma genommen, wo wir einen tollen Nachmittag verbracht hatten", schmunzelte ich, die Vampire warfen sich einen Blick zu und ich aß in aller Ruhe weiter.

„Das ist so ein Miststück! Sollte sie mir je unter die Augen treten, dann breche ich ihr das Genick", knurrte Mia, ich schob den leeren Teller von mir und sah meine neue Freundin an. „Du weist, dass es nicht geht Mia, denn brichst du ihr das Genick, dann entfachst du einen Krieg zwischen uns beiden Clans und das will Lucan auf keinen Fall. Denke daran", meinte Victor, Mia atmete tief durch und nickte langsam. „Ja ich weiss Victor. Das ist eben das Problem. Wir können die Probleme nicht beseitigen ohne einen Krieg anzufangen und deswegen können wir nur zuschauen", fluchte sie, ich trank meinen Orangensaft aus und erhob mich. „Was machst du jetzt Rosalie?", fragte mich Victor, ich sah ihn an und hob nur die Schultern. „Ich hole mir ein gutes Buch, gehe in den Wintergarten und lese es dort", antwortete ich, die drei Vampire nickten verstehend und ich verließ die Küche.

In der Bibliothek ging ich die Regalreihen entlang, suchte ein gutes Buch und als ich nach einer Weile eins gefunden hatte, nahm ich es aus dem Regal und ging zum Wintergarten. Ich war alleine gewesen, hatte meine Ruhe, legte mich ins Gras und begann zu lesen. Um mich herum war es still, ich hörte nur die Bienen und war schnell im Buch vertieft. Die Zeit verging wie im Flug, irgendwann wurde ich müde, gähnte herzhaft und schlief auf dem Buch ein. Als ich aufwachte lag ich unter der Decke im Bett an Lucan gekuschelt und er hatte ein Bein um mich gelegt. Friedlich lag er da, schlief tief und fest und ich lächelte wie immer darüber. Draußen ging die Sonne auf, ich schloss abermals die Augen und schlief noch einmal ein. Ein paar Stunden später wurde ich wieder wach, Lucan sah mich an und schwieg. „Guten Morgen Rose! Hast du gut geschlafen?", fragte er mich, ich gähnte herzhaft und nickte bestätigend. „Wie immer sehr gut und in einem besseren Bett als in irgendeinem Hotel", antwortete ich, Lucan gab mir einen Kuss und strich mir eine Strähne aus dem Gesicht.

„Es ist bereits Mittag und wir sollten aufstehen. Oder aber wir bleiben liegen und schlafen weiter", schlug er vor, ich lächelte und gab ihm ebenfalls einen Kuss. „Aufstehen klingt gut Lucan und nachdem wir uns angezogen haben, können wir in die Küche gehen. Ich habe Hunger bekommen." Gut dann lass uns gehen." Lucan verließ das Bett, er war komplett nackt und ich sah seine Männlichkeit. Gott war er heiß gewesen und wirklich perfekt. Während er sich anzog beobachtete ich ihn, lächelte und sobald er fertig war, sah er mich erwartungsvoll an. „Soll ich dir helfen?", fragte er mich, ich verließ grinsend das Bett und als ich beim Schrank ankam, bekam ich einen Klaps auf meinen Po, wobei ich aufquietschte. „Ich mag deinen perfekten Po, denn der ist so straff, knackig und so schön eng", flüsterte er an meinem Ohr, ich erschauderte und holte Sachen zum anziehen raus. „Ich freue mich schon auf meinen Geburtstag, damit ich endlich erfahre was ich von dir geschenkt bekomme", fügte er noch hinzu, ich zog mich an und lächelte.

„Ja bis dahin musst du dich noch gedulden mein Lieber und ich hoffe es gefällt dir", erwiderte ich, Lucan zwinkerte mir zu und zog mich abrupt an sich. „Ganz bestimmt Rose, denn was du mir schenkst, wird mir sehr gefallen", murmelte er, hob mein Kinn und begann mich leidenschaftlich zu küssen. Ich erwiderte seinen Kuss, lächelte und hatte Schmetterlinge im Bauch. „Ich liebe dich", platzte es aus mir heraus, Lucan hielt inne und sah mich an. „Nein!" Er lies mich los, wandte sich von mir ab und verließ das Zimmer. Ich stand auf der Stell, hatte den Kopf gesenkt und atmete tief durch. Das ging ja mal voll in die Hose, er liebte mich nicht und wollte mich nur fürs Bett haben. Langsam drehte ich mich um, verließ das Zimmer und ging nach unten in die Küche wo Mia und Stan alleine waren.

„Rose, was ist passiert? Lucan ist ohne ein Wort aus dem Haus gestürmt und das hatte er noch nie getan", fing Mia an, ich lies mich an der Frühstückstheke nieder und starrte den Teller voller Pancakes an. „Ich habe ihm gestanden, dass ich ihn liebe und da ist er verschwunden", antwortete ich leise, begann die Pancakes zu essen und sah sie nicht an. „Ach das wird schon Rose. Immer mit der Ruhe, denn das hat ihn völlig aus der Bahn geworfen und er muss erst einmal seine Gedanken ordnen", tröstete mich Mia, ich hob den Kopf und sah sie an. „Meinst du das wirklich?", fragte ich sie, Stan bejahte und ich atmete tief durch. „Er bekommt dennoch sein Geschenk zum Geburtstag. Egal ob er mich liebt oder nicht", sagte ich bestimmt, Beide strahlten und freuten sich. „Wie gerne würde ich sein Gesicht sehen, aber ich will eure Privatsphäre nicht stören und es geht mich auch nichts an", schmunzelte Stan, ich kicherte und schob meinen leeren Teller von mir.

„Ganz genau und wann wird die Stange in seinem Zimmer angebracht?" „Sie ist schon längst fertig", antwortete Stan, grinste breit und zwinkerte mir zu. „Nur Lucan kommt bis Sonntag nicht mehr rein und wir werden versuchen ihn davon abzuhalten", fügte Mia noch hinzu, strahlte und die Haustür ging. Kurz darauf stand Lucan neben mir, sah Mia an und diese stellte ihm ein Glas Tierblut hin. „Danke. Ich bin noch einmal in meinem Arbeitszimmer und möchte nicht gestört werden", sagte er kurz angebunden, die beiden Vampire nickten und Lucan ging wieder. Als eine Tür ging blies ich die Luft aus, trank meinen Eistee und schwieg.

„Das hat nichts zu bedeuten Rose. Gib ihm einfach nur etwas Zeit, lass das Thema erst einmal ruhen und wenn es dann soweit ist, kannst du es wieder ansprechen", versuchte es Mia, ich nickte und erhob mich. „Falls ihr mich sucht, ich bin im Wintergarten. Mein Lieblingsort", erwiderte ich, lächelte schwach und verließ die Küche. Im Wintergarten lag ich wieder auf der Wiese, sah hoch zum Dach und dachte nach. Ob Lucan mich auch lieben würde so wie ich es tat und würde ich jemals wieder nach Hause kommen?

Kapitel 12

Lucans Geburtstag war da, an diesen Morgen verließ ich leise das Bett und eilte aus dem Zimmer. Im Badezimmer duschte ich ausgiebig, entfernte die Haare an bestimmten Körperstellen und cremte mich danach gut ein. Mia erschien, lächelte und legte die Sachen bereit. „Lucan soll dann in sein Zimmer gehen. Reichen dir 10 Minuten?", fragte sie mich, ich zog die feine Spitze an, schlüpfte in die Stiefel und schnürte sie gut zu. „Ja die reichen mir vollkommen. Hoffentlich mache ich auch alles richtig, denn ich habe noch nie an einer Stange getanzt und das ist sozusagen mein erstes Mal", antwortete ich, nahm die schwarze Maske und Mia legte ihre Hände auf meine Schultern. „Nur Mut Rose. Du schaffst das ganz sicher. Das wird funktionieren und jetzt gehe, denn Lucan ist aufgewacht und er geht immer zuerst ins Badezimmer", machte sie mir Mut, ich atmete tief durch, nickte und eilte eine Etage höher ins Spielzimmer.

Die Stange war in der Mitte des Raumes angebracht, wurde von einem blutroten Vorhang verdeckt und ein Stuhl stand davor. Ich trat darauf zu, verschwand hinter dem Vorhang und wartete auf Lucan. Schon nach 10 Minuten ging die Tür auf, ich setzte mir die Maske auf und stellte mich mit dem Rücken zum Stuhl. „Und was soll ich jetzt hier?", fragte Lucan, ich hielt den Atem an und wartete ab. „Dein Geburtstagsgeschenk erhalten. Was denn sonst? Also bleib hier schön brav sitzen, denn Rose wird gleich da sein", antwortete Mia, ich lächelte und lauschte weiterhin. „Rose? Wird sie hier gleich erscheinen?" „Sozusagen ist sie schon da Lucan. Warte die Zeit einfach ab und schön die Augen dorthin richten." Ich kicherte innerlich, atmete noch einmal tief durch und wartete darauf, dass die Musik losging, so wie ich es mit Mia abgesprochen hatte. Endlich ertönte die Musik, die Tür wurde geschlossen und der Vorhang fiel.

Ich stand reglos da, wartete ab und fing an zu tanzen. Grazile bewegte ich die Hüften, tanzte um die Stange herum und sah Lucan dabei an. Sein Blick war auf mich gerichtet, sein Mund war regelrecht aufgeklappt und um ihn herum war alles vergessen. Mit der Zunge glitt ich die Stange entlang, schwang mich darum und ging auch mal in die Hocke. Kein einziges Mal sah Lucan woanders hin, seine Augen verfolgten jede meiner Bewegungen und als ich zu ihm ging, war er wie hypnotisiert. Im Takt der Musik tanzte ich um ihn herum, fuhr mit den Händen an seinem Brustkorb entlang und riss ihm das teure Hemd vom Körper. Lucan saß auf dem Stuhl, rührte sich nicht und schwieg. Vor ihm kniete ich mich hin, öffnete seine Hose und zog sie ihm aus. Wie ich das geschafft hatte wusste ich nicht, doch seine Boxershorts folgten und ich lächelte darüber.

Dann sah ich den Vampir an, er erwiderte meinen Blick und ich nahm seinen Penis ein Stück in den Mund. Lucan stieß die Luft aus, rührte sich noch immer nicht und wartete ab, was ich als nächstes tat. Mit der Zunge fuhr ich am Schaft entlang, massierte dabei seine Hoden, küsste die Penisspitze und bewegte den Kopf dann auf und ab. „Oh großer Gott Rosalie", brachte Lucan raus, verkrampfte sich und stöhnte voller Lust auf. Ich lächelte innerlich, wiederholte die Prozedur bis er sich nicht mehr halten konnte und einen heftigen Orgasmus erlebte. Langsam erhob ich mich und wollte einen Schritt zurück, als Lucan mich auf seinen Schoß zog und besitzergreifend küsste. „Jetzt bist du dran", presste er zwischen den Küssen hervor, hob mich hoch und trug mich zum Bett. Dort setzte er mich ab, holte eine schwarze Augenbinde und verband mir die Augen, damit ich nichts mehr sehen konnte. „Vertrau mir", flüsterte er mir ins Ohr, ich nickte und atmete tief durch. Noch immer kniete ich auf dem Bett, hörte eine Schublade und mein Herz schlug vor Aufregung schneller.

Hinter mir sank die Matratze ein, ich wartete ab und schwieg. Lucan streichelte mich am Intimbereich, schob den hauchdünnen Slip zur Seite und drang mit zwei Fingern in mich ein. Nebenbei schob er meine Beine weiter auseinander, ich bewegte mich nicht und mein Herz schlug noch schneller. Plötzlich drückte etwas gegen meine Öffnung, ich hielt die Luft an und Lucan schob das kalte

Etwas in mich hinein. Dann befestigte er es an meinen Hüften mit einem Ledergürtel, es war ein Vibrator und als Lucan ihn anmachte, stöhnte ich lustvoll auf. Es war wiedermal ein neues Gefühl für mich gewesen, Lucan küsste derweil meinen Hals und öffnete mein Oberteil. Sobald er es von meinen Schultern gestreift hatte, begann er meine Brüste zu kneten und massierte sie gleichzeitig. „Lehne dich an mich", befahl er, ich tat es und er begann an meinen Brustwarzen leicht zu ziehen.

Nebenbei küsste er mich voller Leidenschaft, streichelte mich überall und lies nicht mehr von mir ab. Sanft schubste er mich in die Kissen, befreite mich vom Vibrator und küsste mich weiterhin. „Du schmeckst so süß, so fruchtig und du riechst ziemlich gut. Erlaubst du mir ein paar Schlucke Blut von dir zu trinken?" „Ich dachte ihr trinkt kein Menschenblut", flüsterte ich, Lucan knabberte an meinem Ohrläppchen und ich seufzte wohlig. „Nur ganz selten." „Okay." Lucan drang nun in mich ein, füllte mich komplett aus und ein Stöhnen entfuhr mir. „Darf ich von dir kosten?", fragte er mich abermals, ich spürte seinen Blick auf mir und war einverstanden indem ich kurz nickte. Lucan bewegte sich, stieß immer wieder zu und ich krallte mich in seinen Rücken. Sein warmer Atem strich an meiner linken Halsseite entlang, ich wartete und kurz darauf biss er mir in den Hals.

Gewaltige Emotionen schossen mir durch die Adern, meine Haut kribbelte und ich spürte jede Berührung auf meinem Körper. Lucan trank ein paar Schlucke, bewegte sich nebenbei und der Orgasmus nahte schneller als ich es je geahnt hätte. Als Lucan fertig war leckte er mit der Zunge über die Wunde und wir kamen heftig zum Höhepunkt. Dabei zitterte ich am ganzen Körper, Lucan ebenso und erst nach einer ganzen Weile beruhigten wir uns. Lucan entzog sich mir, machte die Augenbinde ab und legte sich neben mich, wo er uns zudeckte. Ich war vollauf zufrieden gewesen, hatte Glücksgefühle gehabt und war ebenfalls mit entspannt. „Danke Rose! Es ist mir eine Ehre von deinem Blut zu trinken", fing Lucan an, ich lächelte und fuhr mit den Fingern über seinen Oberkörper. „Hat das jetzt irgendeine Bewandtnis?", fragte ich ihn, stützte den Kopf auf der Hand ab und sah ihn neugierig an. „Ich werde dir antworten, wenn du mir versprichst nicht böse zu sein und auch nicht auszurasten." „Werde ich zu einem Vampir?"

„Nein wirst du nicht aber du bist mit mir verbunden. Mein Speichel ging in deine Wunde als ich dich gebissen hatte und hat sich in dein Blut verteilt. Ich kann dich jetzt jederzeit aufspüren, was du fühlst und wie es dir geht kann ich selber mitbekommen. Ob du glücklich bist, traurig, wütend oder Angst hast, bemerke ich sofort", antwortete er mir, ich musterte ihn und nickte verstehend. „Okay ich habe nichts dagegen", erwiderte ich, Lucan sah mich an und gab mir einen sanften Kuss auf die Lippen. „Danke Rose und danke für das Geburtstagsgeschenk. Es hat mir sehr gefallen und du könntest öfters für mich an der Stange tanzen. Dass du das erste Mal einem

Mann einen geblasen hast, hätte ich nicht gedacht, denn das war besser was ich je erlebt hatte", grinste Lucan, ich sah ihn wieder an und lächelte. „Das hatte ich eigentlich nicht mit bedacht und habe es ganz kurz entschlossen", erwiderte ich, Lucan nahm mein Gesicht in seine Hände, zog mich zu sich heran und küsste mich wieder voller Leidenschaft. Dabei zog er mich auf seinen Körper, ich lag auf ihm drauf und lächelte bei den Küssen.

Als er kurz von mir abließ, setzte ich mich auf, rutschte nach hinten und er drang in mich ein. Lucan stöhnte auf, seine Augen funkelten und er sah mich an. „Na sieh mal! Du wirst zu einem Biest im Bett", bemerkte er, ich grinste und fing an mich auf und ab zu bewegen. Lucan legte seine Hände auf meine Hüften, hielt mich fest und lächelte. Ich küsste ihn nebenbei, kreiste mein Becken und Lucan stöhnte lauter. „Ja du bist ein Biest und das bekommst du noch zurück mich so zu quälen und zu foltern. Dabei bin ich hier im Zimmer der Dom und du meine Sub", brachte er raus, erzitterte und wollte zum Höhepunkt kommen, doch ich hielt inne und Lucan fluchte. „Rosalie! Du quälst mich! Das ist nicht fair", fluchte er, sah mich ernst an und ich musste lachen. „Es ist bei mir auch nie fair, wenn du mich quälst Lucan. Alles kommt irgendwann zurück mein lieber Vampir", erwiderte ich, Lucan kniff mir in den Po und ich quietschte auf.

„Wirst du wohl auf mich hören? Ich befehle es dir", knurrte er, hatte die Augen verengt und war sehr ernst. „Ist mir doch egal", konterte ich, Lucans Augen wurden dunkel und diesmal hatte ich es zu weit getrieben. Er warf mich auf den Rücken, hielt meine Arme über meinen Kopf fest und stieß immer wieder hart zu. Ich war entsetzt gewesen, er tat mir weh und ich flehte ihn an aufzuhören. „Bitte Lucan! Du tust mir weh", wimmerte ich, doch er hörte mich nicht und als er abermals einen Orgasmus hatte, liefen mir die Tränen über die Wangen. Erst da war Lucan entsetzt gewesen, sah meine Tränen zu und schwieg. Als er mich in die Arme nehmen wollte schlug ich seine Hände weg, kroch vom Bett und fiel auf den Boden. „Rose es tut mir leid", versuchte er es, ich erhob mich, schnappte mit den Morgenmantel, zog ihn mir über und stürmte aus dem Zimmer. „Was ist passiert Rose?", fragte mich Mia als ich die Treppe hinab stürmte, ich schüttelte nur mit dem Kopf und rannte weiter, bis ich den Wintergarten betrat.

Ich sperrte die Tür hinter mir ab, ging den Weg entlang und weinte noch immer. So kannte ich Lucan gar nicht, er war so brutal und hatte nicht darüber nachgedacht, dass er mich verletzte. Weit hinten im Wintergarten verkroch ich mich hinter einen dicken Strauch, zog die Beine an den Körper und weinte hemmungslos. Was so schön angefangen hatte, endete in einem Desaster und nun hatte ich mich im Wintergarten verkrochen wo ich nicht mehr raus kommen wollte. Irgendwann waren meine Tränen versiegt, mein Kopf ruhte auf meinen Knien und ich starrte ins Leere. Schritte ertönten, jemand stand genau vor mir und ich erkannte Lucan an seinen Schuhen. Der Vampir hockte sich vor mich hin, sah mich an und sein Gesicht war voller Traurigkeit. „Rosalie, es tut mir so leid, was ich dir angetan habe. Ich hatte mich nicht mehr unter Kontrolle gehabt", entschuldigte er sich, ich sah ihn an und einzelne Tränen liefen über mein Gesicht.

„Bitte verzeihe mir Rose Baby." Ich nickte langsam, Lucan nahm mich in seine Arme und hielt mich tröstend fest. Mit dem Kopf lehnte ich an seinem Oberkörper, atmete tief durch und Lucan wischte mir die Tränen weg. „Ich sollte langsam lernen nicht mehr so herrisch zu sein und dir nicht alles befehlen", fing er an, ich hob den Kopf und unsere Blicke trafen sich. „In deinem Zimmer kannst du es ruhig sein, denn es ist aufregend die Augen verbunden zu haben und nicht zu wissen, was als Nächstes kommt. Es macht mir Spaß und ist immer wieder neu für mich", erwiderte ich, Lucan musterte mich und nickte schließlich. „In Ordnung. Im Zimmer werde ich eine andere Person sein als jetzt, wenn du langsam Spaß daran hast und jetzt solltest du dir etwas ordentliches anziehen, denn so kannst du nicht herumlaufen obwohl es mir gefällt", fügte er noch hinzu, wir erhoben uns und ich richtete den Morgenmantel.

„Außerdem will ich dir noch etwas zeigen, aber zuerst ziehst du dir etwas ordentliches an." „Feierst du denn nicht deinen Geburtstag?", fragte ich ihn, er nahm meine Hand und führte mich aus dem Wintergarten.

„Sollte ich ihn denn feiern? Ich meine wir essen nichts und da bringt es doch nichts, wenn wir feiern. Außer Alkohol trinken und die Nacht durchmachen. Wie letztes Jahr. Da hatten sogar wir als

Vampire einen schrecklichen Kater gehabt und lagen nur im Bett." „Könnt ihr keine Tabletten dagegen einnehmen?" „Nein denn es würde sofort in unserem Körper die Wirkung nehmen." Wir gingen ins Schlafzimmer, dort zog ich die Stiefel aus, legte den Morgenmantel zur Seite und zog mich ordentlich an. Beige Spitzenunterwäsche, weiße Strümpfe, eine blaue enge Jeanshose und ein schwarzes Trägertop.

Dann kämmte ich mein langes Haar durch, band es zu einem Pferdeschwanz zusammen und ich schlüpfte noch in die weißen Halbschuhe. „Du siehst einfach umwerfend aus und so perfekt. Ich möchte dich nie wieder hergeben und für immer behalten", bemerkte Lucan, ich wurde rot und dachte an mein eigenes Zuhause, was sich immer weiter von mir entfernte. Lucan hatte so eine gewisse Anziehungskraft gehabt, der ich mich nur schwer entziehen konnte und er es mir auch nicht leicht machte, mich von ihm loszureißen. Lucan nahm abermals meine Hand, wir verließen das Schlafzimmer und er führte mich eine Etage höher, wo er mir etwas Bestimmtes zeigen wollte...

Kapitel 13

New York/ Parallelwelt/ Empire State Building/ 10.00 Uhr Abends… Endora aus dem Darkness Clan hatte die Streife gehabt und somit konnte sie viel nachdenken. Ihr Bruder Kiran war auf der anderen Seite des Empire State Buildings, sie wollten sich dann vor dem Eingang treffen und zu Opal dem Anführer gehen, der dann alles Weitere mit ihnen besprach. Ihre Absichten diesen Menschen zu besitzen hatte sie nur ihrem Bruder erzählt und sonst niemandem. Opal war für so etwas nicht gewesen, denn sein Ding war immer den Menschen nur so viel Blut abzuzapfen wie nötig. Doch seit Endora dieser jungen Frau etwas Blut abgenommen hatte und auch getrunken, war sie darauf fixiert gewesen und musste alles haben. Ihr Bruder hatte sie vor dieser Sucht gewarnt, denn ein Vampir verlor sehr schnell die Kontrolle darüber und dann musste er getötet werden. Endora wollte es solange hinaus zögern bis sie diese junge Frau besaß und Lucan der Anführer des Shadow Clans sie nicht mehr retten konnte. „Na Schwesterherz, worüber denkst du nach? Dochnicht schon wieder über diese Rosalie oder?", ertönte hinter Endora die Stimme von Kiran, sie drehte sich um und lächelte ihn an. Kiran war 1,85m groß, hatte schwarzes sehr kurzes Haar gehabt und trug komplett schwarz wie sie.

Seine blauen Augen ruhten auf ihr, Endora lächelte noch immer und seufzte tief auf. „Du hast keine Ahnung wie gut sie schmeckt Kiran. Es ist ein Feuerwerk der Sinne und es ist wie ein Orgasmus. Nur besser", erwiderte sie, Kiran atmete tief durch und verdrehte die Augen. „Du bist alt genug

Endora und musst auf dich selber aufpassen. Also beschwere dich später bloß nicht bei mir, wenn du von Opal umgebracht wirst. Er ist nicht dafür und ich bin seiner Meinung." „Ach er ist ein alter Spielverderber und furchtbar alt. Kein Wunder, dass er total dagegen ist", schmollte sie, verzog die Lippen und machte eine Schnute wie ein kleines Kind. „Du benimmst dich wie ein kleines bockiges Kind und rede nicht so über Opal! Du solltest dankbar sein, denn er hat uns damals gerettet und deswegen sind wir Vampire", knurrte Kiran, sah seine Schwester Endora ernst an und sie verdrehte die Augen. Kiran liebte seine kleine Schwester über alles, doch seit sie dieser Rosalie über den Weg gelaufen war, wollte sie nur noch dieses Blut haben.

Doch so lief das nicht, denn Lucan war der Anführer des Shadow Clans und diese Rosalie gehörte ihm. Sein privater Besitz, den ihm niemand wegnehmen durfte, denn sonst verstießen man gegen die Regeln. Leider hielt Endora sich nicht mehr daran und es würde ihn nicht wundern, wenn Lucan doch noch erschien. „Lass uns zu Opal gehen, denn er wartet sicher schon beim Van", sagte er, Endora nickte kurz und sie gingen über die Straße. Der dunkelblaue Van stand in einer Tiefgarage, dort wartete Opal auf sie und bei ihm waren noch Lilith, Nicholay und Pruedence. „Da seid ihr ja! Wir haben schon auf euch gewartet", fauchte Lilith, musterte Endora abschätzend und schnalzte mit der Zunge. Kiran spürte die Gewitterwolken herannahen als sich Lilith und Endora fixierten, Opal spürte es ebenfalls und räusperte sich. „Also schön! Was ist los Endora und Kiran? Seit ein paar Wochen seid ihr so geheimnistuerisch und ich will den Grund endlich wissen", sagte Opal, seine dunklen Augen funkelten beide an und Kiran trat einen Schritt nach hinten.

„Ich habe damit nichts zu tun Opal, denn ich habe Endora gewarnt und ihr gesagt, sie soll es lassen", erwiderte er, Opal sah Endora an und wollte endlich eine Erklärung haben. „Ich habe eine junge Frau einen Menschen getroffen und von ihrem Blut gekostet. Mehr nicht", erklärte Endora ihm, Kiran stieß sie an und knurrte. „Mehr nicht Endora? Erstens hast du sie fast umgebracht, Zweitens hast du sie entführt und Drittens gehört sie Lucan dem Anführer des Shadow Clans", gestand Kiran, Endora fuhr zu ihm herum und war stinksauer, da er sie an Opal verpetzt hatte. „Endora, weist du noch was wir uns geschworen haben?", fragte Opal mit drohender Stimme, Endora senkte den Kopf und nickte langsam. „Niemals einem Anführer vom anderen Clan das menschliche Opfer entführen und niemals einem Menschen zu viel Blut abzapfen", antwortete sie leise, Opal knurrte zufrieden und schnaubte kurz.

„Ich warne dich jetzt nur einmal Endora! Passiert das noch einmal, dass du diese Frau entführst oder auch nur anfässt, dann bringe ich dich um. Du bist gewarnt", meinte Opal, wandte sich ab und stieg in den Van. „So hohl kannst auch nur du sein Endora", feixte Lilith, schwang herum und stolzierte zum Van, um ebenfalls einzusteigen. Die Anderen folgten den Beiden, Kiran sah seine Schwester an und hatte eine Augenbraue hochgezogen. „Du bist erwachsen und musst für deine Fehler selber geradestehen. Ich werde dir nicht mehr da heraus helfen", meinte er nur, ging an ihr vorbei und sie beeilte sich um nach ihm in den Van zu steigen. Sobald sie alle saßen, startete Opal den Motor und verließ die Tiefgarage. Der Verkehr war ruhiger als am Tage, Opal kam gut durch und hatte nach einer Stunde das Anwesen außerhalb von New York erreicht. Alle im Auto schwiegen, er konnte in Ruhe nachdenken und wollte zu Lucan um mit ihm zu reden.

„Du bist so eine hohle Nuss Endora und das warst du schon immer gewesen", fing Lilith an, drehte sich auf ihrem Sitz um und sah Endora ernst an. „Ach halt die Klappe Lilith und lass mich in Ruhe! Du solltest dich lieber um deine Fingernägel kümmern. Nicht das dir wieder einer abbricht", fauchte Endora, Lilith lachte nur und Opal parkte den Van. „Schluss jetzt und zwar alle Beide! Noch ein Wort und ihr zwei habt keinen Kopf mehr", fauchte er nun selber, stieg aus und knallte die Tür zu. Mit schnellen Schritten ging er zur Eingangstür, betrat das Haus und verschwand in seinem Zimmer. Dort zog er sich bis zu den Boxershorts aus, sank in die Kissen seines großen Bettes und sobald er sich zugedeckt hatte, schlief er auch schon ein…

Anwesen des Shadow Clans

Ich stand mit Lucan vor dem Zimmer, starrte das Schild an und wusste nicht was ich sagen sollte. Da stand nicht mehr „Lucans Zimmer" sondern „Lucans und Rosalies Zimmer". Lucan war neben mir, schwieg und wartete auf meine Reaktion. „Und?", fragte er schließlich, ich löste den Blick von diesem Schild und wandte mich dem Vampir zu. „Das finde ich sehr rücksichtsvoll und total lieb von dir. Danke Lucan", antwortete ich, er lächelte und öffnete die Tür um kurz darauf das Zimmer zu betreten. „Komm ruhig Rose. Ich will dir noch etwas zeigen", rief er, ich trat ebenfalls ins Zimmer und folgte ihm langsam. Lucan drückte einen Knopf an der Wand, diese glitt zur Seite und ich war erstaunt. Lucan griff hinein, holte etwas hervor und ich war neugierig gewesen. Es war eine Stange mindestens 1,50 bis 1,60m lang und schwarze Lederriemen waren daran befestigt.

„Das ist eine Spreizstange. Daran werden die Fußgelenke befestigt und ich besitze noch eine Zweite wo die

Handgelenke befestigt werden", erklärte er mir, legte die Spreizstange zurück und schloss die Wand mit einem weiteren Knopfdruck. „Lucan, da ist Besuch für dich. Opal vom Darkness Clan will dich sprechen und Rosalie kennenlernen. Er hat erfahren was Endora getan hat und ist stinksauer auf sie", warf Stan ein, Lucan nickte kurz, nahm meine Hand und wir verließen das Zimmer. Gemeinsam gingen wir nach unten, dort stand ein Vampir und ich musterte ihn eingehend. Er war so groß wie Lucan, hatte schon graue Haare, dunkle Augen und er trug schwarz. Hatten alle Clans solche Geschmacksverirrungen in Sachen Mode gehabt?

„Opal, was verschafft uns die Ehre?", fragte Lucan, Opal wandte den Blick von mir ab und lächelte Lucan an. „Erst einmal soll ich dir den hier geben und Zweitens will ich mit euch wegen Endora reden", antwortete dieser Opal, reichte Lucan einen Brief und dieser steckte ihn erst einmal weg. „Gut dann komm Opal. Wir reden in meinem Arbeitszimmer weiter", fügte Lucan noch hinzu, wandte sich um, nahm meine Hand und wir gingen in sein Arbeitszimmer. Dort lehnte sich Lucan an seinen Schreibtisch, ich setzte mich neben ihn auf die Tischplatte und wir sahen Opal an. „Endora hat es endlich raus gebracht was sie getan hat und ich habe sie gewarnt. Sollte sie noch einmal irgendetwas versuchen, dann werde ich ihr den Kopf abreißen", fing Opal an, Lucan hatte die Arme verschränkt und nickte langsam verstehend. „Soll ich dich anrufen, wenn sie es wieder macht?", fragte mein Vampir, Opal lachte und schüttelte mit dem Kopf.

„Nein Lucan. Ich gebe dir hiermit die Erlaubnis mit ihr alles zu machen um sie aus dem Weg zu schaffen", antwortete der alte Vampir, Lucan war zufrieden und lehnte sich leicht zurück. „Möchtest du etwas trinken Opal?" „Ja gerne ein Glas Tierblut, wenn es dir keine Umstände macht." „Mia?", rief Lucan, die Tür ging auf, Mia trat ins Arbeitszimmer und sah Lucan fragend an. „Würdest du uns bitte etwas zu trinken bringen? Zwei Gläser Tierblut und für Rose ein Glas Eistee." „Natürlich Lucan." Mia verließ das Arbeitszimmer, Stille war über uns und wir schwiegen. Nach nur wenigen Minuten kam Mia wieder, stellte das Tablett bei uns ab und lies uns wieder alleine. Ich nahm das Glas Tierblut, reichte es Opal und er bedankte sich. Lucan legte einen Arm um mich, Opal beobachtete es und musste grinsen. „Jetzt seid beide doch ehrlich. Ihr seid doch mehr als nur Spender und Empfänger oder? Liebt ihr euch denn und keine Angst, ich werde es für mich behalten. Versprochen." „Nein wir lieben uns nicht Opal.

Ich zeige nur, dass sie mein Besitz ist und mir gehört, damit niemand sie für sich beansprucht", erwiderte Lucan, Opal verstand und trank sein Glas aus. Äußerlich gab ich mich cool, aber innerlich versetzte mir diese Aussage einen heftigen Stich ins Herz. Ich war also doch nur ein Gegenstand für ihn, ein Besitz mehr nicht. „Gut ich muss jetzt los, damit ich auf Endora aufpassen kann und sie keine gemeinen Dinge anstellt", fügte Opal noch hinzu, stellte das Glas auf das Tablett und verließ das Arbeitszimmer, nachdem er uns zugenickt hatte. Lucan trank ebenfalls sein Glas aus, zog den Brief aus der Hosentasche und holte ihn aus dem Umschlag. Dann entfaltete er den Brief, begann zu lesen und ich wartete derweil. Lucan war sehr konzentriert, fing dann an zu schmunzeln und musste dann lachen. „Ja das hatte ich total vergessen", sagte er, faltete den Brief wieder zusammen und rief nach den Anderen. „Mia, Stan, Victor, Dimitri!"

Die Gerufenen kamen ins Arbeitszimmer, sahen zu uns und warteten geduldig ab. „Bereitet das Gästezimmer vor, denn wir bekommen Besuch. Meine Eltern sind unterwegs", erklärte er, die Vampire nickten und eilten los. „Deine Eltern? Ich dachte, sie sind nicht mehr am Leben", fing ich an, Lucan wandte sich an mich und lächelte leicht. „Das muss ich dir erklären Rose. Als damals dieser reiche Herr kam, waren meine Eltern schon Vampire, aber das erfuhr ich erst als ich einer wurde. Meine Eltern waren dort schon fünf Jahre lang Vampire und sie wollten, dass ich auch einer wurde. Jetzt kommen sie hierher und werden eine Weile hier wohnen. Du brauchst keine Angst vor ihnen zu haben, denn sie sind ganz freundlich und werden dir auch nichts antun", erklärte er mir, richtete sich auf und lächelte mich an. „Lass uns im Wohnzimmer auf meine Eltern warten und dann lernst du sie kennen." „In Ordnung." Lucan reichte mir seine Hand, ich glitt von der Tischplatte, ergriff diese und gemeinsam verließen wir das Arbeitszimmer. Oben knallte etwas, wir blieben kurz stehen, sahen nach oben und Lucan runzelte die Stirn.

„Es ist nichts passiert Lucan! Mache dir keine Sorgen", rief Mia, ich hob eine Augenbraue und musste grinsen. „Wirklich nicht?", hakte er noch einmal nach, Mia erschien am oberen Treppenabsatz und schüttelte mit dem Kopf. „Dann ist ja gut." Mia verschwand wieder, Lucan sah ihr nach und führte mich ins Wohnzimmer. Dort setzten wir uns auf das Sofa, ich lehnte mich zurück und schlug die Beine übereinander.

Ob er irgendwann zugab, dass er mich ebenfalls liebte wie ich ihn? Das hoffte ich, denn ich liebte ihn wirklich und wollte mit ihm zusammen sein. Für immer! Nur er sah mich als einen Gegenstand, etwas was er im Bett haben konnte und ich war auch noch so blöd gewesen. Ich sollte es ihm heimzahlen! Genau, nur wusste ich nicht wie und mit was? Draußen fuhr ein Auto vor, oben im Haus ging eine Tür,

Lucan erhob sich und zog mich mit sich in die große Eingangshalle wo Mia, Dimitri, Victor und Stan schon bereit standen.

Dimitri und Victor öffneten gemeinsam die große Tür und zwei Personen standen im Eingang.

Kapitel 14

„Mutter Vater! Willkommen auf meinem Anwesen", begrüßte Lucan beide, die Angesprochenen traten in die Eingangshalle und die Frau umarmte Lucan freudig, während ich die Fremden musterte. Die Frau war um wenige Zentimeter größer als ich, hatte blondes langes Haar, graue Augen und sie trug ebenfalls schwarz. Der Mann war so groß wie Lucan, hatte schwarzes kurzes Haar, diese dunkelblauen Augen und oh was für eine Überraschung, er trug schwarz. „Echt Leute, tragt doch mal eine andere Farbe als dieses Schwarz, denn sonst bekomme ich noch Komplexe", dachte ich, Lucan wurde von dem Mann ebenfalls umarmt und beide strahlten ihren Sohn an. „Und wer ist diese junge Dame?", fragte der Mann, Lucan legte einen Arm um mich und lächelte. „Das ist Rosalie. Sie kommt aus der Parallelwelt wo es keine Vampire gibt", antwortete er, die beiden Vampire lächelten und nickten mir zu. „Hallo Rosalie!

Du kommst also aus dieser Welt wie Donovan? Das ist sehr interessant." „Rose, das sind Bonnie und Charlie. Meine Eltern", stellte Lucan sie mir vor, ich reichte ihnen die

Hand und lächelte. „Freut mich Sie kennenzulernen", sagte ich, beide nickten und schüttelten meine Hand. „Du kannst uns ruhig duzen Rosalie. Das klingt viel besser", schlug Bonnie vor, ich nickte und Lucan räusperte sich. „Euer Zimmer ist hergerichtet und ihr könnt es sogleich beziehen." „Danke Lucan." „Wo finde ich Donovan?", fragte ich plötzlich, Lucan verkrampfte sich und seine Eltern sahen sich an. „Donovan lebt in Chicago und es geht ihm gut. Sehr gut sogar", antwortete Charlie, nahm die Koffer und trug sie ins Gästezimmer, wobei seine Frau ihm folgte. „Ich dachte das Thema wäre erledigt?", fragte mich Lucan, hielt mich noch immer fest und wurde wieder ernst. So sah er aus als er die Kontrolle vor zwei Stunden verloren hatte, ich versuchte von ihm loszukommen, doch ich scheiterte kläglich. „Lass mich bitte los Lucan! Du tust mir weh", sagte ich, Lucan dachte nicht daran, packte mich fester und zog mich die Treppe rauf direkt in sein Reich, welches eigentlich unser Reich sein sollte.Hinter uns sperrte er die Tür ab, riss mir die Klamotten vom Leib und zerrte mich zu diesem Andreaskreuz. Nebenbei verband er mir die Augen, befestigte mich am Andreaskreuz und küsste mich voller Begierde. „Nicht reden und nicht bewegen. Ich höre es sofort, wenn du mich rufst oder die Hilfe ebenfalls. Also sei ganz brav und kein Ton", befahl er, entfernte sich und lies mich alleine. Na super! Gut dann blieb ich eben dort hängen und wartete darauf, dass er wiederkam. In dieser Wartezeit war ich stinksauer gewesen, Wut kochte in mir und sobald ich hier wieder loskam, würde ich Lucan erschlagen. Die Zeit tröpfelte dahin, irgendwann ging die Tür auf und jemand kam näher. „Ich bin stolz auf dich Rose. Du hast offenbar deine Lektion gelernt", sagte Lucan, band mich los, nahm die Augenbinde ab und bevor er sich versah, hatte ich ihm eine Ohrfeige gegeben. „Ich hasse dich du Blutsauger! Jetzt reicht es nämlich!

Du bist ein Dreckskerl, ein Bastard und ein Schwein! Glückwunsch du kannst heute Nacht alleine schlafen! Ich nehme ein Gästezimmer", schrie ich ihn an, zog meine Sachen an und rauschte aus dem Zimmer. „Rose nein! Das lasse ich nicht zu", erwiderte er, holte mich ein, packte mich am Arm und küsste mich voller Leidenschaft. Dabei hielt er mich fest, ich schlang meine Arme um ihn und wollte, dass dieser Kuss nie endete. Meine Wut auf Lucan war wie weggefegt, unsere Zungen umspielten sich und auch er hielt mich fest. „Tut mir leid Baby! Ich will dich nicht verlieren und habe Angst, dass du mich alleine lässt", presste er hervor, löste sich von mir und seine Augen glitzerten in Tränen. „Können Vampire weinen?", flüsterte ich, Lucan atmete tief durch und nickte langsam. „Ja das können wir und ich habe seit vielen Jahren schon nicht mehr geweint", antwortete er leise, ich lehnte mich an ihn und schloss die Augen.

„Ich lasse dich doch nicht alleine Lucan. Ich wollte diesen Donovan nur kennenlernen. Mehr nicht", erklärte ich ihm, hob den Kopf und unsere Blicke trafen sich. „Versprochen?" „Ja versprochen Lucan." Der Vampir lächelte, atmete tief durch und gab mir noch einmal einen Kuss. „Ich kann nachts ohne dich nicht mehr einschlafen, denn da wäre das Bett ziemlich leer", fügte er noch hinzu, ich atmete tief durch und lächelte ihn an. „Ach so? Das wusste ich noch gar nicht." „Machst du dich schon wieder lustig über mich?" „Nein das würde ich niemals tun und das weist du auch." „Dürfen wir stören?", fragte uns Bonnie, wir lösten uns voneinander und sahen sie an. „Wir haben für Rosalie ein kleines Geschenk mitgebracht und hoffen, dass es ihr gefällt", fügte Charlie noch hinzu, öffnete einen Korb und ein kleiner Huskywelpe steckte den Kopf raus. „Es ist ein Männchen und braucht noch einen Namen", meinte Bonnie, ich nahm den Welpen raus und dieser leckte mir über die Nase. „Habt ihr auch alles dabei, was dieser Hund braucht?", fragte Lucan, seine Eltern nickten und ich strahlte.

„Ich nenne ihn Teddy und werde ihn ganz dolle lieb haben", sagte ich und knuddelte den Welpen. „Vergiss mich aber nicht, denn ich möchte nicht von einem Welpen ersetzt werden", warf Lucan ein, ich wandte mich zu ihm um und lächelte ihn an. „Niemals mein lieber Vampir, denn Teddy kann nicht das, was du kannst", meinte ich, Lucan war erleichtert gewesen und küsste mich voller Leidenschaft. „Morgen werden wir wegfahren und zwar nach Atlantic City wo wir baden gehen. Dort gibt es einen schönen Strand wo wir uns aufhalten können", schlug er vor, ich freute mich und gab ihm nun selber einen Kuss auf die Lippen. Teddy fietschte da er eingequetscht wurde, Bonnie und Charlie lachten und ich lies Teddy runter. Der Welpe hopste ein paar Meter von uns weg, drehte sich zu uns um und bellte fietschend. „Er ist sozusagen ein Ersatz, denn Vampire können keine Kinder bekommen", erklärte Charlie, ich wandte den Blick von Teddy ab und sah den Vampir an. „Oh…okay."

„Und dabei wollte ich Kinder haben, wenn ich den Richtigen gefunden hatte. Aus der Traum", dachte ich, sah wieder zu Teddy und der Welpe hopste auf mich zu. Vor mir setzte er sich hin, freute sich und bellte erneut quietschend, was total niedlich war. „Rosalie, hast du Hunger? Ich habe für dich gekocht", fing Mia an, erblickte Teddy und bekam große Augen. „Oh ist der süß! Gehört er dir Rose?", fragte sie mich, hob den Blick und sah mich an. „Ja Teddy gehört mir. Ich habe ihn geschenkt bekommen", antwortete ich,

Lucan nahm Teddy hoch und dieser leckte ihm über die Nase. Ich musste lachen als ich es sah, Lucan wischte sich über die Nase, gab mir Teddy wieder und küsste mich besitzergreifend. „Dafür kannst du später etwas erleben Rose. Ich werde mir etwas einfallen lassen um dich zu bestrafen", flüsterte er in mein Ohr, ich erschauderte und kicherte leise. „Ich gehe jetzt etwas essen und trinken mein Vampir", sagte ich, Lucan nickte, ich wandte mich von ihm ab und ging die Treppe runter. In der Küche stand schon das Essen bereit, ich setzte Teddy auf den Boden ab und begann kurz darauf zu essen. Teddy tapste zu seinem Futter, begann zu fressen und ich beobachtete ihn lächelnd. Ich liebte Lucan über alles und würde ihn auch nie verlieren wollen, doch er war ein Vampir und konnte keine Kinder zeugen. Dabei wollte ich doch irgendwann eine Familie gründen und schon mindestens zwei Kinder haben. Also ging das mit Lucan nicht. Meine Laune sank nach unten und mit einer betrübten Miene aß ich langsam auf. Teddy war fertig, saß neben mir auf dem Boden und wartete bis ich fertig war. Als ich das Geschirr weggeräumt hatte nahm ich Teddy wieder hoch und ging zum Wintergarten.

 Dort lies ich den Welpen abermals wieder runter, dieser hopste sofort los und beschnupperte alles was er finden konnte. Ich spazierte den Weg entlang, schaute mich wie immer um und schwieg, während Teddy umher hopste. Auf der Wiese setzte ich mich ins Gras, der Welpe kam auf mich zu und wollte spielen. Ich fand in der Nähe von mir einen kleinen Stock, nahm ihn und warf ihn weit weg von mir. Teddy machte sofort hinterher, bellte fietschend und brachte mir den Stock wieder. Wir spielten die ganze Zeit, Teddy war voller Energie und als es langsam Abend wurde, hatte Teddy keine Lust mehr gehabt. Er saß neben mir, gähnte herzhaft und war müde geworden. „Na dann lass uns zurück gehen und du schläfst derweil, während ich etwas trinken gehe", meinte ich, erhob mich, nahm den Welpen hoch und verließ mit ihm auf den Arm den Wintergarten. Im Schlafzimmer stand ein Körbchen in der Ecke, dort setzte ich Teddy ab und er rollte sich sofort ein, woraufhin er einschlief.

Ich strich ihm kurz über das Fell, erhob mich und verließ das Schlafzimmer. Unten in der Küche saßen alle zusammen, Lucan unterhielt sich kurz mit Dimitri und als ich dazu kam, sprang Mia freudig auf. „Hast du Hunger Rosalie?" „Ähm...nein danke. Ich habe nur Durst und möchte etwas trinken", antwortete ich, Mia flitzte zum Kühlschrank und holte Eistee für mich raus. „Du musste mir nicht immer irgendetwas zu essen oder zu trinken machen, denn ich bin alt genug und schaffe es auch alleine." „Das musst du aber nicht Rose: Wir bedienen dich gerne, denn so ein besonderer Mensch wie du war noch nie bei uns gewesen", meinte Mia, schenkte den Eistee in ein Glas und reichte es mir. „Müsst ihr trotzdem nicht, denn ich schaffe das wirklich alleine", erwiderte ich, trank einen Schluck und Lucan bedeutete mir, mich zu ihm zu setzen. Ich rutschte auf den Hocker neben Lucan, stellte das Glas ab und atmete tief durch. „Was hast du eigentlich beruflich in deiner Welt gemacht Rosalie?", fragte mich Bonnie, ich wandte mich an sie und lächelte leicht.
„Bestsellerautorin." „Oh das klingt interessant und schreibst du hier in unserer Welt?"

„Nein denn dazu habe ich keine Zeit Bonnie. Ich bin zu beschäftigt", antwortete ich, Bonnie und Charlie warfen sich einen vielsagenden Blick zu und grinsten breit. „Wir haben das mit Endora gehört. Ist wegen ihr schon etwas passiert?", fragte diesmal Charlie, ich sah Lucan kurz an und nickte als Antwort. „Das erste Mal hat sie mich auf einer Damentoilette angegriffen und das zweite Mal in London, wo ich auf Lucan gewartet hatte", erzählte ich kurz, beide atmeten tief durch und schüttelten nur mit dem Kopf. „Was hat Opal dazu gesagt?" „Er hat mir die Erlaubnis gegeben Endora zu töten, wenn sie es abermals macht und das finde ich auch gut so", antwortete Lucan, nahm einen Schluck von seinem Tierblut mit Wein und sah seine Eltern ernst an. „Eine gute Idee von Opal. Endora bricht sonst eure Regeln was sie schon getan hat und das ist überhaupt nicht okay. Wir werden mit aufpassen, damit Rose nichts passiert und sie alles überlebt", meinte Charlie, ich schmunzelte und war einverstanden.

„Wieso auch nicht? Obwohl ich ja Schutz genug habe." „Ähm...ja aber ich werde ab Mittwoch nicht da sein, denn ich bin auf meiner restlichen Geschäftsreise und du bleibst diesmal zu Hause. Ich will nicht das Risiko eingehen, dass Endora dich abermals entführt, denn hier kommt sie nicht rein. Opal war eine Ausnahme gewesen, doch Endora nicht", warf Lucan ein, ich sah ihn an und nickte langsam verstehend. „Und wie lange bist du weg?", fragte ich ihn und lies mir nicht anmerken, dass ich schon jetzt Sehnsucht nach ihm hatte. „Es fehlen Rom, Madrid und Berlin. Eine Woche wird es dauern und dann bin ich wieder da." „In Ordnung." „Ich werde dich jedoch vermissen, besonders deinen Körper", hauchte er, die Anderen schmunzelten und ich wurde wieder so rot wie eine Kirsche. „Und was machen wir bis Mittwoch?" „Vergiss nicht, dass wir morgen wegfahren wollten. An den Strand und was wir am Dienstag machen werden, da weiss ich es noch nicht. Wir lassen uns beide überraschen."

Ich grinste, freute mich auf den Strand und konnte es kaum abwarten. „Was ist mit Teddy?" „Wir passen derweil auf den kleinen Welpen auf und nein wir werden ihn nicht aussaugen", antwortete Stan, ich lächelte und war einverstanden. „Ich verlasse mich auf euch, denn wenn wir morgen Abend wiederkommen und ihr habt ihn doch ausgesaugt, dann Gnade euch Gott. Ihr habt mich noch nie wirklich ausrasten gesehen", warnte ich, sie sahen sich an und Lucan räusperte sich. „Dann wird nicht nur Rose sauer sein sondern ich ebenfalls und dann solltet ihr ganz schnell das Weite suchen", fügte er noch hinzu, erhob sich und stellte sein Glas beiseite. Ich trank meinen Eistee aus, mein leeres Glas räumte Lucan ebenfalls weg und hielt mir seine Hand hin, welche ich ergriff.

„Wir gehen jetzt unsere Zeit gemeinsam verbringen, denn wir gehen duschen und wir müssen sauber werden", fing er an, hatte dabei ein Aufblitzen in den Augen und mein Körper reagierte sofort darauf. „Dann wünschen wir euch viel Spaß und danach eine angenehme Nachtruhe", sagte Bonnie, ich lächelte und Lucan zwinkerte mir zu. „Natürlich Mutter und danke das wünschen wir euch auch", erwiderte Lucan, Mia kicherte und Stan zog sie auf seinen Schoß. „Wann wollt ihr Morgen los?", fragte er, Lucan warf mir einen Blick zu und sah Stan danach an. „Sobald wir wach sind und Rose ausgiebig gefrühstückt hat", antwortete mein Vampir, wandte sich um und verließ mit mir die Küche um mit mir duschen zu gehen.

Kapitel 15

Im Badezimmer schloss Lucan hinter uns die Tür, presste mich gegen die Wand und küsste mich voller Leidenschaft, während seine Hände über meinen Körper wanderten. Ich hatte die Arme um seinen Hals geschlungen, drängte mich enger an ihn und meine gesamte Haut kribbelte von seinen Berührungen. Lucan zog mir das T-Shirt aus, warf es in einen Wäschekorb und küsste mich wieder. Ich strich mit meinen eigenen Händen unter sein eigenes schwarzes T-Shirt, fuhr noch vorne und strich über seine nackte Brust, wobei er sich sein T-Shirt auszog. Diese vielen harten sehnigen Muskeln die sich wunderbar anfühlten als ich darüber fuhr, lächelte und begann seinen Oberkörper zu küssen. Lucan nahm mein Gesicht in seine Hände, beugte sich zu mir hinunter und küsste mich begierig als ob ich verschwinden würde. Doch das würde ich niemals tun, Lucan zog mir die Hose aus und legte sie ebenfalls zur Seite. Dann drehte er das Wasser in der Dusche auf, schlüpfte aus seiner eigenen Hose, hob mich hoch und stellte mich in Unterwäsche in die Dusche.

 Sofort wurde ich nass, meine weiße Spitzenunterwäsche klebte mir auf der Haut und Lucan starrte auf meine aufgerichteten Brustwarzen. Langsam kam er zu mir unter die Dusche, zerriss mir den teuren BH und knetete grob meine Brüste. Ein Stöhnen entfuhr meinen Lippen, ich wollte mehr und mein Körper reagierte heftig. Lucan drängte mich gegen die Wand der Dusche, küsste mich begierig und besitzergreifend, während er meine Brüste liebkoste, welche so empfindlich wurden, dass ich eine Gänsehaut nach der Anderen bekam. Nach einer kurzen zeit war mein Spitzenhöschen weg, seine Boxershorts ebenfalls und seine harte Männlichkeit ragte mir bereit entgegen. Lucan hob mich hoch, presste mich gegen die Wand, küsste mich und lies mich auf sein hartes Geschlecht nieder. Ich nahm ihn vollkommen auf, er füllte mich wunderbar aus und ich schlang meine Beine um seine Hüften. Endlich begann er sanft zuzustoßen, meine Brüste rieben an seinem Oberkörper und ich stöhnte unablässig.

Dieses wunderbare Gefühl, diese Emotionen und diese Liebe zum Sex erfüllten uns beide, Nebelschwaden stiegen auf und wir waren in unserem Element. Als der Orgasmus nahte stieß Lucan härter zu, ich stöhnte und Lucan küsste an meinem Hals entlang, was meine Emotionen zum kochen brachte. Der Orgasmus überrollte uns, ich erzitterte und schrie Lucans Namen leise, was er ebenfalls mit meinem Namen tat. Erschöpft und überglücklich standen wir unter dem Wasser, ich hatte die Augen geschlossen und lächelte die ganze Zeit. Nach einer Weile glitt er aus mir heraus, stellte mich auf die Füße und nahm das Haarshampoo. Davon tat er sich etwas auf die Hand, drehte mich um und begann meine Haare zu waschen. Sanft massierte er meine Kopfhaut, ich schloss die Augen und genoss diese wunderbare Massage. Danach seifte Lucan mich mit Duschgel ein, lies sich viel Zeit und erst nach einer halben Ewigkeit waren wir beide fertig. Lucan verließ zuerst die Dusche, ich folgte ihm und er wickelte mich in ein großes flauschiges Handtuch. „Jetzt sind wir beide sauber und können ins Bett gehen zum schlafen", flüsterte der Vampir an meinen Lippen, küsste mich besitzergreifend, hob mich hoch und trug mich zum

Schlafzimmer. Dort lies er mich auf dem Bett nieder, trocknete mich liebevoll ab und deckte mich kurz darauf zu.

Als er sich ebenfalls abgetrocknet hatte, kam er zu mir ins Bett, zog mich in seine Arme und legte ein Bein über mich. „Schlafe gut und träume süß", sagte er, gab mir einen Kuss auf die Stirn, schloss die Augen und schlief sofort ein. Ich lächelte, kuschelte mich an ihn und sobald ich selber die Augen geschlossen hatte, schlief ich ebenfalls ein. Am nächsten Morgen packte Lucan einen Weidenkorb, ich wachte dadurch auf und gähnte herzhaft. Dann öffnete ich die Augen, setzte mich auf und sah mich um. „Na endlich aufgewacht? Ich bin schon seit zwei Stunden auf den Beinen, habe einiges erledigt und nun sind einige Sachen gepackt. Deinen Bikini habe ich ebenfalls schon aus dem Schrank geholt", sagte Lucan, ich lächelte und verließ das Bett. „Danke Lucan. Das ist sehr nett von dir und du hast dich wirklich verändert, denn du bist nicht mehr so beherrschend und so arrogant", erwiderte ich, nahm den Bikini hoch und lächelte. Der Bikini hatte die Farbe weiß, war mit Rüschchen versehen und ich zog ihn an. Lucan band das Oberteil zu, ich schlüpfte in ein weißes Sommerkleid und kämmte am Ende meine Haare, die ich dann zu einem Pferdeschwanz zusammenband. Zuguterletzt zog ich noch beige Ballerinas an, Lucan nahm den Korb und ich nahm Teddy hoch, damit wir in die Küche gehen konnten. „Guten Morgen ihr Beiden!

Habt ihr gut geschlafen?", begrüßte uns Mia, ich lies Teddy runter und setzte mich, damit ich etwas frühstücken konnte. „Sehr gut Mia. Rose sollte jetzt etwas essen, während ich den Korb im Auto verstaue", antwortete Lucan, Mia stellte mir einen Teller Pancakes hin und ich begann zu frühstücken, während Lucan die Küche wieder verließ. „Dann werde ich heute auf Teddy aufpassen und du verbringst einen tollen Tag am Strand mit Lucan", fing Mia an, Teddy frühstückte ebenfalls und ich lächelte. „Ja ich freue mich schon darauf, denn Lucan wird übermorgen seine Geschäftsreise fortführen und da werde ich eine Woche ohne ihn auskommen müssen", erwiderte ich, Mia nickte und als ich fertig war mit dem Essen, stand Lucan in der Küchentür. „Können wir?", fragte er mich, ich nickte und stand auf, wobei Teddy sofort an meiner Seite war. „Nein du bleibst bei mir Kleiner und ich passe auf dich gut auf", sagte Mia, nahm Teddy hoch und hielt ihn gut fest. Sofort fiepste der kleine Welpe klagend, ich verließ mit Lucan das Haus und kurz darauf fuhren wir nach Atlantic City zum Strand. Unterwegs hörten wir klassische Musik, ich schwieg und schaute aus dem Fenster.

„Möchtest du etwas anderes hören?", fragte er mich, ich wandte mich zu ihm hin und hob nur die Schultern. „Heute ist es mir egal was wir anhören", antwortete ich, abrupt trat Lucan auf die Bremse und küsste mich beherrschend. „Nein das ist dir nicht egal und jetzt sage mir sofort was du hören willst oder ich bestrafe dich heute Abend", knurrte er, ich hob abermals die Schultern und lächelte. „Ja dann tue dir keinen Zwang an, denn damit kannst du mir keine Angst einjagen", erwiderte ich, Lucan zog eine Augenbraue hoch und fuhr schweigend weiter. „Also gut wie du willst. Du wirst es sowieso nicht erfahren, denn deine Strafe bekommst du du heute Abend von mir, wenn wir wieder zurück sind", sagte er kurz angebunden, fuhr schweigend weiter und ich grinste in mich hinein. Was er wohl vorhatte und was es diesmal war? Meine Fantasie stellte sich alles vor was es gab, mein Körper reagierte bei diesen Vorstellungen sofort und ich bekam eine wohlige Gänsehaut. Nach einer langen Fahrt hielt Lucan auf einem

Parkplatz, nahm dann den Korb und führte mich an den Strand, wo er eine große Decke ausbreitete.

Ich zog mein Sommerkleid aus, schlüpfte aus den Ballerinas und wollte die Sonnencreme nehmen, als Lucan diese schon in der Hand hatte. Er tat sich etwas auf die Hände, cremte mich ein, setzte mir danach einen Sonnenhut auf und eine Sonnenbrille dazu. Dann setzte ich mich auf die große Decke, lächelte und genoss das fantastische Wetter. Lucan hatte sich selber entkleidet, saß danach neben mir in einer Badehose und sah wie immer perfekt aus. Er setzte sich selber eine Sonnenbrille auf, legte sich auf den Rücken und ich beobachtete ihn. „Kannst du denn überhaupt braun werden? Ich meine du bist doch ein Vampir", fing ich an, Lucan grinste und verschlang seine Arme hinter dem Kopf. „Schön wäre es, aber leider werde ich nie wieder braun. Schade eigentlich", antwortete er, ich nickte und schaute raus auf den Atlantik. Das Wasser war ruhig gewesen, blau und lockte zum schwimmen. Ich erhob mich also, setzte Sonnenbrille und Sonnenhut ab und rannte eilig ins Wasser, woraufhin ich dann zu schwimmen begann. Das Wasser war genau richtig gewesen, ich genoss es richtig und schaltete beim schwimmen einfach ab. Vergessen waren die Vampire, Lucan, die Gefahr und die Tatsache, dass ich in der Parallelwelt gefangen war. Plötzlich schwamm etwas an mir vorbei, ich schaute nach und konnte nichts entdecken.

Was war das gewesen? Wollte dieses Etwas mich töten? Abrupt wurde ich unter Wasser gezogen, Lippen pressten sich auf meine und ich wurde festgehalten. Es war Lucan gewesen, er küsste mich und gab mir dadurch Luft zum atmen. Nach einer halben Ewigkeit tauchten wir wieder auf, ich atmete tief durch und lächelte Lucan an. „Du hast mich total erschreckt! Ich dachte schon es wäre diese Endora gewesen und ich müsste sterben", protestierte ich, Lucan lachte und küsste mich noch einmal innig. „Das würde ich niemals zulassen, dass du dein Leben verlierst Rose, denn du gehörst noch immer mir und ich passe gut auf dich auf", erwiderte er, lies von mir ab und schwamm zurück zum Strand. Ich schaute ihm nach, schüttelte mit dem Kopf und folgte ihm langsam. Sobald ich aus dem Wasser raus war, wartete Lucan bereits auf mich und wickelte mich in ein großes Handtuch ein. Liebevoll trocknete er mich ab, küsste mich abermals besitzergreifend und ich wusste, dass ich sein Besitz war. Lucan war noch immer dieser dominante Typ und ich diese sogenannte Sklavin. Ob er das jemals ablegte war zu bezweifeln und wieso auch? Mir gefiel dieser Lucan, denn ich liebte ihn ja, aber er hatte es bis jetzt noch nicht selber zugegeben und ich musste abwarten, was die Zukunft noch brachte.

„Glaube nur nicht, dass ich dein Verhalten heute vergessen habe. Deine Strafe bekommst du heute Abend dennoch von mir in unserem Zimmer", flüsterte er, lies von mir ab und cremte mich erneut ein. Als er fertig war, setzte ich mich auf die Decke, legte mich dann auf den Bauch und begann braun zu werden. Lucan saß neben mir, schwieg und ich spürte seine Blicke auf mir. „Ist irgendetwas mit mir?", fragte ich ihn nach einer Weile, öffnete die Augen und sah den Vampir an. „Nein ich bewundere nur deinen fantastischen Körper, da er so perfekt ist und ich ihn überall berühren möchte", antwortete er, beugte sich zu mir runter und begann sanfte Küsse auf meiner Haut zu hinterlassen. Ich hatte die Augen wieder geschlossen, lächelte und genoss diese Küsse von diesem Vampir. „Ich habe gründlich nachgedacht und bin einverstanden", fing er an, küsste mittlerweile meinen Steiß und ich wurde stutzig. „Was hast du dir gut überlegt?", fragte ich, setzte mich auf und traf seinen Blick. „Du darfst diesen Donovan treffen und kennenlernen.

Doch ich werde dabei sein und auf dich aufpassen. Sobald ich von meiner Geschäftsreise wieder da bin", antwortete er, ich nickte und atmete tief durch, wobei ich leicht lächelte. „Das geht in Ordnung, dass du dabei bist, denn alleine wäre ich niemals zu diesem Donovan gefahren. Ich kenne ihn nicht und weiss auch nicht was ihm durch den Kopf geht. Nicht das er mir am Ende etwas antun will." „Deshalb werde ich dich begleiten und dich auch nicht aus den Augen lassen. Egal was kommt." Ich lächelte, war erleichtert und legte mich wieder hin. „Das ist gut Lucan und beruhigt mich ungemein. Noch immer habe ich Angst vor dieser Endora und will am Liebsten nie wieder etwas mit ihr zu tun haben." „Wenn du Hunger hast, dann sag Bescheid. Ich habe etwas davon eingepackt." „Mache ich." Ich döste eine Weile, lauschte dem Wasser und entspannte mich. Nach einiger Zeit spürte ich Hände auf meinem Rücken, diese wanderten zu meinen Schultern und begannen mich zu massieren.

„Du kannst das wirklich gut Lucan. Meine Muskeln entspannen sich regelrecht und das tut mir gut", murmelte ich, Lucan gluckste und massierte mich weiter, bis ich fast eingeschlafen war. Als der Vampir fertig war lies er von mir ab, ich setzte mich auf und er gab mir etwas zu trinken. Lucan nahm sich selber etwas zu trinken, sah auf das Meer und war in Gedanken woanders gewesen. „Ich mag deine Eltern, denn sie sind sehr nett und sie haben mir Teddy mitgebracht. Ein sehr süßer Welpe", fing ich an, Lucan bekam wieder einen klaren Blick und wandte sich an mich. „Ja meine Eltern waren schon immer freundliche Personen gewesen und der Welpe ist eben sozusagen ein Kinderersatz, obwohl man Kinder nie ersetzen kann. Doch ich finde es gut keine Kinder zeugen zu können, denn so etwas ist nichts für mich und Kinder sind schrecklich. Dieses Geschrei, sie stinken und sabbern. Dann gehen sie ihren Eltern auf die Nerven, wollen ihren Willen durchsetzen und sie nerven nur. Rund um die Uhr", erwiderte er, ich musterte ihn und schwieg. Das was er gesagt hatte verletzt mich sehr, denn ich wollte mal Kinder haben und ich musste meine Gefühle gut verbergen, damit Lucan sie nicht spürte.

Für den Rest des Tages gingen wir noch öfters schwimmen, ich aß zwischendurch etwas und verdrängte das was er gesagt hatte. Am Abend saß Lucan direkt neben mir, die Sonne ging am Horizont unter und tauchte alles in pures Gold. Ich war davon total fasziniert, vergaß alles um mich herum und hatte einen verträumten Blick gehabt. Lucan packte derweil die Sachen zusammen, ich zog dann mein Sommerkleid und die Ballerinas wieder an und sobald ich fertig war, nahm Lucan meine Hand und führte mich zurück zum Auto.

„Ich habe es noch nicht vergessen Rose und sobald wir zu Hause sind will ich, dass du nur in deinem Bikinislip ins Spielzimmer gehst. Dort wirst du auf mich warten, so wie beim ersten Mal und wehe du bist nicht da", sagte er ernst, wir stiegen ins Auto, ich schnallte mich an und lächelte leicht. In Ordnung Lucan", erwiderte ich, der Vampir startete den Motor, parkte aus und fuhr zurück zum Anwesen, wo meine Strafe schon auf mich wartete.

Kapitel 16

Sobald das Auto in der Garage stand nahm Lucan sein hartes Gesicht an, holte den Korb und ging schweigend ins Haus. Langsam folgte ich ihm, stieg die Treppe hinauf und im Schlafzimmer zog ich mich bis zum Bikinislip aus. Tief durchatmend ging ich eine Etage höher, trat ins Zimmer von Lucan und mir und kniete mich kurz darauf an der Stelle wo ich schon am Anfang beim ersten Mal war. Mein Herz schlug mir wie immer bis zum Halse, ich war total aufgeregt und neugierig was er diesmal vorhatte. Irgendwann ging die die Tür auf, Schritte ertönten und kurz darauf stand Lucan vor mir, wobei er seine Cowboyhose wieder an hatte. „Steh auf", befahl er mit drohenderStimme, ich tat es und sah den Vampir nicht an. Lucan ging zu seiner Kommode, holte etwas hervor und war schnell wieder bei mir. Er verband mit die Augen, streifte mir etwas über die Handgelenke und ich hörte Ketten leise klirren. Etwas Kaltes berührte meine Haut, Lucan drückte meine Brustwarzen und ich spürte diese justierbaren Brustklammern, die Lucan befestigte.

Ich unterdrückte ein lustvolles Stöhnen, Lucan zog mir den Bikinislip aus, führte mich irgendwohin und mitten im Raum blieben wir stehen, wo er mich festkettete. „Beine auseinander und stelle eins auf meine Schulter", befahl Lucan erneut, ich tat es stillschweigend und spürte die Nässe im unteren Bereich. Lucan streichelte mich sanft, öffnete meine Schamlippen und schob etwas in mich hinein. Liebeskugeln. Als diese drinnen waren, wandte sich Lucan meinem Po zu, streichelte mich dort ebenfalls und schob schließlich Analkugeln in mich. Danach erhob sich der Vampir, entfernte sich von mir und mein Herz schlug schneller. Plötzlich begannen die Liebeskugeln und Analkugeln in mir zu vibrieren, ich stöhnte sofort auf und Lucan küsste mich besitzergreifend. Die Musik erklang, meine Atmung ging stoßweise und ich wollte erlöst werden.

 Doch es ging nicht nach meinen Regeln, ich musste ausharren und warten bis Lucan es tat. Plötzlich traf etwas meinen Po, ich zuckte erschrocken zusammen und keuchte lustvoll auf. Lucan strich über die betroffene Stelle, schlug wieder zu und wiederholte das Ganze. Immer wieder traf er meinen Po, meine Emotionen fuhren Achterbahn und ich erzitterte vor Lust. Die Vibrationen wurden stärker, Lucan war in seinem Element und nach einer gewissen Zeit kam ich heftig zu einem Orgasmus. Lucan machte mich los, lies die Liebeskugeln und Analkugeln noch in mir drinnen und führte mich zum Bett. Dort legte er mich in die Kissen, band mich wieder fest und zog die Liebeskugeln raus. „Nicht bewegen!" Ich blieb still liegen, die Analkugeln lies er noch drinnen und begann mich voller Leidenschaft zu küssen. Dabei zog er an den Klammern, ich unterdrückte abermals ein lustvolles Stöhnen und versuchte mich nicht zu bewegen, was ziemlich schwer war. Lucan lies von mir ab, ich hörte wie er sich auszog und wartete voller Ungeduld auf das Nächste. Schließlich hob Lucan meine Beine an, legte sie sich auf die Schultern und drang in mich ein, bis er mich komplett ausgefüllt hatte.

 Noch immer vibrierten die Analkugeln, Lucan hielt mich fest und stieß immer wieder zu. Mein Blut rauschte mir in den Ohren, mein Herz schlug schneller und der nächste Orgasmus kam schneller als ich dachte. Lucan beschleunigte selber, ich erzitterte und als der Orgasmus uns beide überrollte, zog der Vampir die justierbaren

Brustklammern ab, was mich leise aufschreien lies. Erschöpft aber überglücklich lag ich in den Kissen, Lucan entfernte die Analkugeln, band mich los und nahm die Augenbinde ab. Dann legte er sich neben mich, zog mich in seine Arme und deckte uns beide zu. „War es okay oder habe ich dir weh getan", fragte er mich, ich öffnete die Augen und sah ihn lächelnd an. „Okay? Es war fantastisch gewesen! Du schaffst es immer wieder mich zu einem gewaltigen Orgasmus zu bringen. Danach fühle ich mich immer so befreit und wie auf Wolke Sieben", antwortete ich, Lucan gab mir einen innigen Kuss und lächelte ebenfalls.

„Das nächste Mal wird erst nach der Geschäftsreise weitergehen und bis dahin darfst du dir nicht selber helfen. Ich werde es sofort mitbekommen, denn ich spüre es", fügte er noch hinzu, ich schloss die Augen und döste. „Versprich es mir Rosalie!" „Ja versprochen Lucan. Ich werde keine Selbstbefriedigung machen." Sehr gut Rose. Es ist schön, dass du auf mich hörst und auch gehorchst. Das tust was ich dir sage und deswegen macht es auch Spaß dich hier im Zimmer zu haben." „Klingt ja so als hättest du es einfach mit mir und ich wirklich alles tue was du von mir verlangst", erwiderte ich, setzte mich auf und sah Lucan ernst an. „Du bist auch einfach Rose, denn genau das gefällt mir an dir. Ich sage dir was du tun sollst und du machst es auch." Das hatte gereicht, ich verengte die Augen und wurde sauer. Es klang wirklich so, dass ich hier in seinem Haus wirklich seine SUB war und er mein Dom, doch das war er nicht wirklich.

„Du bist ein verdammtes Arschloch Lucan und weist du was? Ich verschwinde von hier, komme nie wieder und du kannst dir jemand anderes aussuchen, der deinen Befehlen folge leistet", fauchte ich, gab ihm eine deftige Ohrfeige und verließ das Bett. Gerade als ich meinen Bikinislip anziehen wollte, packte Lucan mich an den Hüften, hob mich um der Taille herum hoch und schlug mir mit der flachen Hand kräftig auf den Po. Schmerzen durchfuhren meinen Körper, ich schrie auf und versuchte loszukommen. „Du bleibst hier und wirst nie wieder gehen", schrie Lucan voller Zorn, unterstrich jedes Wort mit einem heftigen Schlag auf meinem Po und die Tränen liefen nur so über meine Wangen. Irgendwann lies er mich einfach los, ich fiel unsanft auf den Boden und die Tür wurde zugeknallt. Auf dem Boden rollte ich mich zusammen, weinte hemmungslos und hatte Angst vor Lucan. Er sollte mich nie wieder so verletzen, ich wollte nie wieder in seine Nähe und hoffte, dass er mich einfach vergaß. Leider gab es diese Hoffnung nicht, nach ein paar Stunden kam er wieder und hatte etwas in seiner Hand. Abrupt setzte ich mich auf, zuckte zusammen und wich zurück.

„Nein bitte tu es nicht! Es tut mir leid", wimmerte ich, hatte Angst vor Lucan und sah in panisch an. Lucan hockte sich vor mich hin, musterte mich genau und seufzte. „Nein Rose, du musst dich nicht entschuldigen, denn ich sollte es bei dir tun und das will ich auch. Ich habe hier eine Salbe und wenn du es möchtest, dann werde ich sie auf deinen Po auftragen. Doch nur wenn du mir vertraust", erwiderte er, ich sah die Salbe an und nickte schließlich langsam. Lucan erhob sich, half mir auf die Beine und führte mich zum Bett, wo ich mich auf den Bauch legen sollte. Lucan tat etwas von der Salbe auf seine Hand, rieb damit meinen immer noch schmerzenden Po ein und war sehr vorsichtig gewesen. Die Salbe kühlte sofort, ich seufzte als der Schmerz nach lies und war erleichtert darüber gewesen. Als Lucan fertig war, reichte er mir neue Sachen und wartete bis ich mich angezogen hatte.

„Hast du Hunger? Möchtest du etwas essen?", fragte er mich, war auf einmal wie ausgewechselt und von seinem Zornausbruch war nichts nichts mehr zu sehen oder zu spüren. „Hat Mia gekocht?", fragte ich leise, Lucan schüttelte mit dem Kopf und lächelte leicht. „Nein aber ich werde dir etwas kochen und Teddy wartet ebenfalls auf dich. Doch du musst nicht, denn ich will dich nicht dazu zwingen und ich kann es verstehen, wenn du auf mich auf ewig hasst", antwortete er, ich musterte ihn und war nach dieser schrecklichen Aktion noch immer misstrauisch gewesen. „Und was willst du kochen?" „Das was du essen möchtest. Du entscheidest." „Okay." Ich ging an ihm vorbei, verließ das Zimmer und machte mich auf den Weg nach unten. In der Küche hopste Teddy auf mich zu, ich hob ihn hoch und drückte ihn an mich um Trost zu bekommen.

Teddy hielt still, schmiegte sich an mich und wartete ab. Als ich genug hatte, setzte ich den Husky wieder ab, trat an den Kühlschrank und schaute hinein. Ein Kartoffelsalat sah mich an, ich nahm ihn raus und Lucan kam in die Küche. Er bereitete das Schnitzel zu, fing dann an zu braten und ich holte noch Ketchup und Eistee raus. Dann häufte ich etwas Kartoffelsalat auf einen Teller, Lucan tat dann das Schnitzel mit drauf und ich kippte Ketchup hinterher. Vorsichtig setzte ich mich auf den Hocker an die Frühstückstheke, nahm das Besteck und begann zu essen. Teddy saß auf dem Hocker neben mir, beobachtete Lucan und passte auf mich auf. Als ob er wusste was geschehen war und wie ich darunter litt. „Wir beide ziehen morgen ins Penthouse und werden dort auch bleiben. Es ist riesig, hat viele Zimmer und dort gibt es auch das Zimmer von uns Beiden", fing Lucan an, ich nickte nur und aß stillschweigend weiter.

„Wir können auch hierbleiben, wenn du es möchtest." „Es wäre mir lieber hier zu bleiben, denn wenn du übermorgen deine Geschäftsreise fortführst und ich im Penthouse wäre, dann würde ich alleine bleiben." „Gut dann bleibst du hier bei meinen Eltern, denn sie sind hier, während Dimitri, Victor, Stan und Mia nicht da sind. Sie haben auch etwas zu tun." „Okay." Lucan beobachtete mich, atmete tief durch und hatte Schuldgefühle gehabt. Zu recht, denn er hatte mich verletzt und auch nur, weil ich mich ihm widersetzt hatte. Typisch Vampire, obwohl er bisher der Einzige war, der solche Koller bekam und ich mir langsam nicht mehr sicher war, ihn noch zu lieben. Mein Herz sagte 100% ja doch mein Verstand wehrte sich dagegen und drängte mich, ganz schnell zu fliehen. Was also sollte ich machen? „Du kannst dich schlafen legen, wenn du fertig bist mit essen. Ich werde noch etwas erledigen." „In Ordnung."

Lucan atmete noch einmal tief durch, wandte sich von mir ab und verließ wortlos die Küche. Ich aß in aller Ruhe auf, räumte dann das Geschirr, nahm Teddy hoch und verließ langsam die Küche. Im Haus war es still, selbst Lucan war nicht zu hören, ich stieg die Treppe hinauf und kurz darauf war ich im Schlafzimmer. Dort setzte ich Teddy in sein Körbchen, zog mich für die Nacht um, kroch unter die Bettdecke und sobald ich mich dort hinein gekuschelt hatte, schlief ich auch schon ein. Am Tag von Lucans Abreise waren seine Eltern schon auf den Beinen, Lucan hatte seinen Koffer gepackt und im Auto verstaut. „In einer Woche bin ich wieder da und passt gut auf Rose auf, damit ihr nichts passiert. Ich werde anrufen", sagte Lucan, seine Eltern nickten, er wandte sich um und verließ das Haus. Ich hörte eine Tür zuschlagen, wie der Motor gestartet wurde und das Auto davonfuhr. „So jetzt sind wir eine Woche lang alleine und was möchtest du machen Rose?", fing Bonnie an, ich wandte mich an sie und hob nur die Schultern.

„Ich habe keine Ahnung, denn seitdem ich hier bin, war ich selten alleine gewesen und habe nur Bücher gelesen", antwortete ich, Bonnie lächelte und beide nickten verstehend. „Dann gehe doch unten im Pool schwimmen oder ins Fitnessstudio also Fitnessraum. Oder aber der Wintergarten", schlug Charlie vor, ich lächelte und Teddy freute sich über diese Idee. „Ich glaube Teddy will lieber in den Wintergarten und ich ebenfalls, denn das ist mein Lieblingsort", erwiderte ich, Teddy fiepste freudig und eilte zur Tür des Wintergartens. „Dann gehe ruhig und genieße die Ruhe ohne Lucan." „Okay und falls irgendetwas sein sollte, dann wisst ihr ja, wo ihr mich findet." „Geht in Ordnung Rose und im Wintergarten gibt es Liegen oder wenn du darauf Lust hast, dort gibt es auch eine Hängematte."

„Eine Hängematte? Das ist sehr gut, denn so etwas kann ich gut gebrauchen um einfach mal abzuschalten." Teddy bellte fiepsend und fordernd, Lucans Eltern lachten und ich eilte zum kleinen Husky. Sobald ich die Tür geöffnet hatte hopste Teddy in den Wintergarten, verschwand in den Büschen und ich hörte nur die Blätter rascheln. Lächelnd ging ich den Gartenweg entlang, hörte wie immer die Bienen summen und entspannte mich vollkommen. Nach einer Weile fand ich die Hängematte, freute mich und legte mich sofort hinein. Die Hängematte bewegte sich leicht, ich schloss die Augen und lächelte dabei. Ja das tat mir wirklich gut alleine zu sein, abzuschalten und Lucan nicht da zu haben. Seit seinem Koller im Zimmer hatte er nicht mehr mit mir im Bett geschlafen, mich nicht angefasst und es gab auch keine besitzergreifenden leidenschaftliche Küsse.

Teddy tollte über die Wiese, warf sich auf den Rücken und wälzte sich voller Freude. Ich beobachtete ihn dabei, lächelte und dachte nach wie es weitergehen sollte. Ich liebte Lucan über alles trotz seiner gelegentlichen Ausraster und Koller, denn nichts konnte mich je umstimmen. Selbst das was passiert war hatte ich ihm schnell verziehen und mein Po bekam durch diese Salbe seine normale Farbe wieder. „Ob er jemals zu mir sagt, dass er mich genauso liebt wie ich ihn? Was meinst du Teddy?", fragte ich den kleinen Husky, Teddy hielt inne, sah mich an und neigte den Kopf leicht zu Seite.

„Schade, dass du mir nicht antworten kannst, denn ich hätte gerne deine Meinung gehört", fügte ich noch hinzu, legte mich auf den Rücken und sah in den Himmel über dem Wintergarten. Die Sonne war diesmal nicht zu sehen, der Himmel war bewölkt und es fing an zu regnen. Ich sah den Regentropfen zu, war in Gedanken versunken, dachte an Jane und Dallas und hoffte, dass es ihnen gut ging. Schließlich war ich nicht mehr zu Hause und beide waren alleine.

Kapitel 17

Am Abend nach einem langen schönen heißen Bad setzte ich mich mit einer Tasse heißen Kakao auf das Bett im Schlafzimmer und startete den neuen Laptop, ein Geschenk von Lucan. Teddy lag zusammengerollt in seinem Körbchen, schlief tief und fest und lies sich nicht stören. Sobald der Laptop hochgefahren war ertönte ein leises Piepen und dies sagte mir, dass ich eine Mail bekommen hatte. Und von wem? Von Lucan.

Von: Lucan
An: Rosalie
„Wie war dein Tag gewesen? Hast du ihn genossen? Hier in Rom ist viel los, in der Firma geht es drunter und drüber und man hatte mich die ganze Zeit beansprucht. Meine Gedanken waren jedoch die ganze Zeit bei dir und hier fühle ich mich ohne dich ziemlich einsam.

Lucan, Chef der World Company Cooperation

Ich lächelte über diese Mail, trank einen Schluck vom Kakao und schrieb schnell an ihn zurück, wobei ich ihn ärgern wollte.

Von: Rosalie An: Lucan
Mein Tag war angenehm ruhig gewesen, ich war mit Teddy im Wintergarten und während der kleine Welpe herumtollte, lag ich in der Hängematte. Jetzt sitze ich auf dem Bett, trinke einen heißen Kakao und werde mich selber zum Orgasmus bringen.

Rosalie

Schnell schickte ich die Mail ab, lehnte mich zurück, trank wieder einen Schluck vom Kakao und wartete auf die Antwort. Diese dauerte nicht lange, ich grinste breit und öffnete die Mail.

Von: Lucan
An: Rosalie
Das tust du nicht wirklich oder? Du hast mir versprochen dich nicht selber zu befriedigen! Also lass es sofort!

Lucan, Chef der WCC

Ich lachte über diese Nachricht, schüttelte mit dem Kopf und dachte kurz nach. Dann öffnete ich die Antwort und schrieb sofort zurück.

Von: Rosalie
An: Lucan

Und wie willst du mich daran hindern? Du bist kilometerweit von mir entfernt und es dauert, bis du wieder bei mir bist. Also kann ich es ruhig machen.

Rosalie

Die Mail wurde verschickt, ich gähnte herzhaft und war müde geworden. Die Auswirkung eben, wenn man heißen Kakao trank. Sofort piepte es wieder leise, ich entspannte mich und öffnete die neue Mail. Teddy kippte zur Seite, schlief noch immer und schnarchte leise. Ich schaute kurz zu ihm hin, lächelte darüber und begann endlich die Mail zu lesen.

Von: Lucan An: Rosalie

Ich werde ziemlich schnell bei dir sein und dich daran hindern, denn ich werde dich selber zu einem Orgasmus bringen. Also lass es sofort oder ich werde dich dafür bestrafen.

Lucan, Chef der WCC

Ich kicherte, atmete tief durch und trank meinen Kakao aus. Dann gähnte ich herzhaft, rieb mir die Augen und schrieb die letzte Mail an Lucan um danach endlich schlafen zu können.

Von: Rosalie

An: Lucan

Ich bin viel zu müde um jetzt auch noch Selbstbefriedigung zu machen und außerdem hatte ich es dir versprochen. Also wünsche ich dir jetzt eine gute Nacht und schlafe gut, denn ich werde jetzt ins Bett gehen und schlafen.

Bye Rosalie

Ich stellte den Laptop zur Seite, verließ das Bett und eilte ins Badezimmer da ich auf die Toilette musste. Als ich dann wieder im Schlafzimmer war, hatte ich eine neue Mail von Lucan und öffnete diese sogleich.

Von: Lucan
An: Rosalie
Dann schlafe gut, träume schön und falls etwas sein soll, dann rufe mich sofort an. Meine Nummer ist in deinem Handy gespeichert.

Lucan, Chef der WCC

Ich schaltete den Laptop aus, klappte ihn zu und packte ihn weg. Danach kroch ich unter die Decke, kuschelte mich dort hinein und als ich das Licht ausgemacht hatte, schlief ich sofort ein. Am Wochenende regnete es in Strömen, ich stand vor dem Fenster und schaute den Regentropfen zu. Teddy spielte mit einem Ball der quietschte, ich hörte es und musste grinsen. „Na Rose, ist dir langweilig?", fragte mich Bonnie, trat an meine Seite und ich nickte langsam. „Ja leider. Ich weiss einfach nicht was ich noch tun könnte", antwortete ich, plötzlich ging ein Fenster in unserer Nähe kaputt und die Einrichtung fing Feuer. „Schnell ihr Beiden! Rosalie schnappe dir Teddy und dann raus hier! Das war Endora, aber die ist wieder weg mit einem bösen Grinsen im Gesicht", rief Charlie, Teddy rannte auf mich zu und ich nahm ihn hoch, wobei das Feuer sich schnell ausbreitete. Charlie riss die Eingangstür auf, Bonnie packte mein Handgelenk und wir liefen raus ins Freie. Während wir zu einem der Autos eilten versuchte Charlie Lucan zu erreichen aber erfolglos und ich begann mir Sorgen zu machen.

Eigentlich wäre Lucan sofort ans Handy gegangen, denn er wollte nicht, dass mir irgendetwas passierte, doch offenbar war ihm etwas zugestoßen und ich spürte es sofort. Charlie setzte sich hinter das Steuer, Bonnie nahm auf dem Beifahrersitz platz und ich währenddessen auf dem Rücksitz. Sobald alle Türen zu waren, fuhr Charlie vom Anwesen und gab regelrecht Gas. „Bonnie ruf Stan an und gib ihm Bescheid er solle Mikael sofort anrufen und ihm sagen, dass Lucan spurlos verschwunden ist", sagte Charlie in einem strengen Ton, Bonnie nickte und telefonierte mit Stan. Nach wenigen Minuten war sie fertig, steckte das Handy weg und drehte sich im Sitz zu mir um. „Keine Angst Rose. Mikael ist ein guter Freund von Lucans Clan und wird ihn ausfindig machen. Wir werden derweil ins Penthouse von Lucan ziehen und dort auf weitere Nachrichten warten", sagte sie, ich nickte langsam und atmete tief durch, während Teddy auf meinem Schoß saß.

Charlie raste durch die Straßen, beachtete die Ampeln nicht und heimste des Öfteren ein Hupen der Autofahrer ein. Schon nach einer Viertelstunde hielt er vor einem großen Haus wo mehrere Personen unten wohnten und ganz oben war das Penthouse mit zwei Stockwerken. Charlie und Bonnie stiegen aus, ich folgte ihnen mit Teddy und sobald die Tür unten offen war, traten wir ins Innere. Beide Vampire steuerten auf einen Fahrstuhl zu, ich folgten ihnen mit Teddy auf dem Arm und sobald Charlie den Knopf gedrückt hatte, glitten die Türen auf. Wir betraten den Fahrstuhl, die Türen schlossen sich und wir fuhren nach oben. Auf dem Weg nach oben schwiegen wir, ich hatte noch größere Angst um Lucan und ich atmete tief durch, um mein Herz zu beruhigen. Als der Fahrstuhl hielt glitten die Türen wieder auf, Bonnie machte das Licht an und ich sah mich staunend um, während ich Teddy auf den Boden absetzte. Wir standen in

einem großen Wohnzimmer mit einer breiten Fensterwand und hochmodernen Möbeln.

Eine Sofalounge auf der rechten Seite mit einem Kamin, einem großen Bücherregal und einem großen Fernseher der in der Wand eingelassen war. Auf der linken Seite gab es zwei Türen, daneben eine kleine Treppe und als ich dort hinunter sah, führte ein Gang an mehreren Türen vorbei. Wenn man durch einen Bogen ging kam man in eine Küche, das Handy von Charlie meldete sich und er wandte sich ab um zu telefonieren. „Setze dich ruhig Rose und ich werde dir etwas zu trinken holen", meinte Bonnie, verschwand in der Küche und ich setzte mich in die Ecke der Sofalounge. Teddy schnupperte an allem was er finden konnte, schaute sich um und war sehr neugierig. Schon nach wenigen Minuten kam Bonnie wieder, stellte die Tasse mit dampfenden Tee auf den Glastisch vor der Sofalounge und gesellte sich zu mir. Kurz darauf kam Charlie wieder zu uns, sank neben Bonnie auf die Sofalounge und lächelte leicht.

„Sie haben Lucan gefunden und bringen ihn hierher. Stan, Mia, Dimitri und Victor sind dabei und Mikael wird auch eine Weile hierbleiben", erklärte er uns, wir nickten und ich nippte an der Tasse, während ich an Lucan dachte. War ihm etwas passiert? War er am Ende verletzt gewesen und konnte sich deswegen nicht mehr melden? Ich fühlte mich unwohl, trank meinen Tee und war total nervös gewesen. Nach zwei Stunden kamen dann alle an, ein hochgewachsener Mann trug Lucan und verschwand hinter einer der zwei Türen. Bonnie und Charlie eilten ihm hinterher, Mia setzte sich zu mir und der Rest blieb stehen. „Was ist denn mit Lucan?", fragte ich, sah Mia an und diese lächelte leicht. „Er wurde angegriffen und hat einen heftigen Schlag auf den Hinterkopf bekommen. Mikael hat ihn in einer Seitengasse gefunden wo er bewusstlos dalag und eine Blutlache unter seinem Kopf war. Lucan wird jetzt von Mikael behandelt und wir müssen nur die Zeit abwarten", antwortete Mia, ich nickte und atmete tief durch.

Nach einer ganzen Ewigkeit kam Charlie raus, sah mich an und lächelte leicht. „Die Wunde ist behandelt und Lucan ist wieder bei Bewusstsein. Du solltest ihn besuchen", sagte er, ich erhob mich und ging ins Schlafzimmer, wo Lucan in einem Bett saß. Der Vampir sah mich, runzelte die Stirn und ich bekam ein ungutes Gefühl. „Ein Mensch? Wer ist das? Ist sie meine Spenderin?", fragte er, ich stand im Raum und war geschockt. „Das ist Rosalie. Deine Rose. Sie lebt bei dir mit im Haus und ihr beide seid schon fast ein Paar", antwortete Bonnie, warf mir einen Blick zu und ich sah Lucan traurig an. „Nein ich bin nicht deine Spenderin", brachte ich raus, wirbelte herum und verließ das Schlafzimmer. Bevor man mich aufhalten konnte war ich auch schon im Fahrstuhl und verschwand aus Lucans Leben. Die Tränen liefen mir über das Gesicht, ich verließ das Gebäude und auf der anderen Seite war ein Wald, den ich sofort betrat. Mir war es egal wo ich hinlief, denn Lucan erkannte mich nicht mehr und auch wenn er nie gesagt hatte, dass er mich ebenfalls liebte, brach es mir das Herz. Immer tiefer kam ich in den Wald, sah bald nicht mehr wo ich hinlief und prallte gegen einen Baum.

Die Wucht lies mich zurück taumeln, ich landete auf dem Boden und fluchte. „Rose? Rosalie? Bleib bitte stehen! Du kannst dich hier verletzen", rief jemand, ich erhob mich und wusste, dass es dieser Mikael war. Doch ich wollte nicht auf ihn hören, wandte mich ab und lief weiter. Plötzlich prallte ich wieder gegen etwas, wurde festgehalten und es war Mikael. „Es war Endora gewesen und sie will nur, dass du alleine unterwegs bist. Bitte komm wieder mit zurück, denn obwohl Lucan dir nie gesagt hatte, dass er dich liebt, solltest du die Hoffnung niemals aufgeben. Irgendwann wird er es sagen und das weiss ich auch. Schließlich kenne ich ihn schon ziemlich lange", sagte er, ich musterte ihn und gab schließlich nach. „Was er wohl nie sagen wird, denn ich werde sie mir holen und zwar jetzt", mischte sich Endora ein, ich wirbelte herum und Mikael zog mich an sich.

„Dimitri, Stan! Ich habe sie gefunden", rief er mit drohender Stimme, ich erschrak und die beiden Gerufenen erschienen. „Feigling! Du bist es nicht wert an Lucans Seite zu leben", fauchte Endora, wandte sich von uns ab und verschwand. Ich sah ihr nach, atmete tief durch und dachte an Lucan. Er erkannte mich nicht mehr, ich wandte mich von Mikael ab und schritt eilig weiter. „Rosalie warte! Du kannst doch nicht einfach gehen! Endora wartet doch nur auf eine Gelegenheit um dich zu bekommen und dir das ganze Blut auszusaugen", rief Dimitri, ich blieb stehen und atmete tief durch.

„Wie kann ich bei Lucan bleiben, wenn er mich nicht mehr erkennt? Es zerreißt mich innerlich, denn ich liebe ihn, auch wenn er diese nicht erwidert", murmelte ich und brach in Tränen aus, wobei ich sofort von den drei Vampiren umarmt wurde. „Shht schon gut Rose. Diese Amnesie ist nur vorübergehend, es dauert seine Zeit und irgendwann wird er sich wieder an dich erinnern können.

Bis dahin solltest du bei ihm weiterhin wohnen, wir sind ebenfalls dabei und passen auf euch auf. Also lass uns zurück gehen", sagte Stan, ich wischte mir die Tränen weg und nickte langsam. „Also schön. Ich gebe Lucan nicht so schnell auf und werde ihn wieder zu mir zurückholen. Dann lasst uns zurückgehen", erwiderte ich, die Vampire lächelten über diese Entscheidung und wir wandten uns um. Auf dem Weg zurück dachte ich an Lucan, atmete tief durch und ich war bereit um ihn zu kämpfen. Mein Zuhause war mir egal, denn Lucan hatte jetzt Vorrang und ich würde solange um ihn kämpfen, bis er sein Gedächtnis wieder zurück hatte. Dabei war ich nicht alleine, denn ich hatte noch ein paar

Vampire an meiner Seite und ich hoffte innerlich, dass Endora in der Zwischenzeit nicht auftauchte.

Kapitel 18

Am nächsten Morgen als ich aufwachte war Lucan schon auf den Beinen und stand in der Tür, wo er mich beobachtete. „Man hat mir gesagt dein Name ist Rosalie und du hast schon immer bei mir mit gelebt. Also seit ein paar Wochen auf jeden Fall", fing er an, ich gähnte herzhaft und verließ das Bett. „Ja das stimmt. Du hast mich damals gefunden und mich sozusagen gerettet", erwiderte ich, trat an den Schrank und suchte Sachen raus, die ich anziehen wollte. „Und wo kommst du her?" „Aus einer Parallelwelt wo es keine Vampire wie euch gibt", antwortete ich, stand nun vor ihm und wollte ins Badezimmer, doch er rührte sich nicht. „Aus der Parallelwelt und du gehörst mir oder?" Ich atmete tief durch, sah Lucan an und nickte bestätigend. „Ja ich gehöre dir, wir hatten schon sehr oft Sex gehabt und wir sind miteinander verbunden, da du etwas von meinem Blut getrunken hattest." Lucan dachte angestrengt nach, nickte langsam und trat endlich zur Seite, damit ich aus dem Schlafzimmer gehen konnte.In der Küche waren nur Bonnie und Mikael, Bonnie machte mir Frühstück und als sie mich erblickte, lächelte sie mich an. „Guten Morgen Rose, hast du gut geschlafen?", fragte sie mich, Mikael wandte sich uns zu und ich lächelte leicht, während Lucan genau hinter mir stand. „Ja das habe ich und jetzt werde ich erst einmal unter die

Dusche gehen. Sobald ich fertig bin, werde ich wieder zu euch kommen", antwortete ich, Bonnie nickte, ich wandte mich um und ging ins Badezimmer. Es war recht groß gewesen, hatte eine große Eckbadewanne was auch als Whirlpool genutzt werden konnte, eine große Dusche und wie nicht anders zu erwarten, fand ich ein paar Cowboyjeans. Sanft fuhr ich mit den Fingern darüber, seufzte und drehte mich zur Dusche um. Ich zog den Slip und das Seidennachthemd aus, drehte das Wasser auf und stellte mich kurz darauf darunter, sobald es die entsprechende Temperatur hatte. Meine Lebensgeister erwachten, ich wusch mir die Haare gleich mit und sobald ich fertig war, wickelte ich mich in ein großes flauschiges Handtuch um meine Haare zu föhnen.

 Es dauerte seine Zeit, irgendwann war ich komplett angezogen und ich ging in die Küche zurück. Dort stand ein Teller Pancakes bereit, Lucan saß daneben und sie sahen mir entgegen. „Wo sind denn eigentlich die Anderen?", fragte ich, setzte mich an den Tisch und begann zu frühstücken. „Sie sind beim Anwesen, schauen sich den Schaden an wie groß er ist und werden alles wieder so herrichten, wie es vorher aussah", antwortete Bonnie, ich sah sie an und lächelte erleichtert. Teddy tapste auf uns zu, setzte sich neben mich und lies Lucan nicht aus den Augen. „Das ist gut und schade um meine ganzen Sachen. Zum Glück habe ich mein Black Berry gerettet", erwiderte ich, zog es hervor und Lucan nahm es an sich. Er begutachtete es von allen Seiten, runzelte die Stirn und dachte angestrengt nach. „Das kommt mir bekannt vor und ich erinnere mich daran, wie ich es erstanden habe. Ich bin in die Stadt gefahren und habe es für dich gekauft, damit du für mich jederzeit erreichbar bist", sagte er leise, wir sahen ihn an und ich frühstückte in aller Ruhe weiter.

„Ja das stimmt Lucan. Ich habe mich sehr darüber gefreut", erwiderte ich, Lucan gab es mir wieder und ich steckte es weg. „Ich werde mich schon bald wieder an alles erinnern und dann werde ich denjenigen töten, der mir diese Amnesie beschert hat. Es ist nämlich ziemlich schwer einem Vampir das Gedächtnis zu rauben. Besonders mir, da ich sehr mächtig bin und man kann mich nur sehr schwer überfallen." „Doch offenbar hat es jemand geschafft und deswegen bist du hier. Wir bleiben zusammen und helfen dir, deine Erinnerungen wieder zu bekommen", meinte Mikael, lächelte und Lucan war einverstanden. „Du bleibst ebenfalls bei mir oder? Du lässt mich niemals alleine?", fragte mich Lucan, ich schluckte den letzten Bissen hinunter und wandte mich ihm abermals zu. „Nein ich lasse dich niemals alleine Lucan. Versprochen", antwortete ich, der Vampir atmete erleichtert tief durch und lächelte mich an. Bonnie räumte das Geschirr weg, gab Teddy Futter und Trinken, der kleine Husky eilte darauf zu und begann zu fressen.

„Wir haben einen Hund?", fragte Lucan, beobachtete den kleinen Husky und ich bejahte. „Den habe ich von deinen Eltern geschenkt bekommen, da du keine Kinder zeugen kannst. Vampire sind unfruchtbar." „Rosalie, du bist eine wirklich reizende junge Dame und ich bin sehr fasziniert von dir", bemerkte Lucan, ich errötete über das Kompliment und lächelte dabei. „Ähm...danke für das nette Kompliment. Ich bin sehr geschmeichelt", erwiderte ich, Bonnie und Mikael warfen sich einen Blick zu und lächelten wissend. „Ich werde jetzt in mein Arbeitszimmer gehen da ich noch einiges zu tun habe wegen meiner Firma und dann muss ich dorthin fahren", meinte Lucan, erhob sich, nickte mir zu und verschwand kurz darauf in seinem Arbeitszimmer. „Er kann sich zumindest an das Black Berry erinnern und woher er es hat", fing ich an, die beiden Vampire nickten und Bonnie lächelte mich an. „Gib ihm nur etwas Zeit zum erinnern, denn es dauert eine Weile und irgendwann befasst er sich wieder voll und ganz mit dir.

Du bist sein Leben, seitdem du ihm in die Arme gelaufen bist und nichts ist ihm jetzt noch wichtig", erwiderte Bonnie, ich lächelte und erhob mich. „Ich werde mich hier etwas umschauen und meine Zeit vertreiben", erklärte ich kurz, sie nickten und ich machte mich auf den Weg. Das Penthouse war fantastisch gewesen, es erinnerte mich an meine Lieblingsbücher, doch es reichte niemals an das unglaubliche

Penthouse von Lucan. Ich fand ein Zimmer mit einem Billardtisch, einer Tischtennisplatte und Bücherregalen, ich lächelte und schaute mir die Bücher genauer an. „Kannst du Billard spielen oder Tischtennis?", fragte mich eine dunkle sonore Stimme, ich wandte mich um und Lucan stand in der Tür. Er hatte mich wahrscheinlich abermals beobachtet, ich lächelte und hob nur die Schultern. „Ja zwar nicht so gut wie andere aber es geht", antwortete ich, Lucan trat ins Zimmer und stand dann bei der Tischtennisplatte.

„Lust auf eine Partie Tischtennis?" „Ähm...okay wieso nicht?" „Schön und wir werden es so machen. Wenn du gewinnst dann darfst du dir aussuchen, wo wir heute Abend hingehen. Sollte ich jedoch gewinnen, dann darf ich mit dir machen was ich will. Einverstanden?", erklärte er mir, beobachtete mich dabei und ich spürte ein Kribbeln auf der ganzen Haut. Er darf dann alles mit mir machen was er will? Oh das klang verlockend aber ich sollte dennoch mein Bestes geben und versuchen zu gewinnen. „Einverstanden Lucan." Der Vampir grinste breit, holte die Schläger und den weißen kleinen Ball und reichte mir einen Schläger. Dann stellten wir uns auf, er begann als Erster und wir spielten zusammen. Es war ein hartes Match gewesen, immer wieder hatten wir Gleichstand und als das Ende des Spiels kam, wurde er härter, so das ich doch verlor.

 Als Lucan mir den Schläger abnahm hatte er ein Verlangen in den Augen, ich erschauderte und er packte alles weg. „Schön meine Liebe. Ich will, dass du in meinem Zimmer auf mich wartest und zwar nur in deinem Spitzenhöschen", sagte er ernst, lächelte nicht mehr und ich wusste, was ich tun musste. Ich wandte mich von ihm ab, ging ins Schlafzimmer und zog mich aus, so das ich am Ende nur noch das Spitzenhöschen an hatte. Danach ging ich eine Treppe hinunter, einen Gang entlang und betrat das Zimmer. Es war eine Kopie des Zimmers auf dem Anwesen, ich nahm meinen Platz ein, hatte die Augen geschlossen und wartete auf Lucan. Er lies sich immer Zeit, ich hörte wie immer meinen eigenen Herzschlag und atmete tief durch. Irgendwann hörte ich die vertrauten Schritte, die Tür wurde geöffnet und kurz darauf stand Lucan vor mir. „Steh auf", befahl er, ich tat was er wollte und lies den Blick gesenkt. Schließlich war das eine seiner Regeln gewesen. Den Dom niemals ansehen oder ansprechen.

 Lucan stellte sich hinter mich, verband mir die Augen und fesselte meine Hände hinter meinem Rücken. Dann legte er mir noch ein Lederhalsband um und brachte mich durch den Raum zum Bett. Dort musste ich warten, ich hörte wie eine Wand zur Seite glitt und mein Herz schlug vor Aufregung schneller. Die Spreizstangen. Lucan half mir mich hinzulegen, drehte mich auf den Bauch und befestigte meine Fußgelenke an einer der Spreizstangen. Das gleiche tat er bei meinen Handgelenken und ich war ihm hilflos ausgeliefert. Ein leises Reißen drang an meine Ohren, mein Spitzenhöschen war zerschnitten und ich lag komplett nackt da. Lucan hob meinen Po an, ich kniete etwas unbeholfen in den Kissen und wartete darauf, dass er weitermachte. Plötzlich traf etwas meinen Po, es war ein Flogger und Lucan benutzte ihn. Ich lag still da, meine Emotionen kochten über und ich war total erregt. Nach einer Weile legte Lucan den Flogger beiseite und schlug wieder mir auf den Po. Dieses Mal war es ein Paddle, leichte Schmerzen machten sich breit und ich unterdrückte ein lustvolles Stöhnen.

Es war wirklich wie der Himmel auf Erden, ich war ihm hilflos ausgeliefert und das gab mir den gewissen Kick. Als Lucan fand das es genug war legte er den Paddle weg und kniete sich hinter mich. Heiße Küsse bahnten sich einen Weg von meinen Schultern über den Rücken bis zu meinem Po und geschickte Finger streichelten über meine Haut. Diese geschickten Finger drangen in meinen Po, ich seufzte und mir entfuhr ein lustvolles Stöhnen. „Shht Rose! Sag kein Wort", flüsterte Lucan, bewegte seine Finger und ich kniff die Lippen zusammen. Nach ein paar Bewegungen entzog er sich mir, ich lag noch immer in dieser Position und lauschte. Lucan küsste abermals meine Haut, fuhr mit den Händen dort entlang und diese ruhten dann auf meinen Hüften.

Schließlich drang er in mich ein, füllte mich komplett aus und mir entfuhr fast ein weiteres lustvolles Stöhnen. Mit sanften Stößen brachte er uns dem Höhepunkt näher, nebenbei küsste er meinen Rücken und fuhr mit der Zunge die Wirbelsäule entlang. Ich erzitterte vor Lust und Verlangen, bald wurde Lucan schneller und kurz daraufkamen wir beide gleichzeitig. Zufrieden und leicht erschöpft lag da, lächelte und wartete ab. Lucan band mich los, nahm die Augenbinde ab und küsste mich besitzergreifend. „Du bist mein und das wirst du für immer bleiben! Ich teile dich mit niemanden", brachte er hervor, sah mich an und seine Hand ruhte in meinem Nacken. „Etwas Anderes hätte ich auch nicht erwartet mein Vampir. Ich will nur dir gehören und sonst niemand anderen. Ich bin dein", erwiderte ich, lächelte und er küsste mich noch einmal hart.

„Ich muss dennoch in meine Firma und da ich ein ehrlicher Gewinner bin, gehen wir heute Abend aus. Du suchst das Restaurant oder den Club aus und schickst mir dann eine Mail, damit ich Bescheid weiss. Also surfe ruhig etwas im Internet", fügte er noch hinzu, verließ das Bett und zog sich an. „In Ordnung. Ich werde mich sofort an die Arbeit machen und etwas für uns raus zu suchen", erwiderte ich, verließ ebenfalls das Bett und hob die Überreste meines Spitzenhöschen hoch. „Hier ziehe dir den hier über und im Schlafzimmer gibt es ja haufenweise Klamotten. Ich würde mich ebenfalls freuen, wenn du in meinem Schlafzimmer mit schläfst. Da du ja mir gehörst und jetzt fahre ich los. Vergiss die Mail nicht." Lucan küsste mich ein letztes Mal besitzergreifend, reichte mir den Morgenmantel und verließ das Zimmer. Im Schlafzimmer zog ich mir neue Klamotten an, Teddy erschien und versuchte auf das Bett zu springen.

Doch er scheiterte jedes Mal, purzelte zurück und landete immer wieder auf dem Bauch. Ich musste lachen, nahm Teddy hoch, setzte ihn auf dem Bett ab und kraulte ihn kurz. „Du wartest hier und ich hole mir nur schnell etwas zu trinken. Den Laptop muss ich mir ebenfalls besorgen", sagte ich, Teddy bellte bestätigend und wartete auf mich. Ich ging in die Küche, holte mir etwas zu trinken und Bonnie legte mir einen Laptop hin. „Hier du brauchst sicherlich den hier um das zu suchen, was du suchen sollst", erklärte sie mir, ich lächelte und nahm den Laptop. „Danke Bonnie", bedankte ich mich, verließ die Küche und ging ins

Schlafzimmer zurück. Teddy hatte sich zusammengerollt, hob jedoch den Kopf und beobachtete mich.

Ich stellte das Glas Eistee ab, setzte mich auf das Bett und machte es mir bequem. Dann klappte ich den Laptop auf, fuhr ihn hoch und wartete ab bis er betriebsbereit war. „Na dann wollen wir doch mal schauen oder Teddy? Schick essen gehen will ich heute Abend auf keinen Fall, denn das hatten wir schon zu oft gehabt", meinte ich, Teddy bellte kurz und ich begann zu suchen. Es dauerte nicht lange bis ich etwas gefunden hatte, lächelte und schickte Lucan sofort eine Mail, damit er Bescheid wusste, was wir am Abend machen wollten.

Kapitel 19

Am Abend stand ich im Badezimmer vor dem Spiegel und begutachtete mich von oben bis unten. Ich trug ein rotes Kleid was mir bis kurz über die Knie ging, lag eng an meinem Körper und brachte selbst mein Dekolletee gut zur Geltung. Meine Haare hatte ich hochgesteckt, eine Strähne fiel mir als eine weiche Locke auf meine Schulter und meine Füße steckten in roten Highheels die bei jeder Bewegung glitzerten. Sachte klopfte es an der Tür, diese ging auf und Mia schaute rein. Sie war am späten Nachmittag zu uns gekommen, musterte mich jetzt von oben bis unten und war begeistert. „Wow Rose! Du siehst ja zum anbeißen aus! Da werden Lucan die Augen raus fallen und er muss aufpassen, dass dich ihm niemand wegnimmt", bemerkte sie, ich lächelte und atmete tief durch. „Danke Mia! Ja ich bin selber von meinem Outfit begeistert und ich will ebenfalls nicht, dass man mich wegschnappt. Ich gehöre Lucan und niemand anderem", erwiderte ich, trat aus dem Badezimmer und ging ins Wohnzimmer wo die Anderen saßen.

Als Lucan mich erblickte bekam er große Augen und ihm klappte regelrecht der Mund auf. „Bist du das wirklich Rosalie?", fragte mich Bonnie, ich lächelte und nickte bestätigend. Lucan hatte eine enge Jeanshose an, ein weißes Hemd dazu und die oberen drei Knöpfe waren offen, so dass ich seine nackte Brust fast sehen konnte. Der Vampir trat auf mich zu, hielt mir den rechten Arm hin und ich hakte mich bei ihm unter. „Victor wird uns zum Club in der Cross Street fahren und später wieder abholen", erklärte er mir, ich nickte verstehend und wir fuhren kurz darauf mit dem Fahrstuhl nach unten. Vor dem Haus stand die schwarze Limousine, Victor öffnete die Hintertür, ich stieg zuerst ein und Lucan folgte mir. Wir schnallten uns an, Victor setzte sich hinter das Steuer und kurz darauf fuhren wir los. „Was ist eigentlich mit Endora?", fragte ich, wandte mich an Lucan und er sah mich an. „Sie wird nicht auftauchen und..."

Lucan bekam große Augen, verengte sie kurz darauf und knurrte tief in der Kehle. „Sie war es! Zwar nicht selber aber sie hatte es arrangiert. Wegen ihr habe ich Amnesie bekommen. Ich erinnere mich wieder und ich weiss wieder wer du bist Rose", flüsterte er, sah mich abermals an und ich hatte selber große Augen bekommen. „Wirklich?", hakte ich nach und konnte es kaum glauben. „Ja Rose", antwortete er, zog mich zu sich heran und küsste mich besitzergreifend. Seine Finger glitten an meinem Hals entlang nach unten zu meinen Brüsten und er streichelte diese grob. Sofort stellten sich meine Brustwarzen auf, ich stöhnte lustvoll, doch es endete abrupt als Victor anhielt. Sofort setzte ich mich richtig hin, richtete meine Haare, Lucan stieg aus und ich folgte ihm. „In fünf bis sechs Stunden kannst du uns wieder abholen", sagte Lucan, Victor nickte, schloss die Türen und sobald er wieder in der Limousine saß, fuhr der davon. Wir sahen ihm nach, ich hakte mich bei Lucan wieder unter und wir betraten kurz darauf den Club. Dieser war brechend voll, alles noble Personen und es gab mehr Vampire als Menschen. Lucan führte mich in eine Sitzecke, dort lies ich mich auf die rote Sitzpolsterung nieder und Lucan lächelte leicht.

„Du bleibst hier sitzen, ich gehe uns etwas zu trinken holen und sobald dir jemand zu nahe kommt, werde ich wieder da sein", sagte er kurz, wandte sich um und verschwand in der Menge. Ich schlug derweil die Beine übereinander, lehnte mich zurück und schaute mich interessiert um. Menschen und Vampire tanzten miteinander, ich beobachtete alles und schwieg in der Zeit. Die weiblichen Frauen hatten sich aufgebrezelt, sahen eher aus wie Nutten in einem Bordell und machten sich an die männlichen Vampire ran. Denen schien es womöglich egal zu sein wie die jungen Frauen aussahen, denn die Vampire waren nur auf derer Blut aus und auf eine schnelle Nummer in einer dunklen Ecke. Nach zehn Minuten kam Lucan wieder, mir stellte er ein Glas Champagner hin und der Vampir selber trank ein Glas Tierblut. Lucan lies sich neben mir nieder, lehnte sich ebenfalls zurück und schlug die Beine auch übereinander. „Es ist wirklich ein sehr schöner und gut besuchter Club, aber was ich hier so sehe passt selbst mir nicht", murmelte ich, Lucan gluckste und trank einen Schluck von seinem Blut.

„Deswegen sei froh, dass ich bei dir bin, denn alleine hätte ich dich niemals hierher gelassen", erwiderte er, ich sah ihn an und seine Augen funkelten. „Ja da gebe ich dir vollkommen Recht. Alleine wäre ich hier niemals hergekommen", fügte ich noch hinzu, Lucan zog mich näher zu sich heran und zeigte somit allen, dass ich zu ihm gehörte. Das hatte sogar Wirkung, denn an diesem Abend versuchte kein einziger Vampir mich anzufassen oder anzusprechen. „Wollen wir tanzen?", fragte mich Lucan nach einer ganzen Weile, ich wandte mich wieder an ihn und unsere Blicke trafen sich. „Aber gerne doch. Umsonst sind wir ja nicht hier", antwortete ich, lächelte, Lucan stellte unsere leeren Gläser auf den Tisch, nahm meine Hand und zog mich auf die Tanzfläche. Dort begannen wir sofort zu tanzen, ich hatte viel Spaß und Lucan konnte sehr gut tanzen. Er bewegte sich grazile, ich tat es ihm nach und aller Blicke waren auf uns gerichtet.

Lucan zog mich deswegen enger an sich, hatte eine Hand auf meine Hüfte gelegt und wir tanzten weiter. Als die Stunden vorbei waren, führte Lucan mich nach draußen und dort warteten wir wir noch ein paar Minuten auf Victor. In der Zeit begann ich leicht zu frieren, Lucan stellte sich hinter mich, um schlang mich mit seinen Armen und wärmte mich somit. Nach ein paar Minuten fuhr Victor mit der Limousine vor, er stieg aus und hielt uns die hintere Tür auf. Sobald wir saßen und angeschnallt waren, fuhr er los und ich gähnte herzhaft. „Schade das du müde bist. Wir haben viel Zeit bis wir im Penthouse ankommen und eigentlich wollte ich mit dir noch etwas unternehmen", fing Lucan an, ich wandte mich zu ihm hin und er küsste mich besitzergreifend. Sofort war alle Müdigkeit von mir abgefallen, ich schlang meine Arme um seinen Hals und er zog mich auf seinen Schoß. Ich spürte eine Beule in seiner Hose, lächelte und seine Hände strichen über meinen Rücken bis zu meinem Po, wo er mich dort fester packte.

Wir küssten uns begierig, Lucan zog am Reißverschluss meines roten Kleides und streifte die Träger von den Schultern. Als er sah, dass ich keinen BH trug, funkelten seine Augen und unsere Blicke trafen sich. „Hey in dem Kleid trage ich nun mal keinen BH", erklärte ich kurz, Lucan küsste mich wieder besitzergreifend und seine Hände fuhren über meine nackte Haut. Seine Küsse bahnten sich einen Weg an meinem Hals entlang, weiter zu meinen Brüsten und er nahm eine Brustwarze in den Mund. Vorsichtig saugte er daran, knabberte liebevoll an der Brustwarze und als diese aufrecht stand, tat er es ebenfalls an der Anderen. Ich stöhnte lustvoll auf, meine Finger krallten sich in sein Haar und ich drängte mich begehrend an seinen Körper. Lucan führte seinen Weg fort, zog mir den Slip aus und streichelte mich am unteren Bereich. Mein gesamter Körper war wie in Flammen, jede Berührung war wie kleine Blitze auf der Haut und ich erzitterte das erste Mal.

 Lucan zog sich die Hose aus, seine Boxershorts folgten und sein Penis war mehr als bereit. Der Vampir hob mich kurz hoch, machte es sich im Sitz bequem und lies mich auf seinem aufrecht stehenden Penis nieder. Ich wurde komplett ausgefüllt, wir hielten kurz inne und dann bewegte ich mich langsam quälend auf und ab. Während die Limousine durch die Stadt New York fuhr, hatten wir auf dem Rücksitz wunderbaren Sex, der Orgasmus nahte und wir wurden schneller und wilder. Als wir fast an unserem Ziel ankamen, erreichten wir den Höhepunkt und gleichzeitig stöhnten wir laut. Ich beruhigte meine Atmung wieder, Lucan tat es mir gleich und als die Limousine hielt, hatten wir unsere Sachen gerichtet. Meine Haare standen jedoch in alle Himmelsrichtungen ab, ich versuchte die Frisur wieder hinzubekommen und lies es am Ende bleiben, da es keinen Sinn hatte. Als wir ausstiegen musterte ich Victor kurz eingehend und konnte nichts erkennen, dass er uns gehört hatte. Lucan nahm meine Hand, führte mich nach drinnen und kurz darauf fuhren wir mit dem Fahrstuhl nach oben. Erneut versuchte ich meine Haare zu richten, scheiterte jedoch kläglich und Lucan gluckste darüber.

„Lass deine Haare doch einfach so wie sie sind, denn niemand von den Anderen spricht dich darauf an was wir getan haben. Sie halten sich diskret zurück und denken sich ihren Teil", meinte er, ich lies meine Hand sinken und atmete tief durch. „Ja okay. Du hast Recht und ich muss mir keine Gedanken darüber machen. Es geht den Anderen definitiv nichts an", erwiderte ich, der Fahrstuhl hielt und kurz darauf waren wir im Penthouse. Bonnie, Mikael, Charlie, Mia und Stand waren noch wach, sahen uns entgegen und Mia fing an zu kichern. „Halt die Klappe", knurrte Stan, stieß sie an und sie hörte sofort auf. „Wie war der Abend im Club?", fragte mich Bonnie, ich lächelte und hakte mich bei Lucan unter. „Es war einfach toll gewesen, bis auf diese Frauen die aussahen wie Nutten und sich an die männlichen Vampire ran gemacht haben", antwortete ich, Bonnie nickte verstehend und Mia verzog das Gesicht. „So in etwa sind diese Frauen das auch. Sie wollen ihr Blut an die Vampire geben und mit ihnen auch sozusagen poppen.

Widerlich so etwas", meinte sie, ich schüttelte mich und gähnte herzhaft. „Ich lasse dir ein heißes Bad ein Rose und danach kannst du schlafen. Solange du willst", warf Lucan ein, ich löste mich von ihm und lächelte ihn an. „Eine gute Idee. Ich muss aus diesen Schuhen raus, denn mir tun schon die Füße weh", erwiderte ich, Lucan gab mir einen Kuss und ging ins Badezimmer. Ich lies mich derweil auf das Sofa nieder, zog die Highheels aus und lehnte mich seufzend zurück. „Oh Gott ich spüre meine Füße nicht mehr und ich verstehe nicht, wieso ich sie immer anziehe. Diese Highheels sind definitiv Mordwaffen. Entweder um jemanden zu töten oder die Füße umzubringen", murmelte ich, Mia fing an zu lachen und ich streckte ihr die Zunge raus. „Dann ziehe das nächste Mal doch einfach Turnschuhe an oder du gehst barfüßig", schlug sie vor, ich packte ein Kissen, warf es in ihre Richtung und es traf sofort ihr Gesicht.

„Ich finde das echt nicht witzig Mia! Du hast ja leicht reden, denn du bist ein Vampir und hast keine Schmerzen." „Dafür verliert sie an Gehirnmasse", konterte Lucan, war wieder bei uns und ich prustete los. „Der war gut gewesen. Das gefällt mir", brachte ich raus, Mia streckte Lucan ebenfalls die Zunge raus und ich erhob mich. „So ich gehe jetzt ein schönes heißes Bad nehmen", meinte ich, wandte mich um und betrat kurz darauf das Badezimmer. Die Badewanne war voll mit heißem Wasser und Schaum und leichter Nebel waberte in der Luft. Ich schälte mich aus dem roten Kleid, der Slip folgte, ich steckte die Haare hoch und sobald ich in der Badewanne saß, lehnte ich mich entspannt zurück. Seufzend schloss ich die Augen, lächelte leicht und genoss die Stille. Es war einfach wunderbar, ich blieb exakt zwei Stunden im Wasser und als ich danach ausstieg, wickelte ich mich in ein großes flauschiges Handtuch. Die Müdigkeit hatte sich in meinen Knochen festgesetzt, ich gähnte herzhaft und trocknete mich träge ab.

Danach zog ich einen weißen Slip und das Nachthemd an, schlüpfte in den Morgenmantel und betrat abermals das Wohnzimmer. „Du siehst richtig geschafft aus Rose", bemerkte Charlie, ich gähnte wieder und nickte langsam. „Sie geht jetzt auch ins Bett und wird erst einmal schlafen.

In den nächsten Tagen wollen wir beide zu diesen Donovan fahren, damit sie ihn kennenlernen kann", erklärte Lucan, ich wandte mich an ihn und hatte große Augen bekommen. „Ist das dein Ernst?", fragte ich ihn, konnte es nicht glauben und dachte es sei ein Traum. „Ja mein voller Ernst Rose. Ich werde ihn morgen kontaktieren und fragen, wann er Zeit für uns hat. Jetzt geh ins Bett und schlafe dich aus", antwortete Lucan, küsste mich wie immer besitzergreifend und strich mir danach eine Haarsträhne hinter das Ohr. Ich lächelte leicht, wünschte den Anderen eine gute Nacht und ging in Lucans Schlafzimmer. Das Bett von ihm war riesig gewesen, bestand aus Mahagoni und die Bettwäsche war aus schwarzer Seide.

Ich legte den Morgenmantel zur Seite, kroch unter die Bettdecke, drehte mich zur Fensterwand und konnte nach draußen schauen. Die Stadt New York war hell erleuchtet, am Horizont ging die Sonne auf und ich gähnte abermals. Der nächste Tag brach an, der Wecker zeigte um vier Uhr am Morgen und ich kuschelte mich weiter in die Decke ein. Lucan konnte sich endlich wieder an mich erinnern, wir hatten abermals fantastischen Sex gehabt und ich war vollauf zufrieden gewesen. Nichts konnte dieses Glück zerstören, mein Zuhause war vergessen und mir waren Jane und Dallas egal gewesen. Schließlich hatte ich jetzt ein perfektes Leben, perfekten Sex und einen ebenfalls perfekten Partner. Das er mir noch nicht seine Liebe gestanden hatte war nicht schlimm, denn irgendwann würde der Moment kommen und bis dahin konnte ich zu aller erst schlafen.

Kapitel 20

Als ich gerade ein paar Stunden geschlafen hatte, berührte mich irgendetwas und ich wurde wach. „Lucan, hast du abgenommen? Du fühlst dich so anders an", säuselte eine weibliche Stimme, ich riss die Augen auf und hielt den Atem an. Die Hand bewegte sich zu meinem Busen hoch, hielt plötzlich inne und ein Schrei ertönte. Ich setzte mich abrupt auf, sah in giftgrüne Augen und diese musterten mich eingehend. „Du bist ja gar nicht Lucan", sagte sie, ich hob eine Augenbraue und wusste nicht wer das war. Bevor ich antworten konnte ging die Tür auf, Lucan erschien und als er die Frau sah, blieb er stehen. „Was machst du denn hier Tatjana? Ich dachte du wärst mit deinem Clan nicht mehr in New York", fing er an, Tatjana hatte sich zu ihm herumgedreht und strahlte. „Ich konnte nicht länger fort von dir sein, habe jeden Tag an dich gedacht und nachts ebenfalls.

Außerdem habe ich unsere gemeinsame Zeit in deinem Zimmer vermisst", antwortete sie, fuhr mit ihrem Finger über seine Muskeln und lächelte zuckersüß. Boar ist das zum kotzen! Die schleimte sich ja voll bei ihm ein! „Welche gemeinsame Zeit? Wir waren niemals in meinem Zimmer und würdest du bitte jetzt das Penthouse verlassen? Es ist unhöflich in fremde Gemächer einzudringen", erwiderte der Vampir, Tatjana verzog den Mund zu einer Schnute und sah kurz zu mir rüber. „Meine Güte! Löst eure Probleme draußen", dachte ich, warf einen Blick zum Wecker und seufzte. Vier Stunden waren gerade mal vergangen, ich sah abermals zu den beiden Vampiren und sie beobachteten mich. „Was ist?", fragte ich, Tatjana hatte die Arme verschränkt und ich sah Verachtung in ihren Augen. „Ich habe dich gefragt ob du aufstehen möchtest oder noch ein paar Stunden schlafen willst", antwortete Lucan, ich lächelte und nickte kurz.

„Es sind gerade vier Stunden vergangen und ich würde gerne noch ein paar weitere Stunden schlafen", erwiderte ich, Lucan nickte und Tatjana freute sich. „Dann schlafe ruhig Schätzchen und ich werde derweil mit Lucan etwas Zeit verbringen", meinte sie, Lucan packte ihr Handgelenk und knurrte tief in der Kehle. „Raus hier Tatjana! Verschwinde und komme nie wieder", fauchte er, lies sie abrupt los und sie verengte die Augen. „Das wirst du noch bereuen Lucan! Sei auf der Hut, denn ich werde mich jederzeit an dir rächen", fauchte sie, schritt an ihm vorbei und knallte die Tür hinter sich zu. „Ich werde jetzt bei dir bleiben solange du schläfst, denn Endora ist im Gegensatz zu Tatjana ein Engel", erklärte er, zog sich bis zu den Boxershorts aus und legte sich auf die andere Seite des Bettes. „hat es Tatjana auf mich abgesehen?", fragte ich, Lucan zog mich in seine Arme und legte ein Bein über meine Beine. „Ich will ehrlich sein Rose. Ja sie hat es auf dich abgesehen und will dich aus dem Weg räumen. Tatjana bildet sich ein, dass ich sie in meine Welt führe und sie lieben werde, aber ich liebe niemanden.

Jetzt schlafe noch noch ein paar Stunden", antwortete er, ich schloss die Augen und schlief noch einmal ein. Als ich am frühen Nachmittag wieder aufwachte, war ich ausgeruht und Lucan lag noch immer neben mir. „Hast du gut geschlafen?", fragte er mich, ich lächelte und nickte bestätigend. „Es war die letzten sechs Stunden sehr ruhig gewesen, niemand hatte gestört und selbst Tatjana tauchte nicht wieder auf." „Sechs Stunden? Das sind insgesamt zehn

Stunden die ich geschlafen habe. Das ist ja schrecklich", bemerkte ich, verließ das Bett und zog mich an. Lucan lag im Bett, beobachtete mich und lächelte die ganze Zeit. „Du brauchst dir keinen Stress zu machen Baby. Alles in Ordnung." Ich drehte mich zu ihm um, hob eine Augenbraue und runzelte zeitgleich die Stirn. „Wieso nennst du mich andauernd Baby?" „Du bist nicht die Einzige, die Shades of Grey gelesen hat und solange ich nicht 'Laters Baby' sage, bin ich nicht wie er. Mir gefällt das Wort 'Baby' einfach", antwortete er, verließ ebenfalls das Bett und zog sich wieder an. Ich kicherte, verließ das Schlafzimmer und dort saßen alle Anwesenden. Selbst Mikael war dabei. „Hallo Rosalie! Schön, dass du endlich aufgewacht bist und hast du den Schock von heute Morgen überwunden?", fragte mich Mia, ich lächelte und ging weiter in die Küche, wobei sie mir eilig folgte. „Ja ich habe diesen Schock überwunden und diese Situation heute morgen schon wieder vergessen. Leider muss ich an diese Tatjana denken und ehrlich gesagt, habe ich schon Angst um mein Leben.

Sie ist ja jetzt ebenfalls hinter mir her und Endora ist ja eher ein Engel im Gegensatz zu Tatjana", antwortete ich, machte mir selber Frühstück und Mia beobachtete mich die ganze Zeit. „Du brauchst keine Angst zu haben, denn solange wir an deiner Seite sind, kann dir absolut nichts passieren. Versprochen", erwiderte sie, ich begann zu essen und schwieg derweil. „Mia hat recht, Rose. Dir kann nichts passieren", bestätigte Lucan, stand im Durchgangsbogen und hatte die Arme verschränkt. „Und sie kommt hier auch nicht mehr rein oder?", hakte ich nach, sah die beiden Vampire an und diese schüttelten mit dem Kopf. „Nie wieder Rose. Alles ist alarmgesichert und sollte sie es erneut versuchen, geht der Alarm sofort los. Sie wird keine Chance haben." Dann bin ich beruhigt und kann erst einmal aufatmen. Wann werden wir ins Anwesen zurückkehren?" „Gefällt es dir hier nicht? Es ist doch schöner als im Haus auf dem Anwesen und hier haben wir uns schon längst einquartiert", meinte Mia, ich grinste und war fertig mit essen.

„Gut dann wohnen wir eben hier und werden nicht mehr zum Anwesen zurückkehren", gab ich nach, Mia strahlte und räumte das dreckige Geschirr weg. „In nächster Zeit werden Lucan und du aber alleine hier wohnen, denn wir werden ausziehen. Nur du, Lucan und Teddy bleibt hier." „Kein Problem. Mehr Ruhe und Entspannung", witzelte ich, Lucan versuchte nicht zu lachen und Mia zog einen Schmollmund. Ich musste darüber lachen, Lucan stimmte in das Lachen mit ein und Mia streckte mir die Zunge raus. „Das ist voll gemein von dir Rose! Ich habe dich voll gerne und du veräppelst mich." „Oh arme Mia", sagte ich, nahm sie in meine Arme und Lucan schüttelte nur mit dem Kopf. „Also was willst du heute machen?", fragte mich Lucan, ich lies Mia los und zuckte nur mit den Schultern. „Du hast die Terrasse noch nicht gesehen und du solltest es unbedingt tun", sagte Mia, war total begeistert, packte mich am Arm und zog mich hinter sich her, quer durch das Penthouse. Im Arbeitszimmer von Lucan durchquerten wir den Raum, blieben kurz vor einer Glastür stehen und Mia schloss sie auf. Dann öffnete sie diese, trat zur Seite und lies mich zuerst auf die Terrasse gehen.

Das war der Wahnsinn gewesen. Die Terrasse war der Traum gewesen, denn sie war riesig, hatte einen Whirlpool, eine Hollywoodschaukel, viele Pflanzen und Liegen. Von der Terrasse aus konnte man über New York schauen, ich trat an das Terrassengeländer und schaute nach unten. Autos fuhren dort entlang, es gab viel Verkehr und immer wieder ertönte ein hitziges Hupen. „Gefällt es dir?", fragte

Mia, trat an meine Seite und sah ebenfalls nach unten. „Es ist der Wahnsinn und fantastisch! Einfach ein Traum und ja ich bleibe hier. Für immer", gestand ich, Mia lachte, sah zur Tür und lies mich alleine. Ich sah weiterhin in die Ferne, Lucan erschien und stand neben mir. „Man hat mir gesagt du willst hier für immer wohnen?", fing er an, ich wandte mich zu ihm hin und lächelte bestätigend. „Ja aber nur wenn du nichts dagegen hast, denn hier gefällt es mir mehr als auf dem Anwesen", gestand ich, Lucan lächelte und traf meinen Blick. „Einverstanden Rose! Wir beide werden gemeinsam mit Teddy hier wohnen bleiben und der Rest zieht in den nächsten Tagen aus. Bis dahin müssen wir derer Gesellschaft vorlieb nehmen", hauchte er, eine Hand fuhr in meinen Nacken, er drückte mich nach hinten und küsste mich innig.

Die Geräusche von New York wurden ausgeblendet, es gab nur Lucan und mich und die warme Sonne, die schon wieder am Horizont unterging. Mein Herz schlug höher, verzweifelt hoffte ich, dass er mich ebenfalls liebte, doch es würde wahrscheinlich niemals passieren und mein Traum von einer glücklichen Familie zerplatzte wie eine Seifenblase. Irgendwann lösten wir uns voneinander, sahen uns an und Lucan wandte sich dem Sonnenuntergang zu. Schweigend tat ich es ihm gleich, sah in die Ferne und atmete tief durch. Absolut nichts. Er hatte keine Gefühle für mich gehabt, das würde sich auch niemals ändern und ich konnte die Hoffnung aufgeben. Für immer. Die Solarlichter auf der Terrasse schalteten sich ein, die Sonne war untergegangen und New York erstrahlte in seinem Glanz. „Ich liebe diese Stadt, denn sie ist am Tage und in der Nacht hell erleuchtet. An jeder Ecke kannst du etwas Neues entdecken und diese Stadt ist es wirklich wert, besucht zu werden", fing Lucan an, wandte sich an mich und lächelte leicht.

„Ich bin in New York geboren und aufgewachsen. Meine Eltern leben am Rande der Stadt, ich bin ein Einzelkind und ich wurde anständig erzogen", erzählte ich ihm, Lucan schwieg und hörte mir zu. „Und wie kamst du auf die Idee ein Buch zu schreiben?", fragte er mich, ich sah in die Stadt und lächelte leicht. „Das weiss ich nicht so genau. Die Idee zu einem Buch kam ganz plötzlich, ich fing an zu schreiben und war mir am Anfang nicht so sicher gewesen, das erste Buch an einen Verlag zu schicken. Jane und Dallas haben solange auf mich eingeredet bis ich mich dazu entschlossen hatte und mein Buch zu einem Verlag geschickt hatte. Ich bekam schon nach drei Wochen eine Nachricht, der Verlag fand das Buch fantastisch und nach einem weiteren Monat kam mein Buch dann raus. Der Renner in allen Buchgeschäften und Internetshops. Die Leute kauften das Buch, der Verlag wollte neue Bücher raus bringen und ich schrieb, während ich auf das College ging. Seitdem bin ich Bestsellerautorin und verdiene ziemlich gut", antwortete ich, lächelte selber und seufzte.

„Das klingt sehr interessant und ich bin sozusagen stolz auf dich. Du hast schon viel in deinem kurzen Leben erreicht, du bist außerdem die schönste Frau der ich je begegnet bin und selbst Tatjana könnte dir in dieser Hinsicht nie das Wasser reichen." „Danke Lucan! Ich fühle mich echt geehrt und das gibt mir Mut nie aufzugeben." „Du solltest auch nie aufgeben, denn du bist eine starke unabhängige Frau und wirst von uns allen unterstützt." „Nur steht sie uns beiden im Weg Lucan und auch wenn es mir das Herz bricht, muss sie weg", ertönte die Stimme von Tatjana, wir wandten uns nach links und dort stand die Frau. Ihr blondes langes Haar wehte leicht nach hinten und ihre giftgrünen Augen fixierten mich. „Habe ich dir nicht ausdrücklich gesagt du sollst verschwinden und hier nicht mehr auftauchen?", fragte Lucan, zog mich enger an sich und hielt mich schützend fest. „Ach Lucan, gestehe es dir doch ein! Wir beide gehören einfach zusammen und dein kleines Spielzeug an deiner Seite ist uns im Weg. Deswegen werde ich sie hier und jetzt aus dem Weg räumen, damit wir beide eine Zukunft haben. Auf Wiedersehen Rosalie, das Spielzeug von Lucan", antwortete sie, zog blitzschnell eine Waffe, es ertönte ein Knall und sie verschwand auf der Stelle.

Kapitel 21

Die Kugel traf mich mitten in den Magen, meine Beine gaben nach und ich knickte ein. Gekonnt fing Lucan mich auf, hielt mich fest und er war entsetzt. Mein Blickfeld verschwamm, ich lag schlaff in seinen Armen und bekam kaum etwas mit. „Verdammt! Halte durch Rose! Ich schaffe dich ins Krankenhaus", sagte Lucan, schritt nach drinnen und dort waren die Anderen. „Lucan, was ist passiert? Wir haben einen Schuss gehört", fing Mia an, sah mich und hatte große Augen bekommen. „Nicht jetzt Mia! Victor los! Rosalie muss ins Krankenhaus", knurrte Lucan, Victor öffnete die Türen des Fahrstuhlsund sie traten sofort ein. Die Fahrt nach unten war langwierig gewesen, Lucan war unruhig und hatte Panik gehabt. Ich bekam davon kaum etwas mit, denn ich war in einem Dämmerzustand gewesen und hatte auch keine Schmerzen gehabt. In einem Moment waren wir draußen und im Nächsten waren wir in der Limousine.

    Victor fuhr quer durch New York, nahm rote Ampeln mit und wie aus weiter Ferne hörte ich das aufgebrachte Hupen der Autofahrer. „Halte durch Rose! Bleibe bei mir", flehte Lucan, ich hörte den Schmerz in seiner Stimme und sah ihn an. Nach dieser rasanten Fahrt hielt Victor endlich an, Lucan stieg mit mir aus und rannte in ein Krankenhaus. „Schnell sie braucht Hilfe! Man hat sie auf sie geschossen", rief er, zwei Personen kamen mit einer Liege angerollt und Lucan legte mich darauf. „Lucan", flüsterte ich, er strich mir über die Wange und lächelte dabei. „Ich werde im Aufwachraum auf dich warten Rose. Mache dir keine Sorgen", beruhigte er mich, ich nickte und wurde einen Gang entlang geschoben. In einem Raum hielten wir an, ein etwas älterer Mann trat an meine Seite und lächelte, während er sich den Mundschutz umband. „Du brauchst keine Angst zu haben. Wir helfen dir", sagte er, ein Zugang wurde gelegt und schon nach kurzer Zeit kam ich in den Genuss einer Narkose...

    Nach einer ganzen Ewigkeit kam ich wieder zu mir, fühlte mich noch total schwach und benebelt. Ich lag jedoch in einem weichen Bett, es war ruhig und nur ein Piepen störte die Stille. „Rose? Hörst du mich Rosalie?" Das war doch Lucan gewesen, ich drehte den Kopf leicht nach rechts und dort saß er. „Hey! Du bist hier", flüsterte ich, er lächelte und hielt meine Hand. „Ein Glück du bist endlich wach. Ich hatte Angst um dich gehabt, denn dein Herz blieb während der OP stehen und vor drei Tagen noch einmal. Dann bist du auch noch ins Koma gefallen und liegst hier auf der Intensivstation. Wenn es dir besser geht kommst du auf die normale Station und spätestens in einer Woche kannst du dann nach Hause. Du wirst bewacht, Victor,

Dimitri, Stan und Mikael wechseln sich ab und niemand kommt hier in dieses Zimmer. Jetzt solltest du noch etwas schlafen und dich ausruhen", erklärte er mir, ich seufzte und schüttelte leicht mit dem Kopf. „Ich will hier nicht bleiben. Kann ich denn nicht mit nach Hause?", fragte ich ihn, Lucan lächelte und richtete sich auf. „Du musst keine Angst haben Rose. Es wird dir hier nichts passieren. Versprochen", antwortete er, ich war enttäuscht und musst doch im Krankenhaus bleiben. „Ja dann bleibe ich hier und warte, bis ich endlich gehen darf", gab ich nach, Lucan gab mir sachte einen Kuss auf die Stirn und erhob sich.

„Du darfst die Hoffnung niemals aufgeben Baby, denn irgendwann bekommst du das was du dir sehnlichst wünschst", fügte er noch hinzu, ich lächelte darüber und Lucan lies mich alleine. Ich wandte den Kopf, sah an die Decke und die Zeit tröpfelte dahin. Irgendwann fielen mir die Augen zu, ich fiel in einen erholten Schlaf und bekam meine Umgebung nicht mit. Als ich aufwachte sah meine Umgebung verändert aus, das leise Piepen war verschwunden und ich setzte mich etwas unbeholfen auf. Schon kurz darauf wurde die Tür geöffnet, eine Schwester kam rein und Mikael folgte ihr, wo er dann bei der Tür stehen blieb. „Wie geht es dir Rosalie? Du hast sehr fest geschlafen und wir haben dich auf die normale Station gebracht. Spätestens in vier Tagen kannst du dann das Krankenhaus verlassen. Deine Werte pegeln sich wieder ein", erklärte mir die Krankenschwester, stellte mein Kopfteil auf und ich saß endlich bequem in den Kissen.

„Dann werde ich dir mal etwas zu essen holen, damit du gestärkt bist und es endlich aufwärts geht", fügte sie noch hinzu, wandte sich von mir ab und verließ das Krankenzimmer. Mikael lies sich auf einem Stuhl nieder, lehnte sich zurück und lächelte mich an. „Sollte es so ein

Fraß sein, dann gibst du mir dein Handy und ich rufe Lucan an, der mir Fastfood bringen soll", fing ich an, Mikael lächelte darüber und die Krankenschwester erschien mit einem Tablett im Zimmer. „Lass es dir schmecken Rosalie und werde schnell wieder gesund", sagte sie, lächelte und verließ das Zimmer abermals. Ich besah mir das Essen, schnupperte daran und verlangte wortlos das Handy von Mikael. „Willst du es denn nicht wenigstens probieren?", fragte mich der Vampir, ich sah ihn an und hatte eine Augenbraue hochgezogen. „Her mit dem Handy oder ich erschlage dich", knurrte ich, Mikael lachte und reichte mir endlich sein Handy. Ich suchte die Nummer von Lucan raus, rief ihn an und wartete ab. „Mikael was ist denn? Ist Tatjana in der Nähe?", fragte er genervt, ich verkniff mir ein Lachen und sah kurz zu Mikael. „Nein alles Bestens mein Vampir. Ich wollte dich lediglich nur um etwas bitten", antwortete ich, Stille und dann lachte Lucan. „Was möchtest du denn haben?"

„Ich habe hier ein Essen im Krankenhaus, dass krank aussieht und deswegen bitte ich dich darum, mir doch einen Burger, Pommes und eine Cola zu bringen", erklärte ich dem Vampir, dieser lachte abermals und war einverstanden. „Alles was du brauchst Baby. Ich besorge dir das Essen", sagte er, ich bedankte mich und wir legten gleichzeitig auf. „Möchtest du wirklich nicht probieren? Vielleicht schmeckt es ja doch", schlug Mikael vor, ich gab ihm sein Handy zurück und seufzte. „Wenn du jetzt nicht sofort deine Klappe hältst, dann stopfe ich sie dir mit diesem widerlichen Zeug", knurrte ich, Mikael steckte das Handy weg und hob die Hände. „Tut mir leid. Ich wollte nicht so gemein sein und ich dachte, es würde dir vielleicht doch schmecken. Das Essen werde ich verschwinden lassen, damit die denken, dass du es brav gegessen hast", meinte der Vampir, ich nickte und Lucan erschien mit meinem richtigen Essen. „Ich habe hier einen Burger, Pommes und eine Cola für dich mitgebracht. Die haben mich hier zwar angeguckt als sei ich nicht mehr ganz dicht im Kopf aber ich habe ihnen zu verstehen gegeben, dass der ihr Essen noch nicht einmal mein Hund fressen würde", erklärte er, ich musste lachen und nahm das Essen entgegen.

„Danke Lucan. Ich war schon am verhungern gewesen", bedankte ich mich, packte die Pommes aus und begann sie zu essen. „Schon gut Rose. Es soll alles nach deinen Wünschen geschehen bis auf die Selbstentlassung. Schließlich sollst du wieder gesund werden." „Ja ich weiss und ich werde auch warten, bis ich endlich darf. Was ist aus Tatjana geworden?" „Sie ist wie vom Erdboden verschluckt und nicht auffindbar. Ich habe schon mit Donovan telefoniert und er ist einverstanden, wenn wir in zwei Wochen zu ihm kommen. Bis dahin wirst du dich ausruhen und genesen", antwortete Lucan, ich hatte die Pommes gegessen und widmete mich dem Burger zu. Herzhaft biss ich hinein, meine Geschmacksnerven freuten sich und ich verschlang ihn regelrecht. Danach trank ich in aller Ruhe meine Cola, eine Krankenschwester erschien und gab mir die Medikamente, welche ich einnehmen musste. „Ich werde dich jetzt wieder alleine lassen und du wirst dann schön schlafen. Morgen wird Dimitri den Platz von Mikael einnehmen und Stan den Platz von Victor. Gute Nacht und schlafe gut", fügte Lucan noch hinzu, gab mir einen Kuss auf die Stirn und verließ das Zimmer.

„Na gesättigt Rose?", fragte mich Mikael, ich lächelte und nickte bestätigend. „Ja das war richtig gutes Essen gewesen und ich bin auch jetzt satt. Für heute brauche ich nichts mehr in den Magen", antwortete ich, nahm die Tabletten ein und trank Wasser hinterher. „Gut dann werde ich dich jetzt alleine lassen, damit du Ruhe hast und auch gut schlafen kannst." „Dann gehe mal Mikael", erwiderte ich, Mikael erhob sich und verließ das Zimmer wieder. Ich machte es mir im Bett bequem, nahm die Fernbedienung und schaltete den Fernseher ein. Dann zappte ich mich durch die Kanäle, suchte mir einen passenden Film aus und sah ihn mir dann an. Auch noch „The Green Mile!" wo ich Taschentücher brauchte und am Ende des Films weinte. Ja der Film war echt traurig, denn es war einfach nicht fair gewesen und richtig gemein. Nach dem Film schaltete ich den Fernseher aus, kuschelte mich in die Decke und schlief sofort ein. Eine Woche voller Langeweile verging, endlich kam der Tag der Entlassung und ich freute mich darauf.

An diesem Tage kamen ein Arzt und eine Krankenschwester in mein Zimmer und beide lächelten mich an. „Ich würde gerne noch einmal deine Narbe sehen und dann darfst du auch schon gehen", erklärte mir der Arzt, ich legte mich auf den Rücken und wartete geduldig ab. Die Krankenschwester schlug die Decke weg, schob mein T-Shirt etwas hoch und nahm das Pflaster ab. Der Arzt begutachtete die Narbe sorgfältig, tastete sie vorsichtig ab und ich merkte, dass sie noch Berührungsempfindlich war. „Tun Sie noch einmal eine Salbe drauf und dann ein neues Pflaster. Danach darf die junge Frau dann gehen", sagte der Arzt, unterschrieb meine Entlassungspapiere und verließ das Zimmer. Die Krankenschwester tat eine Salbe auf die Narbe, klebte ein neues Pflaster drauf und zog das T-Shirt wieder runter. Dann verließ sie ebenfalls das Zimmer, ich stieg aus dem Bett und zog mich ordentlich an. Es klopfte an der Tür, ich schaute auf und Lucan trat ins Zimmer. „Bist du bereit nach

Hause zu fahren?", fragte er mich, ich lächelte und er hielt die Tür auf.

„Sofern Endora oder Tatjana nicht auftauchen, fahre ich sehr gerne nach Hause", antwortete ich, verließ vor ihm das Zimmer und er folgte mir. Dann hakte ich mich bei ihm unter, Lucan führte mich quer durch das Krankenhaus und wir fuhren dann mit dem Fahrstuhl nach unten.

„Die Beiden werden nicht erscheinen und niemand wird dir je wieder etwas antun. Das verspreche ich dir", meinte Lucan, der Fahrstuhl hielt und wir gingen einen weiteren Gang entlang bis wir nach draußen traten. Der Himmel war bewölkt, es sah nach Regen aus und die Limousine stand vor dem Eingang. Victor öffnete die hintere Tür, lächelte mir zu und wir stiegen ein. Dann schnallten wir uns an, Victor schloss die Tür und schritt um die Limousine herum zu seinem Platz. Der Vampir stieg ein, schnallte sich an, startete den Motor und fuhr los. „Du wirst dich noch etwas schonen, nichts überstürzen und dich ausruhen. Diesmal kommt Tatjana nicht rein und wird auch nicht auf die Terrasse kommen. Teddy ist in deiner Abwesenheit gewachsen, hat dich sehr vermisst und die Anderen ebenfalls.

Vor allem Mia. Sie hat mich heute Morgen aus dem Bett geworfen und mir gesagt, ich solle mich gefälligst auf den Weg machen", erklärte mir Lucan, ich wandte mich an ihn und kicherte. „Du Ärmster! Dich kann man wirklich bedauern", erwiderte ich, Lucan gluckste und musste lachen. „Danke, dass du mich bedauerst, denn die Anderen haben es nicht getan", meinte er, wir hielten an und stiegen aus. Victor hing voraus, wir folgten ihm und betraten kurz darauf den Fahrstuhl. Endlich war ich aus dem Krankenhaus raus und konnte wieder bei Lucan sein. Der

Fahrstuhl hielt, die Türen glitten auf und ein freudiger Schrei drang an unsere Ohren.

Kapitel 22

Bevor ich mich versah hatte Mia mich auch schon umarmt und freute sich. Teddy kam angelaufen, er war in meiner Abwesenheit gewachsen und hatte fast seine volle Größe erreicht. „Du bist endlich wieder da Rose! Geht es dir gut? Willst du etwas schlafen, um dich noch eine Weile auszuruhen?", fragte mich Mia, musterte mich von oben bis unten und sah besorgt aus. „Es geht mir gut Mia. Ich will jetzt nicht schlafen und erschöpft bin ich ebenso wenig", erwiderte ich, entzog mich ihr und lies mich auf der Sofalounge nieder. „Jetztlasse sie mal in Ruhe, denn sie weiss was sie tut und kann selber entscheiden", sagte Lucan, Mia setzte sich dazu und der Vampir verschwand in sein Arbeitszimmer. „Wie war es denn im Krankenhaus?", fragte mich Stan, grinste und ich verdrehte die Augen. „Das weist du schon selber, denn du hast mit auf mich aufgepasst und darauf geachtet, dass Tatjana nicht erschien", antwortete ich, Stan lächelte und nickte zustimmend.

„Und wie war es jetzt dort gewesen?", fragte Mia, ich sah sie an und hob nur die Schultern. „Langweilig und zwar richtig sterbenslangweilig. Ich bin froh wieder zu Hause zu sein." „Kann ich verstehen", meinte Charlie, Teddy saß vor mir und freute sich. Ich begann ihn zu kraulen, Teddy schloss die Augen und genoss diese Streicheleinheiten.

Nach einer Weile erschien Lucan wieder, setzte sich in den Sessel und sah mich an. „In ein paar Tagen packen wir beide die Koffer, denn wir werden für zwei Wochen in den Urlaub fliegen. Wo es hingeht werde ich dir jedoch noch nicht verraten. Ich gehe jetzt erst einmal ins Zimmer und werde dort aufräumen. Du kannst dich in der Zeit von den Anderen verwöhnen lassen und sollte es zu viel für dich sein, dann rufe mich", erklärte mir Lucan, ich lächelte und war einverstanden. Lucan erhob sich, lies mich abermals bei den Anderen alleine und ging die kleine Treppe nach unten.

Ob er wirklich nur aufräumte oder ob er etwas für die zweiwöchige Reise aussuchte, was er mitnehmen wollte? Als ich darüber nachdachte begann meine ganze Haut zu kribbeln, ich kraulte Teddy abermals und lächelte ganz leicht. „Möchtest du etwas essen?", fragte mich Bonnie nach einer Weile, ich hob den Kopf und nickte kurz. „Ja und zwar Sushi. Das habe ich schon lange nicht mehr gegessen und würde es wieder gerne haben wollen." „Gut dann werde ich mich auf den Weg machen und einkaufen fahren", meinte Bonnie, erhob sich, schnappte sich ihre nötigsten Sachen und war kurz darauf verschwunden. „Ich weiss wo ihr in den Urlaub hin fliegt", fing Mia an, ich wandte mich an sie und lächelte. „Aha und ich lasse mich einfach überraschen. Dass ist immer das Beste an so etwas", erwiderte ich, Mia lachte und stimmte mir zu. „Ja du hast Recht Rose. Sich überraschen lassen ist wirklich toll." „Mia sagt die Wahrheit. Ich habe sie letztens auch überrascht", fügte Stan hinzu, Mia kicherte und ich schmunzelte darüber.

„Aber Tatjana wird dort nicht erscheinen oder? Ich will nicht schon wieder ins Krankenhaus." „Da brauchst du keine Angst zu haben. Tatjana wird nicht auftauchen und du wirst mit Lucan zwei Wochen lang deine Ruhe haben. Versprochen", beruhigte mich Mikael, ich atmete erleichtert tief durch und entspannte mich wieder, wobei die Angst verschwand. „Und Endora?" „Sie ebenfalls nicht. Opal passt gut auf sie auf und lässt sie nicht aus den Augen. Ihr werdet zwei Wochen lang die Ruhe genießen können, Spaß haben und die Romantik genießen." „Romantik? Wie soll das denn gehen? Lucan liebt mich nicht und langsam gewöhne ich mich auch daran. Auch wenn es mir sehr schwer fällt", seufzte ich, mir wurde das Herz schwer und ich lies die Schultern hängen. „Du darfst nicht aufgeben Rose. Niemals! Lucan taut irgendwann auf, dann merkt er es selber und gesteht dir seine Liebe. Bis dahin musst du dich noch gedulden", meinte Mia, ich hob den Blick von meinen Händen und sah sie an. „Du hast Recht Mia. Ich darf die Hoffnung niemals aufgeben! Das sollte ich mir merken." „Ganz genau und Bonnie ist sicherlich auch gleich wieder da. Dann bekommst du dein Sushi und das Beste der ganzen Stadt. Sagen zumindest die Menschen, die das selbstgemachte Sushi von Bonnie gegessen haben und ganz ehrlich? Bonnie macht es wirklich perfekt."

„Danke Mia. Dieses Lob ehrt mich wirklich", ertönte die Stimme von Bonnie, wir wandten uns zum Fahrstuhl und Bonnie ging lächelnd in die Küche. Ich erhob mich, folgte ihr, setzte mich wieder und sah ihr gebannt zu, wie sie Sushi zubereitete. Bonnie packte die Einkäufe aus, lächelte und fing an, das Sushi zuzubereiten. Sie machte es sehr geschickt, arbeitete zügig und hatte sie nach einer Viertelstunde fertig. Dann gab sie mir den Teller mit Sushi beladen, die Stäbchen dazu und ich begann zu essen. „Die schmecken echt lecker Bonnie. Du kannst sie wirklich perfekt zubereiten", bemerkte ich, Bonnie lächelte und räumte alles auf. „Es ist auch nicht schwer so etwas zu lernen und ich hatte es schnell raus. Außerdem was soll man als Vampir denn sonst tun, wenn man solange schon lebt? Ich suche mir immer wieder neue Hobbys und bereise gerne meine Lieblingsorte. In nächster Zeit wollen Charlie und ich nach Kairo um dort mal wieder die alten Grabstätte zu besuchen. Eine Führung durch die Pyramiden ist allemal wert", erklärte sie mir, setzte sich dann zu mir und schwieg, während ich das Sushi aß. Als ich fertig war räumte Bonnie meinen Teller weg und Lucan erschien wieder.

„So das Zimmer ist jetzt aufgeräumt und ordentlich. Man kann es wieder betreten", fing er an, sein Blick haftete auf mir und ich wurde sofort rot. Verdammt! Mein Körper verriet mich schon wieder! „Das ist schön Lucan. Dein Vater und ich werden in den nächsten Tagen wieder verreisen und zwar nach Kairo", lenkte Bonnie gekonnt ab, Lucan wandte sich seiner Mutter zu und ich atmete innerlich tief durch. „Und wann genau Mutter?" „In drei Tagen und in der Zeit passt du mir gut auf Rosalie auf. Wehe ihr passiert irgendetwas, dann werde ich mit dir ein Hühnchen rupfen", warnte ihn seine Mutter, ich kicherte und versuchte nicht zu lachen, was mir sehr schwer fiel. „Lachst du mich etwas aus Rose?" Ich sah Lucan an, grinste breit und schüttelte verneinend den Kopf. „Du weist was passiert? Noch verschone ich dich da du noch verletzt bist, aber im Urlaub kannst du etwas erleben." Ich hielt mir den Mund zu, erstickte das Lachen und Bonnie kicherte leise.

Lucan nahm sein ernstes Gesicht an, sah sich in der Küche um und wandte sich dann mir wieder zu. „Hast du schon etwas gegessen?" „Ja habe ich und zwar Sushi von Bonnie zubereitet." Lucan nickte, blieb im Durchgangsbogen stehen und sah mich noch immer an. „Begleitest du mich auf die Terrasse? Es wird auch keine Tatjana erscheinen. Versprochen." Ich lies die Hand sinken, erwiderte den Blick vom Vampir und dachte nach. Die Erinnerung an das letzte Geschehene kam mir wieder in den Sinn, ich schluckte und hatte Angst bekommen, was Lucan durch die Verbindung spürte. „Du brauchst wirklich keine Angst zu haben, denn Tatjana denkt du wärst tot und hat sich aus dem Staub gemacht. Du bist wieder sicher und Endora ist ebenfalls nicht da, denn Opal hat sie mit nach Australien genommen", erklärte er mir, ich atmete tief durch und stand auf. „Okay dann gehen wir beide auf die Terrasse", erwiderte ich, Lucan nahm meine Hand und führte mich an unseren Platz auf der Terrasse. Auf der Hollywoodschaukel liesen wir uns nieder, ich lehnte mich zurück und entspannte mich langsam.

„Siehst du wie wunderschön es hier ist? Es ist mein Lieblingsort", fing Lucan an, ich lächelte und schaute mich interessiert um. „Du klingst ja richtig romantisch", bemerkte ich, wandte mich an den Vampir und sein Blick traf meinen. Er hob seinen linken Arm, nahm eine lose Haarsträhne von mir zwischen Zeigefinger und Daumen und lies diese hindurch gleiten. Dann fuhr seine Hand in meinen Nacken, drückte mich enger an sich und begann mich besitzergreifend zu küssen. Meine Hände lagen auf seinem Oberkörper, ich spürte unter meinen Fingern seine vielen harten Muskeln und seufzte in seinen Mund. Lucan lies sich davon jedoch nicht beirren, küsste mich intensiver und hielt mich dabei fest. Nach einer ganzen Weile lösten wir uns voneinander, unsere Blicke trafen sich abermals und seine Augen funkelten wie Sterne auf dem Ozean. „Nein noch nicht, denn du bist noch nicht ganz gesund und du hast noch die Narbe auf deinem Bauch. Erst wenn diese vollständig geheilt ist, werde ich dich auch wegen dem Auslachen bestrafen", stoppte er mich, ich nickte langsam und biss mir auf die Unterlippe. Lucans Blick haftete auf meiner Unterlippe, ich lies sie los und lächelte leicht.

„Ja ich mache es genauso wie die Protagonistin in meinen Lieblingsbüchern." „Der Vampir sah mich abermals an, schmunzelte und nickte bestätigend. „Ja das sehe ich Rose. Genau wie sie", erwiderte er und seine Lippen streiften die meine. Ich lächelte, atmete tief durch und sah dann wieder in die Ferne. „Hat Mia versucht dich dazu zu bringen, sie zu nerven, damit sie dir sagt wo es hingeht?", fragte mich Lucan nach einer Weile, ich wandte mich abermals an ihn und grinste bestätigend. „Oja und wie. Ich sollte sie wirklich nerven, doch ich liebe Überraschungen und werde warten, bis wir dort hinreisen, wohin auch immer", antwortete ich, Lucan lachte und ich erschauderte dabei.

Dieser Mann war einfach perfekt gewesen, so dominant und so herrisch, was mir so gefiel. Obwohl das am Anfang noch nicht so war, da ich überfordert war. Doch Lucan führte mich in diese Welt, zeigte mir so viele neue Dinge und es erfüllte mich mit so vielen Emotionen, dass ich manchmal nicht wusste, wohin ich diese stecken sollte. „Ja es ist besser, wenn du dich überraschen lässt und das will ich auch. Sobald meine Eltern verreist sind, werden wir einen Tag später das Gleiche tun und bis dahin schonst du dich noch. Ich werde auch immer die Salbe auf deine Narbe auftragen und vorsichtig verreiben", erklärte er mir, ich hatte absolut nichts dagegen und lehnte mich abermals zurück.

„Ich freue mich schon auf die zwei Wochen Urlaub und bin schon gespannt, wo es hingeht", fing ich an, Lucan gluckste, erhob sich und trat hinter den Whirlpool. Dort öffnete er eine Box, holte zwei Flaschen raus und als er wieder neben mir saß, reichte er mir eine. „Du hast sicherlich Durst und solltest etwas trinken", meinte er, öffnete seine eigene Flasche und trank einen kräftigen

Schluck daraus. Ich öffnete ebenfalls meine Flasche, trank einen Schluck und es war Eistee. „Das schmeckt besser als das Zeug im Krankenhaus", bemerkte ich, Lucan sah mich an und gluckste. „Das könnte ich mir gut vorstellen." „Wenn wir in den Urlaub fliegen, was wird dann aus deiner Firma?" „Was soll denn mit ihr sein? Andere werden sich derweil darum kümmern und alles regeln was äußerst wichtig ist." „Stimmt auch wieder. Wann packen wir die Koffer?" „Am Abreisetag meiner Eltern. Wir haben viel Zeit." Ich trank abermals einen Schluck vom Eistee, schwieg und hing meinen Gedanken nach. Ich war so gespannt gewesen wo es hinging, wurde regelrecht neugierig und ich war aufgeregt. Schließlich hatte ich keine Ahnung gehabt was er für eine Strafe für mich bereit hatte und ich musste warten, bis es soweit war.

Als wir so nebeneinander auf der Hollywoodschaukel saßen, erschienen Mia und Stan, hatten ihre Badesachen an und legten sich auf die Liegestühle. „Ihr könnt doch gar nicht braun werden oder habe ich etwas verpasst?", bemerkte ich, Mia sah zu mir rüber und lächelte mich an. „Stimmt schon Rose. Wir werden nie wieder braun, aber wir genießen es in der Sonne zu liegen und wir spüren die Wärme. Zwar nicht so intensiv wie ihr Menschen, aber es geht", antwortete sie, legte sich wieder richtig hin und hatte die Sonnenbrille aufgesetzt. Ich sah den beiden Vampiren zu, schmunzelte und wir vier genossen die Stille und Ruhe auf der Terrasse des Penthouses.

Kapitel 23

Seit geschlagenen fünf Stunden saßen wir im Privatflugzeug, Lucan lächelte die ganze Zeit und las eine Zeitung. Ich hörte Musik, sah ab und zu zu ihm hinüber und schmunzelte. Der Flug würde neun Stunden und elf Minuten dauern, ich hatte noch immer keine Ahnung wo es hinging und meine Neugier wuchs. Meine Verletzung war endlich abgeheilt, das Pflaster war weg und ich hatte nur noch eine kleine feine Narbe als Andenken. Der Tag wechselte von Mittag in den Nachmittag um, die Sonne machte sich auf den Weg nach unten und ich konnte ihr dabei zuschauen. „Du solltest etwas essen Rose. Wir sind noch knapp vier Stunden unterwegs", fing Lucan an, legte die Zeitung weg, erhob sich und ging nach hinten. Kurz darauf war er wieder bei mir, stellte mir einen Teller hin, nahm die Haube weg und und ich sah einen ziemlich vollen Teller vor mir. „Du isst in letzter Zeit so wenig und das macht mir ein bischen Sorgen. Ich möchte, dass du viel von dem hier isst, was auf dem Teller ist", erklärte er mir, ich sah zu ihm auf und hob eine Augenbraue.

„Willst du mich etwa mästen?", fragte ich ihn, sah abermals auf meinen Teller und seufzte schwer. Vor mir waren Kartoffeln mit dunkler Soße, Rotkraut und Schnitzel. Daneben ein gesunder Salat, ein paar Obststücke und ein Glas Orangensaft. „Deine Gesundhietliegt mir sehr am Herzen und du musst ordentlich essen, Rose", antwortete er, sank in seinen Sitz und las seine Zeitung weiter. Hatte ich irgendetwas verpasst? War ich plötzlich in meinen Lieblingsbüchern getaucht und Lucan war nun der Protagonist Christian Grey? Ich sah zu Lucan, musterte ihn ganz genau und konnte keine Veränderungen bei ihm erkennen. Nein er war noch immer der Vampir, ich wandte mich meinem Teller zu und begann zu essen. Das war nun wirklich viel gewesen, nachdem ich das Hauptgericht hinter mir hatte war ich satt und legte das Besteck weg. Lucan sah von seiner Zeitung auf, runzelte die Stirn und atmete tief durch.

„Dein Salat, die Obststücke und dein Orangensaft sind noch unberührt Rose", bemerkte er, ich verschränkte die Arme und wandte mich dem Fenster zu. „Ich bin satt Lucan und bekomme nichts mehr runter", erwiderte ich, der Vampir seufzte und brachte das Tablett weg. Als er wieder saß nahm er abermals die Zeitung hoch und las weiter. „Es tut mir leid. Ich weiss du meinst es nur gut, aber so viel kann ich wirklich nicht essen", entschuldigte ich mich, lies die Arme sinken und Lucan sah mich über den Rand seiner Zeitung an. „Entschuldigung angenommen Baby." Er verschwand wieder hinter seiner Zeitung, ich verdrehte genervt die Augen und wandte mich dem Fenster zu. Als das Flugzeug zur Landung ansetzte verband Lucan mir die Augen und half mir dann aus dem Flugzeug. Wir stiegen ins Auto, der Vampir schnallte mich an und fuhr dann los. Es war warm gewesen, wir hörten Musik und ich war ganz gespannt gewesen, wo wir eigentlich waren. Irgendwann hielt Lucan, verließ das Auto, ich schnallte mich ab und er half mir beim aussteigen. „Bist du soweit?", fragte er mich, ich nickte und atmete tief durch.

Der Vampir löste den Knoten, nahm die Augenbinde ab, ich blinzelte gegen das Licht und als ich die Umgebung erkennen konnte, war ich im wahrsten Sinne des Wortes überrascht. „Wir sind in Venedig", flüsterte ich, meine Augen strahlten und Lucan holte die Koffer aus dem Auto. „Ja wir sind zwei Wochen lang in Venedig und haben Zeit nur für uns. Außerdem steht deine Strafe noch offen Rose und jetzt komm mit ins Hotel, damit wir ins Zimmer gehen können. Für heute reicht es, wir machen es uns gemütlich und gehen dann ins Bett. Außerdem haben wir Beide viel zu tun", erwiderte Lucan, trat vor mir ins Hotel und ich folgte ihm langsam, wobei ich mich neugierig umschaute. Das Foyer des Hotels war sehr elegant und nobel, eine weiße Sitzgruppe war auf der linken Seite mit einem Glastisch und ein einzelner Gast saß dort, wo er eine Zeitung las.

An der Rezeption saß eine Frau mittleren Alters mit blonden hochgesteckten Haaren üppigem Busen und einem roten engen Kleid. Als wir vor ihr standen sah sie auf und ihre Augen strahlten Lucan an. „Ja bitte Sir?", fragte sie ihn, zog ihn praktisch mit ihren Blicken aus und ignorierte mich komplett, als wäre ich eine vertrocknete Pflanze. „Wir haben ein Zimmer reserviert und zwar auf den Namen Lucan Flynn", antwortete Lucan, die blonde Barbie wandte sich eilig dem Computer zu und tippte los, als ginge es um ihr Leben. Blöde Pute! Oja da stehen Sie Mr Flynn! Zimmer 358. Eine Suite", sagte sie begeistert, erhob sich, strich sich das Kleid glatt und stöckelte arschwackelnd zum Schrank. Dort holte sie eine grüne Checkkarte raus, kam zurück und reichte diese mit einem zuckersüßen Botoxgrinsen an Lucan. „Danke. Komm Rose Liebes", sagte der Vampir, nahm die Koffer und ging voraus zum Fahrstuhl. Ich sah diese Barbie an, streckte ihr die Zunge raus und folgte Lucan mit hoch erhobenem Kopf.

Im Fahrstuhl schwiegen wir, innerlich brodelte ich und Lucan versuchte nicht zu lachen. „Tu es nicht Blutsauger", fauchte ich, der Vampir musste schließlich doch lachen und zwinkerte mir zu. „Du bist regelrecht innerlich vor Wut geplatzt und das habe ich durch unsere Verbindung gespürt. Ja sie hat mich richtig schön angeflirtet und mit ihren Blicken ausgezogen aber so etwas hole ich mir niemals ins Bett. So tief bin ich noch lange nicht gesunken", erklärte er mir, der Fahrstuhl hielt in der fünften Etage und Lucan ging voraus den Gang entlang, wobei ich ihm folgte. Am Ende des langen Ganges hielten wir an, Lucan nahm die Checkkarte und öffnete damit die Tür. Dann trat er zur Seite, lies mir den Vortritt und als ich in die Suite trat, verschlug es mir die Sprache. Die Suite war riesig gewesen, sehr modern und Lucan schloss hinter uns die Tür. Es gab einen Wohnraum mit Fernseher, einer weinroten Sitzgruppe und einem Glastisch wo eine Schale darauf stand, mit frischem Obst gefüllt. Links von mir war eine braune Holztür aus Mahagoni, diese öffnete ich neugierig und das Schlafzimmer erstreckte sich vor mir. Das Bett war regelrecht groß gewesen, hatte flauschige Kissen gehabt und total weiche Bettdecken. Dunkelrote Vorhänge waren angebracht, am Fenster waren Vorhänge aus Gold und ein großer Schrank stand gegenüber vom Bett.

 Lucan legte die Koffer auf das Bett, packte seinen aus und ich ging mich derweil weiter umschauen. Das Badezimmer war ebenfalls ein Traum gewesen, die Badewanne riesig, eine große Dusche und in der Ecke stand ein Springbrunnen, wo das Wasser friedlich vor sich hinplätscherte. Zuguterletzt gab es noch eine Küche mit modernen Geräten, einem großen Kühlschrank und es gab Eis in verschiedensten Sorten. Vom Wohnbereich aus konnte man auf einen Balkon treten und man hatte einen Blick auf den Canal Grande, wo es viele bunte Gondeln gab. „Genießt du die Aussicht?", fragte mich Lucan, trat an meine Seite und folgte meinem Blick. „Es ist herrlich hier

Lucan. Einfach ein Traum und die Suite ist der Wahnsinn. Im Badezimmer steht ein Brunnen", antwortete ich, Lucan lächelte und nickte langsam. „Ja das ist die beste Suite die sie haben und die anderen Hotels waren nicht das was ich mir vorgestellt habe. Jetzt solltest du etwas essen, sag mir worauf du Lust hast und ich koche es dir."

Ich sah Lucan an, er erwiderte meinen Blick und ich seufzte nachgebend. „Also schön aber koche nicht zu viel, denn ansonsten muss ich Diät halten", gab ich nach, Lucan lachte darüber und wir gingen in die Küche. Ich entschied mich für Spagetti Bolognese mit viel Käse, Lucan begann zu kochen und ich ging derweil meinen Koffer auspacken. Die Sonne ging langsam unter, tauchte das Schlafzimmer in ihr goldenes Licht und ich wurde langsam müde vom anstrengenden Tag, obwohl wir noch nichts unternommen hatten. Als ich fertig war ging ich zurück in die Küche und Lucan bereitete die Bolognese zu. Ich lies mich an der weißen Frühstückstheke nieder, sah ihm zu und schwieg. Plötzlich klopfte es an der Tür der Suite, ich sah zu Lucan, dieser seufzte genervt und es klopfte abermals. Der Vampir sah kurz zum Herd, wandte sich ab und ging schließlich zur Tür. Als er sie geöffnet hatte, hörte ich zunächst nichts und dann stieg Wut in mir hoch.

„Hey, ich wollte dich fragen ob du Lust hättest, mit mir in den Club zu gehen, der beim Markusplatz ist. Der ist ziemlich gut und wir könnten uns näher kennenlernen", ertönte die Stimme der blonden Barbie, ich explodierte fast innerlich vor Wut, zerknüllte eine Serviette in den Händen und lauschte dem Gespräch weiterhin. „Nein danke kein Interesse und wenn ich in den Club gehen möchte, dann nehme ich meine Begleitung mit", erwiderte Lucan, ich atmete tief durch und grinste selbstgefällig. „Aber was willst du denn mit dem Mauerblümchen? So eine tolle Oberweite wie ich sie habe, wird sie dir niemals bieten können." Das war zu viel, ich erhob mich, trat in den Wohnbereich und sah gerade noch wie diese blonde Barbie ihre operierten Brüste entblößte. Das war doch nicht zu fassen! „Hör mal Barbie! Bei mir ist wenigstens noch alles echt, was man bei dir nicht behaupten kann und jetzt packe deine Dinger da wieder ein, denn so etwas will hier keiner sehen! Verpiss dich du billiges Stück Dreck", knurrte ich, hatte die Arme verschränkt und die blonde Barbie war wieder angezogen.

„Falls du es dir noch anders überlegst, findest du mich unten im Zimmer 04. Ich stehe noch auf harten Sex und nicht so ein Blümchensex wie die da", sagte sie noch, wandte sich von uns ab und stöckelte den Gang entlang zum Fahrstuhl. Lucan schloss die Tür, schwieg und schritt in die Küche um dort weiter zu kochen. Ich folgte ihm langsam, war innerlich sehr traurig und es hatte mich sehr verletzt. „Stehst du auf so etwas wie sie?", fragte ich den Vampir mit leiser Stimme, setzte mich an die Frühstückstheke und starrte auf die glatte Oberfläche. „Nein Rose! So etwas ist nur billig und ziemlich nuttig. Ich bin noch nie in einem Stripclub gewesen oder in einem Puff. Du hast mir von Anfang an gefallen, es macht Spaß mit dir alles auszuprobieren und du bist natürlicher als diese dumme Ziege. Dein Körper ist im Gegensatz zu ihrem perfekt, denn du bist nicht mit Botox vollgepumpt und die Brüste sind nicht mit diesen widerlichen Dingern aufgerüstet", antwortete er mir wahrheitsgemäß, ich hob den Blick und der Vampir lächelte mir aufmunternd zu. „Denke darüber nicht weiter nach Rose, denn jeder Gedanke über sie ist vollkommen sinnlos." „Ja du hast Recht.

Ich sollte nicht weiter darüber nachdenken, denn das ist sie einfach nicht wert", erwiderte ich, lächelte und bekam mein Essen. Während Lucan die Küche aufräumte, aß ich meine Spagetti und dachte nach. Es war so süß von ihm gewesen, dass nur ich mit ihm diese sogenannten Abenteuer erleben darf und doch tat es weh, dass er mich niemals liebte. Das war mein sehnlichster Wunsch gewesen, Lucan heiraten und ein glückliches Leben mit ihm führen. Leider würde es für immer ein Traum bleiben, ich dachte an mein Zuhause und entschied mich dafür irgendwie wieder zurück zu gehen. Was brachte mir ein Leben mit Lucan ohne Liebe und Zuneigung? Nur Sex, Macht und Unterwerfung.

 Es war wirklich schön gewesen und immer wieder neu, doch ich konnte ohne diese Liebe nicht mehr leben. Es zerbrach mir das Herz und machte mich kaputt. Als ich fertig war räumte Lucan das Geschirr weg, wir setzten uns auf das Sofa und er schaltete den Fernseher ein. Gemeinsam sahen wir uns einen Film an, schwiegen und die Nacht brach über Venedig ein. Nein es ging nicht mehr so weiter, ich musste nach Hause zurück kehren und dort die wahre Liebe finden. Auch wenn ich mich dadurch von Lucan trennen musste, Liebeskummer erlitt und wahrscheinlich nie wieder so einen Mann kennenlernen würde.

Kapitel 24

Am nächsten Tag lag ich eingekuschelt in die weiche Bettdecke, Lucan lag eng an meinem Rücken, hatte einen Arm um mich geschlungen und ein Bein ebenso, wobei ich mich kaum bewegen konnte. Die Sonne war schon längst aufgegangen, blieb jedoch draußen und die Vorhänge verdunkelten das Schlafzimmer. Ich drehte mich unbeholfen auf die andere Seite, Lucan murrte kurz und schlief dann weiter. Es war total warm gewesen, ich gähnte herzhaft und rieb mir die Augen. Vorsichtig entzog ich mich dem Vampir, verließ das Bett und ging komplett nackt ins Badezimmer. Dort legte ich die Handtücher bereit, drehte das Wasser in der Dusche auf und als ich meine Haare hochgesteckt hatte, trat ich unter das warme Wasser. Sofort entspannte ich mich vollkommen, schloss die Augen und liesmich komplett gehen. Ich freute mich über diese zwei Wochen, war gespannt was wir unternehmen wollten und ich wartete noch immer auf meine Strafe. Leider konnte ich Lucan nicht dazu zwingen es mir zu sagen, ich musste warten und es ihm überlassen, wann er mich bestrafen wollte. Als ich fertig mit duschen war wickelte ich mich in das große Handtuch und verließ das Badezimmer um mich anzuziehen.

Lucan lag im Bett, war endlich wach und beobachtete mich mit seinen dunkelblauen Augen. Ich trat an den Schrank, holte mir weiße Unterwäsche und ein weißes Sommerkleid raus und zog mich an. „Du solltest keine

Unterwäsche tragen, denn das brauchst du eigentlich nicht", bemerkte er, ich lächelte und schlüpfte in das Kleid. „Ohne Unterwäsche fühle ich mich aber so entblößt und deswegen ziehe ich sie auch an", erwiderte ich, kämmte mein Haar durch und band es danach zusammen. Lucan verließ das Bett, war ebenfalls komplett nackt, er nahm sich ein neues Handtuch und schlenderte an mir vorbei, wobei er mir einen kräftigen Klaps auf den Po gab. Sobald er im Badezimmer war ging ich in die Küche und wollte mir gerade das Frühstück zubereiten, als es abermals an der Tür klopfte. Ich sah kurz zur Tür des Badezimmers, hörte von dort das Wasser rauschen und ging deshalb zur Tür der Suite. Diese öffnete ich, etwas fauchte und im nächsten Moment hatte ich eine Faust ins Gesicht bekommen. Durch den Schlag taumelte ich zurück, die blonde Barbie folgte mir und kreischte wie eine wild gewordene Furie.

„Er gehört mir du Miststück, denn ich bin perfekt für ihn und du nicht, du verdammtes Mauerblümchen", schrie sie, packte mich an den Schultern und schleuderte mich immer wieder gegen die Wand. Hörte Lucan diese ganze Aktion denn nicht? Die blonde Barbie war außer sich vor Wut, war wie besessen und fing an mich zu schlagen. Auf einmal war Lucan hinter ihr, der Chef des Hotels sah seine Angestellte mit Entsetzen an und verengte die Augen. „Miss Robson! Ich bin entsetzt was Sie hier gerade tun und das wird Konsequenzen für Sie haben", sagte er, Lucan schubste die Barbie aus der Suite und schloss die Tür. Ich ging derweil in die Küche, sank an der Theke auf einen Hocker und Lucan stand vor mir. Er nahm mein Kinn in seine Hand, hob es an und musterte das blaue Veilchen. „Sie hat ziemlich kräftig zugeschlagen, das Veilchen ist richtig schön blau und es wird eine Weile dauern bis es wieder weg ist", meinte er nur, lies mein Kinn los und trat an den Kühlschrank, wo er aus dem Kühlfach einen Eisbeutel nahm.

Diesen reichte er mir, ich drückte den auf mein Veilchen und es kühlte sofort. „Danke Lucan. Ich hatte einfach keine Chance gehabt mich zu wehren", murmelte ich, Lucan bereitete mir das Frühstück zu und stellte es dann auf die Theke. „Jetzt kann ich deine Strafe schon wieder verschieben", meinte er, ich begann zu frühstücken und schwieg. „Was hast du heute vor?", fragte ich ihn, Lucan lächelte und warf einen Blick nach draußen. „Den Tag mit dir verbringen, über den Markusplatz gehen und vielleicht mit der Gondel den Canal Grande entlangfahren", antwortete er, ich lächelte darüber und frühstückte in aller Ruhe weiter. Währenddessen lies Lucan mich alleine, verschwand im Schlafzimmer und kam kurz darauf wieder, wobei er eine Sonnenbrille dabei hatte. „Hier die kannst du aufsetzen, denn sie verdeckt das Veilchen komplett." „Danke Lucan." Ich beendete das Frühstück, Lucan räumte sofort auf und ich kühlte derweil mein Auge.

Dann nahm ich die Sonnenbrille, setzte diese auf, hakte mich bei Lucan unter und wir verließen die Suite. Unten im Foyer saß diesmal der Chef persönlich, sprang auf als er uns sah und eilte auf uns zu. „Ich möchte mich noch einmal bei Ihnen entschuldigen Miss...ähm." „Miss Rosalie Peverell", sagte ich, der Chef nickte und sah mich mitleidig an. „Ihre Rechnung geht natürlich aufs Haus und Sie können alles tun was Sie wollen. Umsonst versteht sich. Miss Robson wurde rausgeschmissen und wird Sie nicht mehr belästigen", fügte er noch hinzu, ich nickte kurz und verließ mit Lucan das Hotel. Der Vampir hatte ebenfalls eine Sonnenbrille auf, er führte mich nach links die Straße entlang und wir kamen an vielen Ständen vorbei. Die Verkäufer boten ihre Ware an, wollten uns etwas aufzwängen, doch Lucan wimmelte alle gekonnt ab und wir kamen schon bald auf den Markusplatz an. Der Markusplatz war eine breite Promenade mit einem wunderschönen Blick über den Luido und er war außerdem gut besucht. Viele Touristen waren unterwegs, machten Fotos und sahen sich alles ganz genau an.

Bei einem Eiscafé blieben Lucan und ich stehen, er zog bei einem der Außentische den Stuhl weg und ich konnte mich setzen. Sobald Lucan platz genommen hatte erschien ein Kellner und er brachte uns die Eiskarte. Ich studierte diese genau, entschied mich für ein kleines italienisches Eis und der Kellner nickte kurz, bevor er ging. Während ich auf mein Eis wartete sah ich mich interessiert um und beobachtete die Touristen, die durch Taubenschwärme gingen. Schon nach wenigen Minuten kam mein Eis, ich nickte dankend und begann es zu essen. „Was macht dein Auge?", fragte mich Lucan, ich sah zu ihm hinüber und lächelte leicht. „Es fühlt sich noch geschwollen an, aber es tut nicht weh oder sonstiges. Alles normal", antwortete ich, Lucan lehnte sich zurück und beobachtete mich schweigend. „Es tut mir leid, dass ich zu spät dazwischen ging Rose. Hätte ich es schneller mitbekommen, dann hättest du jetzt nicht dieses Veilchen", entschuldigte sich der Vampir, ich wandte mich vom Eis ab und sah ihn abermals an.

„Alles in Ordnung Lucan. Es geht mir wirklich gut. Mittlerweile bin ich daran gewohnt, wenn ich mit dir zusammen bin, dass andere Frauen mich attackieren. Erst Endora, dann Tatjana und jetzt eben diese Barbie. Wer weiss schon , was als Nächstes kommt", erwiderte ich, aß weiter und Lucan hatte Schuldgefühle, welche ich durch die Verbindung spürte. „Lucan bitte! Du kannst doch nichts dafür. Wirklich nicht", sagte ich zum zweiten Mal, hatte mein Eis aufgegessen und sah Lucan ernst an. „Das hatte ich vergessen, dass du es spüren kannst", murmelte er, ich erhob mich, trat auf ihn zu, beugte mich zu ihm hinunter und küsste ihn voller Leidenschaft. Lucan erwiderte diesen Kuss, vergaß seine Schuldgefühle, zog mich auf seinen Schoß und hielt mich fest. Doch mir kam wieder in den Sinn, dass er mich nie lieben würde, ich löste mich von ihm und erhob mich. „Was ist los Rose? Wieso hast du es gerade unterbrochen?", fragte mich der Vampir, ich hatte mich von ihm abgewandt und sah über den Markusplatz hinweg. „Das ist nicht so wichtig Lucan", antwortete ich, drehte mich zu ihm um und lächelte ihn an. „Tut mir leid, dass ich es unterbrochen habe. Das hätte ich nicht tun sollen."

Und doch wirst du mich niemals lieben! Wieso nicht? War ich nur dein Betthäschen?, schrie es in mir und am liebsten wäre ich weggegangen. Hätte ihn alleine gelassen und einen Weg gefunden, in meine eigene Welt zu gelangen. Doch ich tat es nicht, denn ich liebte ihn und würde weiterhin bei ihm bleiben. Wie dumm ich doch war. Lucan musterte mich eingehend, bezahlte das Eis, erhob sich und ich hakte mich abermals bei ihm unter. „Wir gehen jetzt sozusagen shoppen, denn du brauchst neue Klamotten", sagte der Vampir, ich nickte und verdrängte vorerst den Gedanken, dass er mich niemals lieben würde. Lucan führte mich über den Markusplatz zu einem Laden, diesen betraten wir und es gab viele teure Klamotten. Eine junge Verkäuferin erschien, lächelte uns an und Lucan räusperte sich. „Könnten Sie uns bitte Ihre neueste Kollektion zeigen?", fragte er sie, die Verkäuferin nickte und ging voraus, weiter in den Laden.

„Natürlich Sir! Erst seit gestern Mittag gibt es tolle neue Sommersachen für Ihre Begleitung und ich bin mir sicher, dass es ihr wunderbar stehen wird", erklärte die

Verkäuferin, blieb stehen und ich sah mich neugierig um. Dabei nahm ich die Sonnenbrille ab, die Verkäuferin sah das Veilchen und war entsetzt. „Oh Sie haben da ein geschwollenes Auge Miss. Sie sollten eine Salbe auftragen und ich besitze so etwas", fügte sie noch hinzu, ich war überrascht und die Verkäuferin eilte los. „Sie ist ein Vampir und flirtet deswegen auch nicht mit mir", erklärte mir der Vampir, ich nickte verstehend und die Verkäuferin kam wieder. Vorsichtig rieb sie eine Salbe auf das Veilchen, es kühlte sofort und ich verspürte Linderung. „Danke schön", bedankte ich mich, die Verkäuferin gab mir die Salbe und lächelte. „Trage sie täglich auf und spätestens in zwei Tagen ist das Veilchen weg", erklärte sie mir, ich verstand und sie lies uns alleine, damit wir in Ruhe die Klamotten kaufen konnten. Lucan musterte die Kleider, suchte welche aus und reichte sie mir. „Probiere sie mal an. Ich will sehen ob sie dir passen", meinte er, führte mich zu den Umkleidekabinen und blieb davor stehen.

Ich trat in die Umkleidekabine, legte die Kleider zur Seite und schlüpfte aus meinen Eigenen. Nacheinander probierte ich die neuen ausgewählten Sachen an, zeigte sie jedes Mal Lucan und er mit der Auswahl sehr zufrieden. Sobald ich mein Sommerkleid wieder an hatte, nahm Lucan die Kleider, wir gingen zur Kasse und er bezahlte sie sofort. Ich setzte die Sonnenbrille wieder auf, wir traten aus dem Laden und es war ziemlich warm gewesen. „So und jetzt schauen wir mal, was wo wir neue Schuhe für dich bekommen", meinte Lucan, schaute sich genau um und fand ein Schuhgeschäft, wo er mich mitschleifte. Wir betraten es, Lucan führte mich zu den Highheels und Pumps, blieb davor stehen und suchte die passenden Schuhe aus. „Setzt dich", befahl er, ich setzte mich auf einen der Hocker, Lucan kniete sich vor mich hin und zog mir die ausgewählten Schuhe an. Alle passten wirklich wie angegossen, Lucan lächelte zufrieden und ich schmunzelte darüber. Er war eben perfekt gewesen. Als ich meine eigenen Highheels anzog, hatte Lucan sich von mir abgewandt und telefonierte. Ich sammelte die Einkäufe ein, ging zur Kasse und Lucan bezahlte diese ebenfalls, nachdem er mit dem Telefonat fertig war. Dieser Tag war einfach viel zu schön gewesen, es machte mir Spaß mit Lucan vieles zu unternehmen und ich lies das nach Hause zurückkehren erst einmal in Ruhe. Vielleicht würde Lucan ja doch noch zu mir sagen, dass er mich liebte und mir sogar einen Heiratsantrag machen. Eine innere Stimme tief in mir sagte jedoch etwas anderes, meine Stimmung sank rapide in den Keller und die Hoffnung verabschiedete sich fröhlich von mir.

Wir traten aus dem Schuhgeschäft, Lucan nahm die ganzen Einkäufe und sah mich an. „Du wartest hier, rührst dich nicht vom Fleck und ich bringe die Einkäufe ins Hotel. Sollte irgendetwas doch sein, dann gehe in das Geschäft wo wir die Kleider für dich gekauft haben. Dort bist du dann sicher", befahl Lucan, ich nickte langsam und Lucan verschwand in der Menge. Ich stand im Schatten, sah den Menschen zu und wartete auf den Vampir. Was hatte er dieses Mal vorgehabt? Würden wir in einen Club gehen oder schick essen? Jäh unterbrach Lucan meine gedanklichen Fragen, hielt mir seinen Arm hin und ich hakte mich bei ihm unter. „Jetzt kommt noch der Abschluss des Tages bevor wir ins Hotel zurückkehren", sagte er, ich lächelte und er führte mich über den Markusplatz zum Canal Grande.

Kapitel 25

Als wir beim Canal Grande standen bekam ich große Augen und ich war sichtlich positiv überrascht. Eine Gondel stand bereit verziert mit Lichterketten, weichen weinroten Plüschkissen, Champagner und einem Gondoliere der auf uns wartete. „Darf ich bitten Miss Rosalie Peverell?", fragte mich Lucan, hielt mir eine Hand hin und half mir in die Gondel. Sobald ich in den weichen Kissen saß, lies Lucan sich neben mir nieder und die Fahrt begann. „Ich dachte du liebst mich nicht und machst eine romantische Gondelfahrt?", fragte ich ihn, Lucan öffnete die Champagnerflasche und schenkte davon etwas in die Gläser, wobei er mir eines reichte. „Stimmt ich liebe dich nicht und trotzdem kannst du doch eine schöne Zeit hier in Venedig haben", antwortete er, trank einen Schluck vom Champagner und lehnte sich zurück. Ich nippte an meinem Glas, wurde richtig traurig und auch wütend auf diesen verfluchten Vampir. Während der gesamten Fahrt schwieg ich voller Hass auf diesen Vampir, dieser schaute sich um und als die Sonne untergegangen war, erhellten die Lichter die Stadt Venedig.

Als nach zwei Stunden die Fahrt endete, stieg Lucan zuerst aus und wollte mir helfen, doch ich ignorierte ihn und stieg selber aus. Leider verfehlte ich den Steg, verlor den Halt und fiel in den Canal Grande. Sofort sprang Lucan hinterher, packte mich an der Hüfte herum und brachte mich aus dem Wasser. „Was sollte das denn? Bist du noch ganz klar im Kopf?", fauchte der Vampir, ich riss mich von ihm los und stolzierte zum Hotel zurück. Der Vampir folgte mir schnell, packte mich am Arm und zerrte mich dann durch das Foyer des Hotels. Sobald wir in der Suite waren drückte mich Lucan gegen die Wand und küsste mich besitzergreifend. Ich kam erst gar nicht dagegen an, Lucan zog mir das Kleid aus und warf es achtlos auf den Boden. „Nie wieder Rosalie! Du wirst mir für immer gehorchen und dich nie wieder so aufführen wie heute Abend", presste er hervor, hob mich hoch und trug mich ins Schlafzimmer. Dort zog er mir die restlichen Sachen aus, holte etwas aus dem Schrank und verband mir dann die Augen. Die Wut und der Hass auf ihn verschwanden, die Lust und Gier gewannen die Oberhand und als ich in den weichen Kissen des großen Bettes lag, fesselte er mich mit Handschellen daran. „Nicht bewegen und nicht sprechen", knurrte Lucan, verließ das Bett und ich hörte nur seine Schritte. Nach einer kurzen Zeit war er wieder da, ich hörte wie er sich ebenfalls auszog und wartete gebannt, was er vorhatte. Plötzlich war etwas eiskaltes auf meinen Brustwarzen, ich bäumte mich lustvoll auf und unterdrückte ein Stöhnen.

    Lucan umschloss mit seinen Lippen zuerst die linke Brustwarze, zog sanft daran und wandte sich dann der Rechten zu. Erneut traf etwas eiskaltes meine nackte Haut, ich erschauderte und bekam eine Gänsehaut. Als das kalte Etwas nach unten lief und zwischen meinen Schenkeln verschwand, schrie ich leise voller Lust auf. Lucan fuhr mit seiner Zunge die Spur entlang, biss zärtlich in meine Haut und ich versuchte krampfhaft still liegen zu bleiben. Noch mehr eisige Kälte traf meine nackte Haut, die Gänsehaut wurde mehr und das kalte Etwas lief abermals zwischen meine Schenkel. Lucan folgte dem Weg, öffnete meine Schenkel und begann gekonnt meinen Kitzler mit der Zunge zu bearbeiten. Er biss sanft hinein, zog daran und ein Orgasmus überrollte mich, wobei ich erzitterte. Lucan kam wieder nach oben, küsste mich voller Leidenschaft, biss mir in die Unterlippe und seine Hände strichen über meine nackte Haut, wobei ich wieder vor Lust erzitterte. Lucan küsste meine Brüste, meine Haut von meinem Bauch, seine Zunge glitt immer wieder in meinen Bauchnabel und zwei Finger verschwanden in mir drin.

Ich stöhnte auf, er bewegte die Finger in mir und kurz bevor ich ein zweites Mal zum Orgasmus kam, drang Lucan komplett in mich ein. Er packte mich an den Hüften, hielt mich fest und stieß immer wieder hart zu. Vergessen waren seine Regeln, ich stöhnte lustvoll, erzitterte wieder und wand mich unter ihm, um endlich erlöst zu werden. Ein heftiger leicht schmerzhafter Orgasmus überrollte mich abermals, ich schrie auf vor Lust und Lucan kam mit mir gleichzeitig. Als ich erlöst war, atmete ich heftig und beruhigte meine Atmung, während Lucan die Fesseln löste und die Augenbinde abmachte. Ich sah wie der Vampir Vanilleeis wegbrachte, rollte mich ein und war total müde aber wohlig erschöpft. Lucan kam wieder ins Schlafzimmer, legte sich zu mir ins Bett und lag eng an meinem Rücken. Auf einmal spürte ich seine Finger an meinem Po, er streichelte mich dort und drang dann dort mit zwei Fingern ein. Sofort war das Feuer in mir abermals entfacht, mit der anderen Hand streichelte er mich zwischen den Beinen und er knabberte an meinem Ohrläppchen. „Ich bin noch nicht fertig mit dir", flüsterte er, ich erschauderte und er schlug die Decke weg. Dann stapelte er die Kissen, drehte mich darauf und hob dann meinen Po an, so das ich mit dem Oberkörpern auf den Kissen lag.

Danach holt er Gleitgel aus dem Nachtschrank, schmierte großzügig etwas auf meinen Po und dehnte mich dort mit den Fingern wieder aus. Sobald er damit fertig war, drückte er sanft seinen Penis gegen meine Öffnung und glitt mit einem Stöhnen in meinen Po. Ich atmete heftig, krallte mich in die Kissen, er hielt mich an den Hüften fest und begann sanft zuzustoßen. Dabei küsste er sich von meinen Schultern abwärts einen Weg nach unten und bewegte sich dabei. Der dritte Orgasmus kam auf mich zu, Lucan beschleunigte, ich erzitterte und erreichte das dritte Mal laut stöhnend mein Ziel, wobei der Vampir gleichzeitig mit mir kam. Nun war ich richtig müde gewesen, Lucan lies von mir ab und als ich in die Kissen sank, war ich auch schon eingeschlafen. Nach einem langen festen intensiven Schlaf wachte ich ausgeruht am nächsten Tag auf und lag eingerollt unter der Decke. Der Geruch von frischen Brötchen holte mich aus der Decke hervor, ich öffnete die Augen und Lucan trug ein Tablett ins Schlafzimmer.

„Guten Morgen Rose, hast du gut geschlafen?", fragte er mich, ich setzte mich auf und hatte doch tatsächlich Muskelkater. „Ja ziemlich gut sogar", antwortete ich, Lucan stellte das Tablett auf dem Bett ab und leistete mir Gesellschaft. „Das ist gut und heute werden wir Castello erkunden. Es ist etwas abgelegen vom Markusplatz und sehr ruhig, da sich wenige Touristen dorthin verirren. Dort finden wir auch Donovan, der zur Zeit hier in Venedig lebt und er weiss Bescheid, dass wir zu ihm kommen", erklärte er mir, ich frühstückte in aller Ruhe und nickte kurz. Endlich konnte ich diesen Mann kennenlernen der vor vielen Jahren ebenfalls in diese Parallelwelt kam und seitdem hier lebte. Als ich mit dem Frühstück fertig war verließ ich das Bett, nahm neue Sachen zum anziehen und verschwand im Badezimmer. Dort drehte ich das Wasser in der Dusche auf, sah in den Spiegel und hatte überall rote Bissstellen gehabt, wobei ich rot anlief. Schnell trat ich unter die Dusche und lies den Schmutz und den Schweiß vom Wasser wegspülen.

Es tat wirklich gut, der Muskelkater verschwand und nachdem ich mich abgetrocknet hatte, zog ich mich komplett an. Im Schlafzimmer war Lucan schon fertig, öffnete die Tube der Salbe und rieb dann davon etwas auf das Veilchen. „Das sieht schon gut aus und dein Auge ist auch nicht mehr so geschwollen", bemerkte er, legte die Salbe weg, reichte mir die Sonnenbrille und als ich diese aufgesetzt hatte, verließen wir gemeinsam die Suite. Lucan hatte selber die Sonnenbrille aufgesetzt, wir kamen nach draußen und er wandte sich nach rechts wo wir vom Markusplatz weggingen. Dann betraten wir eine ruhige Seite von Venedig und zwar Castello und dort war es wirklich friedlich. Wäscheleinen hingen über dem Weg, ich lächelte und sah mich neugierig um.

Nachdem wir den Weg entlanggegangen waren blieb Lucan vor einer grün gestrichenen Holztür stehen, klopfte an und wartete kurz. Schritte ertönten hinter der Tür, diese wurde geöffnet und ein großer stattlicher Mann erschien vor uns. Dieser hatte Dreiviertelhosen angehabt, ein buntes Hawaihemd, Slippers an den Füßen und seine Haare waren grau. Seine Augen braun, Falten zierten sein Gesicht und als er Lucan erkannte, fing er an zu lächeln. „Lucan Flynn, der Anführer des Shadow Clans und das ist wohl Rosalie aus der anderen Welt. Bonnie und Charlie haben da mir schon einiges erzählt", begrüßte uns Donovan, trat zur Seite und lies uns ins Haus. Hinter uns schloss er die Tür, ging an uns vorbei und führte uns in ein schick eingerichtetes Wohnzimmer. Eine Glastür führte auf eine Steinterrasse und weiße Gardinen spielten leicht im Wind. „Setzt euch doch und ich hole euch etwas zu trinken", bemerkte Donovan, verließ das Wohnzimmer und wir sanken auf ein altes braunes Sofa. Während wir auf unsere Getränke warteten schaute ich mich um und fand das Wohnzimmer recht schick eingerichtet.

Es gab einen alten Kamin, einen Fernseher und ein großes langes Regal vollgestopft mit alten Büchern. Donovan kam wieder, hatte ein Tablett dabei und stellte dieses vor uns auf den Holztisch. Dann setzte er sich selber, nahm sein Glas Orangensaft und ich tat es ihm gleich. Lucan hatte ein Glas Tierblut, er trank einen Schluck davon und nickte zufrieden. „Also Rosalie, wie bist du eigentlich in diese Welt geraten? Gab es bei dir Stromausfall durch ein Unwetter, du wolltest beim Stromkasten alles richten und durch einen Stromschlag kamst du hierher?", fragte mich Donovan, ich schob die Sonnenbrille hoch und nickte bestätigend. „Ja genau. Ist das Ihnen ebenfalls passiert?" „Ja genau und du darfst mich ruhig duzen. Ich wollte damals ebenfalls den Stromkasten wieder herstellen und nach einem Stromschlag kam ich in die Parallelwelt.

Natürlich hätte ich jederzeit zurückgehen können, denn es gibt jedes Jahr ein Portal, dass sich einmal im Jahr bei einem alten Weidenbaum öffnet, doch ich finde es hier viel schöner und bin sehr zufrieden. Willst du etwa wieder zurück?" „Nein natürlich nicht, denn ich finde es in dieser Parallelwelt selber ganz schön und werde auch bleiben", antwortete ich, lächelte und nur meine Augen verrieten mich, dass ich gelogen hatte. Das sah nur Donovan, er lies sich jedoch nichts anmerken und lächelte verstehend. „Ja diese Welt ist wirklich perfekt und viele Vampire sind gute Freunde von mir." „Ich habe auch Vampire die meine Freunde geworden sind, wobei es auch zwei Feinde gibt. Diese Endora will mein Blut und eine gewisse Tatjana will mich aus dem Weg räumen." „Die Beiden kenne ich auch ziemlich gut und diese beiden haben es faustdick hinter den

Ohren. Sei vorsichtig, denn wenn diese Tatjana herausbekommt, dass in einem Monat das Portal sich wieder öffnet, dann würde sie alles daransetzen um dich loszuwerden."

„Das werde ich schon verhindern, denn Rosalie gehört mir und niemand wird sie mir wegnehmen", beteuerte Lucan ernst, legte einen Arm um mich und zeigte Donovan somit, dass ich dem Vampir gehörte. Ja als Betthäschen! „Das habe ich auch nie behauptet Lucan, sondern nur die Fakten auf den Tisch gelegt. Da Tatjana nicht hier ist, wird das niemals passieren und Rosalie bleibt in dieser Welt, was sie ja selber möchte. Du musst dir nur etwas einfallen lassen, wie du gegen Tatjana vorgehen willst und sie von Rosalie fern hältst. Mehr nicht", meinte Donovan, lehnte sich in seinem Sessel zurück und wir drei schwiegen, wobei wir nur die Vögel zwitschern hörten. „Wie lange bist du schon hier in dieser Welt?", fragte ich ihn, Donovan wandte sich an mich und lächelte dabei. „Fast 30 Jahre. Ich habe leider den Fehler begangen ohne Familie zu leben und nun ist es zu spät. Doch wenn du selber nie eine Familie haben willst, dann bist du hier genau richtig", antwortete er, ich verstand und trank meinen Orangensaft aus.

Wir blieben bis zum frühen Abend bei Donovan, ich wollte alles von ihm erfahren und er antwortete mir geduldig. Als es dann zeit zum Aufbruch war, brachte Donovan das Tablett mit den leeren Gläsern weg und kam dann wieder zu uns ins Wohnzimmer, wo wir uns erhoben. „Es war schön dich mal kennenzulernen Rosalie und wenn du Lust hast, dann kannst du gerne wiederkommen. Natürlich mit Lucan, damit er keine Angst haben muss, dass ich irgendetwas von dir will oder so", verabschiedete sich Donovan von uns, öffnete die Haustür und wir traten in den Sonnenuntergang. „Sehr gerne Donovan und danke, dass ich dich fragen konnte, was ich wissen wollte", erwiderte ich, Donovan lächelte, Lucan verabschiedete sich ebenfalls von ihm und wir gingen zurück, wobei wir beide schwiegen.

Kapitel 26

In der Suite saß ich am Fenster, hatte die Beine angezogen und sah schweigend nach draußen. Lucan war in der Küche, kochte für mich das Abendessen und ich hing derweil meinen Gedanken nach. Genau in einem Monat würde sich das Portal bei einem alten Weidenbaum öffnen, der Weg nach Hause und ich wäre wieder da wo ich sein sollte. Ohne Lucan, denn den würde ich hier lassen und bei mir zu Hause einen Mann suchen. „Du bist so still. Worüber denkst du nach?", unterbrach Lucan meine Gedanken, ich löste meinen Blick vom Fenster und sah ihn an. „Über Tatjana. Ich will nicht, dass sie mich aus dieser Welt reißt und mich von dir wegholt", log ich perfekt, erhob mich und Lucan zog mich in seine Arme. „Das wird niemals passieren Rose, denn das lasse ich nicht zu und werde auf dich aufpassen", beruhigte er mich, hatte meine Lüge nicht bemerkt und ich war froh darüber, obwohl ich in Wahrheit doch nicht von ihm weg wollte. Noch nicht, doch lange würde ich es nicht mehr mitmachen und warten sowieso nicht.

Schließlich wurde ich auch nicht mehr jünger. „Das Abendessen für dich ist fertig und ich wollte die extra holen", sagte Lucan, ich löste mich von ihm und mein Magen knurrte fordernd nach Essen. „Ja ich habe auch

Hunger bekommen." Ich ging in die Küche, setzte mich und begann die Pizza zu essen. Lucan ging derweil telefonieren, war imSchlafzimmer und ich konnte das Gespräch nicht hören. Erst als ich fertig war kam Lucan wieder, hatte das Handy weg gesteckt und lächelte mich an. „Ich habe dir ein heißes Bad eingelassen und da die Badewanne groß genug ist, werde ich dir Gesellschaft leisten", erklärte er mir, ich war fertig und trank den Eistee, während der Vampir alles aufräumte. Dann erhob ich mich, ging ins Badezimmer und betrat es kurz darauf, während Lucan mir mit Handtüchern folgte. Langsam schälte ich mich aus den Sachen, stieg ins Wasser nachdem ich mir die Haare hochgesteckt hatte und lehnte mich entspannt zurück. Das Wasser schwappte etwas, Lucan stand drinnen und lies sich dann mir gegenüber nieder.

 Er hatte sich zurück gelehnt, die Augen geschlossen und war ganz entspannt gewesen. Ich war von Schaum bedeckt, sah zu Lucan und grinste breit, da es echt komisch aussah. Er hatte die Arme auf den Rand der Badewanne gelegt, ich musterte ihn und musste feststellen, dass er keine Haare unter den Achseln oder an den Beinen hatte. Selbst sein Penis war ohne jegliches Haar, ich seufzte und beneidete ihn deswegen. Ich musste alles noch immer entfernen und nein das Leben war nicht perfekt, denn auch ich bekam meine Tage und ausgerechnet gerade in diesem Moment meldete sich dieses grausame Schicksal mit Unterleibskrämpfen. Ich zog also die Beine an, umschlang diese und starrte ins Leere, was Lucan sofort mitbekam. „Was ist los?", fragte er mich, ich sah ihn an und lächelte schwach. „In den nächsten sieben Tagen können wir keinen Sex haben", antwortete ich, Lucan setzte sich aufrecht hin und hatte buchstäblich Fragezeichen über den Kopf. „Lucan ich bin eine Frau und dazu auch noch menschlich.

Klingelt da etwas bei dir?" „Oh! Du meinst, du bekommst...naja. Eben das", stotterte er, war in diesem Moment gerade etwas überfordert und ich lächelte ihn an. „Ganz genau Lucan. Ich bekomme meine Tage", erwiderte ich, erhob mich und stieg aus dem Wasser. Dann trocknete ich mich ab, zog mich für die Nacht an und kämmte mein Haar durch. „Auch in dieser Zeit kann man miteinander schlafen und glaube mir, dass werden wir auch", meinte Lucan, verließ ebenfalls die Badewanne und trocknete sich gründlich ab. Ich gluckste, eilte zu meinem Koffer und holte einen Tampon hervor, während der Vampir fertig aus dem Badezimmer kam. Dort verschwand ich, benutzte den Tampon und lies dann das Wasser ablaufen. Als ich wieder im Schlafzimmer war, war es schon spät, ich gähnte herzhaft und kroch eilig unter die Bettdecke. Lucan zog mich eng an sich, legte ein Bein über meine eigenen und einen Arm ebenfalls. Sein Gesicht vergrub er in mein Haar, ich schloss die Augen und fiel in einen tiefen Schlaf. Schreckliche schmerzhafte Unterleibskrämpfe weckten mich in den frühen Morgenstunden, ich stöhnte auf und zog die Beine eng an den Körper. In diesen Tagen hasste ich alles, ich hasste diesen Fluch und wollte nur noch sterben.

„Du bist schon wach?", fragte Lucan, drehte sich auf den Rücken und hatte noch immer die Augen geschlossen. „Ja bin ich und ich suche jetzt eine Apotheke auf um mir etwas gegen die Schmerzen zu holen", antwortete ich, Lucan war schnell auf den Beinen und zog sich an. „Du bleibst liegen und ich werde gehen", sagte er nur, verließ das Schlafzimmer und kurz darauf die Suite. Ich lag derweil zusammengerollt im Bett, hatte die Beine noch immer angezogen und wartete auf Lucan, der mir helfen wollte. Es dauerte auch nicht lange, der Vampir kam wieder und reichte mir die Schmerztabletten mitsamt einem Glas Wasser. „Ich habe mich erkundigt und wurde gut beraten. Man hat mir diese Tabletten extra für Frauen mitgegeben, eine Wärmflasche und einen Tee der 'Frauenmanteltee' heißt. Ich hoffe das reicht auch aus, damit es dir hilft. Ich kann es nicht sehen, wenn du so leidest", meinte er, ich nahm die Tablette sofort ein und Lucan legte mir die Wärmflasche auf den Unterleib. „Danke das reicht schon aus und sobald die Schmerztabletten wirken, geht es mir wieder besser", erwiderte ich, lächelte und Lucan nickte langsam verstehend. „Ich werde dir etwas zu essen machen."

    Der Vampir erhob sich, verließ das Schlafzimmer abermals und verschwand in der Küche. Ich lag derweil in den Kissen, wartete auf die Wirkung und als Lucan das Frühstück brachte, hatte ich keine Krämpfe mehr. „Danke und jetzt geht es mir besser Lucan. Die Krämpfe sind weg", sagte ich, der Vampir nickte kurz und war sichtlich erleichtert. „Dann können wir heute doch wieder auf den Markusplatz gehen oder ein Eis essen?" „Ich würde gerne schwimmen gehen. Hier im Hotel gibt es doch einen Pool." „Geht das denn überhaupt?" „Ja es geht und es wird nichts passieren. Versprochen und vertraue mir." „Okay. Naja ich hatte so etwas noch nie miterlebt, denn ich hatte nur weibliche Vampire gehabt. Natürlich ein halbes Jahr bevor du erschienen bist." „Ich bin ehrlich gesagt nicht daran interessiert, wen du schon alles vor mir hattest und wie viele ebenso wenig. Das geht mich nichts an." Ich frühstückte, Lucan musterte mich kurz und fing dann an zu lachen. „Bist du eigentlich glücklich bei mir?"

    Ich schluckte den Bissen hinunter, trank Orangensaft hinterher und sah ihn dann an. „Ja ich bin glücklich bei dir Lucan. Auch wenn ich nie Kinder haben werde und du mich nie lieben wirst", antwortete ich wahrheitsgemäß, der Vampir schwieg kurz und seufzte danach. „Willst du zu dir nach Hause in deine eigene Welt? Sei bitte ehrlich und ich werde auch nicht ausflippen oder sonstiges. Versprochen." „Ja Lucan. Ja ich will wieder in meine eigene Welt zu Jane und Dallas, aber dann würde ich dich alleine lassen und dann hätte ich Schuldgefühle." Ja das war die volle Wahrheit gewesen, aber ich liebte ihn und da er das niemals zu mir sagen würde, wollte ich nach Hause. „Also bleibst du bei mir oder?" „Natürlich bleibe ich bei dir Lucan, denn ich kann dich nicht alleine lassen", antwortete ich, Lucan war wieder sichtlich erleichtert und ich frühstückte zu Ende. Lucan holte die Badesachen aus dem Schrank, reichte mir meinen Bikini und ich ging ins Badezimmer um mich herzurichten. Sobald ich dort fertig war kam ich wieder ins Schlafzimmer, Lucan nahm die Handtücher und wir verließen die Suite. Mit dem Fahrstuhl fuhren wir nach unten, gingen dort einen Gang entlang und kamen zum Swimmingpool wo nur ein anderes Pärchen im Wasser war.

Lucan legte die Handtücher zur Seite, war noch immer skeptisch, ich nahm Anlauf und sprang kopfüber ins Wasser. Dann machte ich ein paar Schwimmzüge, tauchte wieder auf, drehte mich um und Lucan beobachtete mich schmunzelnd. Dann folgte er mir, tauchte vor mir auf und küsste mich besitzergreifend. Das andere Paar sah zu uns, kicherte und lies uns alleine. Nach einer halben Ewigkeit lösten wir uns voneinander und sahen uns an. „Warum liebst du mich eigentlich nicht? Was ist der Grund dafür?" Lucan lies mich los, schwamm zum Rand des Pools und setzte sich dorthin. „Es gibt keinen Grunde Rose. Absolut gar nichts", wich er meinen Fragen aus, starrte auf das Wasser und ich lies mich neben ihm nieder. „Jetzt sag es doch einfach", versuchte ich es erneut, legte eine Hand auf seinen Arm und wartete geduldig auf seine Antwort.

„Vor 100 Jahren lernte ich eine junge Frau kennen die zudem ein Mensch war und sie war wirklich wunderschön. Ich verliebte mich unsterblich in sie und sie erwiderte diese Liebe ebenso. Wir waren glücklich gewesen, verbrachten viel Zeit miteinander und nichts konnte diese Liebe zerstören. Doch das Schicksal war grausam gewesen, sie war kurz davor ein Vampir zu werden und dann wird sie von einem LKW überfahren. Sie war sofort tot, ich konnte sie nicht mehr auf meine Seite holen und das Herz in meiner Brust zersprang in tausend Scherben. Ich habe lange Zeit darunter gelitten, war nicht mehr ich selbst und von da an habe ich mir geschworen, nie wieder zu lieben. Deswegen liebe ich dich nicht, denn sollte dir etwas widerfahren, dann zerbricht mein Herz erneut und das würde ich nicht überleben. Also werde ich dich niemals lieben Rosalie und da du die Wahrheit jetzt kennst, ist das Thema abgeschlossen", erzählte er mir, erhob sich, nahm das Handtuch und lies mich alleine zurück. Ich saß am Beckenrand, sah ihm nach und Tränen liefen mir über das Gesicht. Er tat mir so unendlich leid, jetzt wusste ich den Grund und das tat selbst mir weh.

Sein Schmerz, sein Leid und seinen Verlust spürte ich tief im Herzen und weinte noch mehr. So etwas sollte niemand erleben, absolut niemand und sein Schmerz konnte ihm niemand nehmen. Irgendwann waren die Tränen versiegt, ich rutschte ins Wasser und schwamm ein paar Runden um erst einmal an nichts zu denken. „Ich hasse es, wenn mein Plan nie aufgeht", sagte eine mir bekannte Stimme, ich drehte mich um und Tatjana stand am Beckenrand. Sie trug ein blutrotes enges Cocktailkleid, dazu passende Highheels und beobachtete mich ganz genau. Ich stieg aus dem Wasser, blieb wo ich war und wartete ab, was sie als Nächstes vorhatte. „Willst du mich abermals erschießen?", fragte ich sie, Tatjana lachte und schüttelte den Kopf. „Nein ich habe etwas ganz anderes mit dir vor und da muss ich es erst einmal vorbereiten. Bis dahin lasse ich dich erst einmal in Ruhe und du kannst dich freuen. Ach noch etwas. Um Endora musst du dir keine Sorgen machen, denn die habe ich aus dem Weg geräumt. Schließlich kann ich niemanden gebrauchen, der mir im Weg steht und mir meinen Plan vereitelt. Das wollte ich dir nur sagen und schon gehe ich wieder. Genieße die Zeit mit Lucan solange du noch kannst", antwortete sie, wandte sich um und verschwand. „Oh Gott sie hat Endora getötet", flüsterte ich, zitterte am ganzen Körper und hatte Angst gehabt.

Plötzlich ging eine Tür, Lucan erschien und eilte auf mich zu. Dabei rutschte er auf den nassen Fliesen aus, verlor den Halt und krachte auf den Boden. Geschockt rannte ich auf ihn zu, kniete mich neben mich und hatte Tränen in den Augen. „Oh Gott Lucan, geht es dir gut?", fragte ich ihn, war gerade total aufgelöst von Tatjana auftauchen und die Tränen bahnten sich einen Weg über mein Gesicht. „Es geht mir gut und ich bin unverletzt, denn schließlich bin ich ein Vampir. Doch was ist mit dir? Du hast doch Angst, das habe ich gespürt und bin deswegen hier runtergekommen", antwortete er, hatte sich aufgesetzt und wischte mir die Tränen weg. „Tatjana war hier und hat irgendetwas vor, was mit mir zu tun hat. Außerdem hat sie Endora getötet und da macht mich gerade total fertig.

Ich habe solche Angst vor ihr und will nicht weg von dir!" Lucan zog mich in seine Arme, hielt mich fest und versuchte mich zu trösten. „Dir wird nichts passieren Rose, denn das lasse ich niemals zu. Willst du, dass wir zurück nach New York fliegen?" „Aber du hast dir doch so viel Mühe gegeben um mit mir nach Venedig zu fliegen." „Du bist wichtiger als Venedig, denn es geht um deine Sicherheit. Gehen wir erst einmal in die Suite zurück." Lucan erhob sich, reichte mir mein Handtuch, ich wickelte es um meinen Körper und wir verließen die Halle um in unsere Suite zu gehen.

Kapitel 27

In der Suite trocknete ich mich ab, zog mir neue Sachen an und Lucan ging derweil telefonieren. Ich saß auf dem Bett, friemelte an der Bettdecke herum und wartete auf den Vampir. Dieser kam erst nach einer ganzen Weile wieder zu mir, hatte das Handy weggesteckt und sah mich an. „Es gibt jetzt zwei Möglichkeiten. Erstens wir packen unsere Sachen und fliegen nach New York zurück oder Zweitens, wir bleiben hier und laufen Gefahr, dass doch noch etwasschreckliches passiert. Opal war außer sich vor Wut, denn er wusste bis jetzt noch nichts vom Tod einer seiner Mitglieder und der Bruder von Endora schwört Rache", fing Lucan an, ich atmete tief durch und erwiderte seinen Blick. „Ich weiss es nicht Lucan. Venedig ist wirklich sehr schön und ich empfehle es jedem der Urlaub machen will. Doch Tatjana hat irgendetwas vor, sie war hier und hat mir gedroht, was mir wirklich Angst macht", murmelte ich, sah wieder auf die Bettdecke und hatte absolut keine Ahnung gehabt, was wir machen sollten.

„Wir fliegen zurück, denn Opal wird ein Treffen mit allen Anführern der Clans einberufen, ausgenommen Tatjana. Ihr Vertreter wird jedoch erscheinen und ihr gegenüber dann stillschweigen", entschloss Lucan, packte die Koffer, ich stand auf und zog meine Ballerinas an. Sobald Lucan die Koffer hatte nickte er mir zu und wir verließen die Suite. Schade für den schönen Urlaub in Venedig, doch nach Lucan seiner Ansicht ging es um mein Leben und das hatte Vorrang. Unten im Foyer checkten wir aus, Lucan gab die grüne Karte zurück und draußen verstaute er die Koffer im Kofferraum. Sobald wir angeschnallt im Auto saßen, startete er den Motor und fuhr zum Landeplatz zurück. Unterwegs schwiegen wir, ich sah aus dem Fenster und atmete tief durch. „Wir werden wieder in den Urlaub fliegen sobald Tatjana aus dem Weg geräumt ist und bis dahin bleiben wir in New York, wo du in Sicherheit bist", erklärte mir der Vampir, fuhr Richtung Rom und ich lächelte ihn an. „Egal wie lange es dauern wird Lucan, ich werde so lange warten", erwiderte ich, Lucan lächelte und hielt nach einer Weile auf dem Flugplatz. Ich stieg derweil aus, ging ins Flugzeug und Lucan brachte das Auto in den Frachtraum.

Sobald auch Lucan im Flugzeug war, schloss sich die Tür und das Flugzeug hob ab. Ich erhob mich, ging auf die Toilette und lies mir dort viel Zeit. Kurz darauf war ich wieder auf meinem Platz, Lucan las ein Buch, ich steckte mir die Kopfhörer in die Ohren und hörte Musik. Der Flug war so langwierig gewesen, ich sah aus dem Fenster und schwieg. Gegen Mittag tippte Lucan mich an, ich machte die Musik aus und er stellte mir das Mittagessen hin. „Du solltest etwas essen Rose, da du erst vor vier Stunden gefrühstückt hast", erklärte er mir, ich legte mein BlackBerry zur Seite und besah mir mein Essen. Diesmal war es ein Salat gewesen, ich atmete erleichtert tief durch und Lucan lachte darüber. „Etwas Gesundes ist ja mal etwas anderes, als das schwere Essen was du sonst isst", fügte er noch hinzu, setzte sich und ich begann zu essen. Derweil las Lucan sein Buch weiter, hörte selber Musik und war sehr vertieft.

Der Flug dauerte an, ich lenkte mich ab und las nach dem Essen ebenfalls ein Buch. „Dauert der Flug eigentlich noch sehr lange? Ich habe keine Lust mehr und es ist langweilig", beklagte ich mich, sah auf die Uhr und es waren gerade mal fünf Stunden vergangen. „Vier Stunden und elf Minuten. Es ist gerade mal um vier Uhr Nachmittag und heute Abend um acht Uhr landen wir in New York", antwortete Lucan, ich seufzte und stand auf. „Ich gehe duschen", meinte ich nur, ging zum Badezimmer und als ich dieses betrat, zog ich mich aus. Als ich an die Dusche herantrat stand Lucan hinter mir und umfasste mit seinen Händen meine Brüste. Er massierte sie hart, ich schloss die Augen und genoss diese Berührungen wie immer. Lucan küsste mich besitzergreifend, zog sich nebenbei aus und stand nackt hinter mir, Sanft nahm er meine Brustwarzen zwischen Daumen und Zeigefinger, drückte sie und zog leicht daran bis sie sich hart aufstellten.

Ich war berauscht von diesen Empfindungen, mein Körper war davon erhitzt und ich sehnte mich sofort nach ihm. Das lange Warten auf die Landung war vergessen, Lucan hielt meine Handgelenke fest und drückte mich mit den Rücken gegen die Wand, wo mich besitzergreifend küsste. Sein Körper presste sich an meinen, er küsste sich einen Weg nach unten und hinterlies eine Feuerspur. Schließlich erfasste er das Bändchen meines Tampons, zog diesen raus und warf ihn weg. Danach erhob er sich wieder, hob mich hoch und lies mich auf dessen aufrecht stehenden Penis nieder, wo ich ihn vollkommen aufnahm. Meine Beine schlang ich um seine Hüften, er hielt mich fest und begann sich zu bewegen. Immer wieder stieß er hart zu, ich hatte die Arme um seinen Hals geschlungen und stöhnte voller Lust. Der Orgasmus kam schneller als ich dachte, Lucan erhöhte seine Stöße und kurz darauf kamen wir beide zum Ziel. Lächelnd lehnte ich mich an ihm, hatte die Augen geschlossen und war sehr zufrieden gewesen. Irgendwann löste sich Lucan von mir, drehte das Wasser in der Dusche auf und trat darunter. Ich folgte ihm, er begann meine Haare einzuseifen und massierte mir die Kopfhaut. „Ich habe dir doch gesagt, dass wir trotzdem Sex haben werden", fing er an, ich gluckste und nickte bestätigend. „An deinen Worten hatte ich auch nicht gezweifelt Lucan.

Ich hätte nur nicht gedacht, dass es heute schon sein wird", erwiderte ich, er wusch mir das Shampoo aus den Haaren und begann mich komplett einzuseifen. Die ganze Zeit über lächelte ich, lies ihn das alles machen und schwieg. Als er dann fertig war seifte er sich selber ein, lies dann das Wasser über sich fließen und stieg danach aus der Dusche. Ich drehte das Wasser ab, folgte ihm, trocknete mi8ch ab und zog mich danach an, nachdem ich einen neuen Tampon benutzte. Lucan sah auf die Uhr, lächelte und öffnete mir die Tür vom Badezimmer. „Wir sind jetzt noch knapp zwei Stunden im Flugzeug", bemerkte er, ich war erleichtert und sank dann in meinen Sitz. Neben mir lag eine Tüte Gummibärchen, diese öffnete ich und begann zu essen. „Endlich nur noch zwei Stunden und dann sind wir endlich wieder zu Hause. Obwohl ich gerne noch in Venedig geblieben wäre. Es waren ein paar schöne Tage gewesen", meinte ich, Lucan grinste und plumpste in seinen Sitz.

„Morgen Abend werde ich zum Treffen in Opals Haus gehen, damit wir darüber reden können, was als Nächstes mit Tatjana geschieht. Du hast nur Teddy als Gesellschaft, da die Anderen ausziehen werden und wir dann unsere Ruhe haben. Gut Mikael wird bei dir sein und auf dich aufpassen, damit dir nichts passiert", erklärte mir der Vampir, ich seufzte und nickte langsam. „Einverstanden und ich werde auf dich warten, bis du dann wieder da bist." „Du musst nicht auf mich warten, denn es kann die ganze Nacht lang dauern. Du brauchst deinen Schlaf und ich will nicht, dass du ihn versäumst", beharrte er, ich verdrehte die Augen und aß die Gummibärchen schweigend weiter. Als ob ich ein kleines Kind wäre! „Verdrehe nicht die Augen, wenn ich dir etwas sage Rosalie Baby. Du wirst nicht auf mich warten, denn sonst lasse ich mir eine neue Strafe für dich einfallen", warnte er mich, ich wandte mich an ihn und hob nur die Schultern.

„Und du bestimmst nicht darüber ob ich auf dich die ganze Nacht warten werde oder nicht", erwiderte ich pampig, verschränkte die Arme und sah aus dem Fenster. Plötzlich hatte Lucan mich gepackt, trug mich in das Schlafzimmer des Flugzeugs und zog mir Hose und Slip aus. Dann setzte er sich auf die Bettkante, legte zwei Kissen auf seine Beine und sah mich ernst an. Ich gab widerwillig nach, legte mich über seine Knie und mein Po lag erhöht durch die Kissen. Sofort folgte der erste Schlag, ich zuckte erschrocken zusammen und Lucan strich über die betroffene Stelle. Dann kam der nächste Schlag, es war ein lustvoller leichter Schmerz und ich versuchte nicht aufzustöhnen. Lucan wiederholte die Prozedur unzählige Male, nahm dann eine Salbe und tat etwas auf die betroffene Stelle. Danach gab er dort einen Kuss drauf, half mir auf die Beine und zog mir das Spitzenhöschen und die Hose wieder an.

Er nahm meine Hand, sprach mit mir kein Wort und führte mich zu meinem Platz, wo ich mich setzte. Während ich meine Musik anhörte und nebenbei Gummibärchen aß, nahm Lucan sein Buch und las weiter ohne von mir Notiz zu nehmen. Oh wow! Er hatte mir den Po verhauen! Das war schon alles? Ich seufzte, hörte weiter Musik und sah kurz auf die Uhr. Noch eine Stunde und 30 Minuten, dann landeten wir endlich. Was für eine langwierige Zeit die ich durchstehen musste bis wir in New York ankamen und ich dann auch Teddy wieder hatte. Obwohl es sehr schön in Venedig war und die Gondelfahrt total romantisch. Lucan brauchte mir nicht zu erzählen oder zu sagen, dass er mich nicht liebte, denn ich wusste es. Doch ich wollte diese drei Worte von ihm hören, damit ich den Beweis hatte und das war mein Problem. Ich wollte einfach nicht mehr warten, denn irgendwie lief meine Zeit ab und ich hatte Angst davor, was Tatjana im Schilde führte.

Nein ich wollte nicht sterben und auch nicht von Lucan getrennt werden, denn ob er mich liebte oder nicht, er war mein gewesen und so sollte es auch immer bleiben. Die Zeit tröpfelte dahin, ich sah aus dem Fenster und konnte sehen, wie es langsam Abend wurde. Lucan las sein Buch, war sehr vertieft und ebenfalls konzentriert. So ein Flug konnte wirklich lange dauern, ich gähnte gelangweilt und trommelte mit den Fingern auf der Sitzlehne und war total genervt gewesen. „Rose bitte lass das! Es stört mich beim lesen", sagte Lucan, hatte den Blick vom Buch gelöst und sah mich ernst an. „Was soll ich denn sonst machen? Mir ist langweilig und ich will auch kein Buch lesen", erwiderte ich, Lucan erhob sich und trat auf eine kahle Wand zu. Dort drückte er einen Knopf, die Wand glitt zur Seite und ein schwarzer Flachbildschirm erschien. Dann gab Lucan mir eine Fernbedienung, setzte sich und nahm das Buch wieder auf.

„Das sind viele Filme gespeichert, du kannst dir einen aussuchen und anschauen", erklärte er mir, verschwand hinter dem Buch und ich seufzte. Ich begann nach einem Film zu suchen, es war eine lange Liste und fast am Ende sprach mich ein Titel an. Ein Liebesfilm und zwar „Titanic!" Ich nahm eine Decke und ein Kissen, machte es mir im Sitz bequem und schaute mir den Film an. Lucan las derweil weiter, sah nur ab und zu zum Film und schüttelte nur mit dem Kopf. „Was finden die Menschen nur an diesem Film? Der wird doch total überbewertet", bemerkte er, ich wandte mich vom Film ab und grinste ihn an. „Du musst den Film ja auch nicht anschauen Lucan. Lies doch dein Buch weiter und höre Musik dabei. Dann bekommst du den Film auch nicht mit", erwiderte ich, Lucan holte die Kopfhörer raus, steckte diese sich in die Ohren und las dann weiter, nachdem die Musik an war. Ich musste fast lachen, sah wieder zum Fernseher und schaute weiterhin den Film Titanic.

Dadurch verging die Zeit endlich schneller, irgendwann sank das Flugzeug nach unten und ich schaltete den Film aus. Lucan legte das Buch weg, machte die Musik aus und erhob sich, während ich die Decke und das Kissen wegräumte. Die Wand schloss sich vor dem Fernseher, das Flugzeug hielt endlich und sobald die Tür auf war, sprintete ich die Treppe hinab. Lucan folgte mir, holte das Auto und als er neben mir hielt, stieg ich ein. „Vergiss nicht dich anzuschnallen Rose", meinte er, ich tat es und er fuhr los. New York versank in pures Gold durch den Sonnenuntergang, die Großstadt hatte uns wieder und ich freute mich richtig.

Auch wenn Venedig wirklich fantastisch war und man dort immer wieder hinfliegen sollte, war ich froh, wieder zu Hause zu sein. „Gleich sind wir daheim", bemerkte der Vampir, fuhr weiter und ich musste breit grinsen. Nach zwei weiteren Abbiegungen hielt Lucan vor dem Haus, ich sprang aus dem Auto und flitzte zum Fahrstuhl, wo ich nach oben fuhr.

Kapitel 28

Kaum da die Türen wieder auf waren kam Teddy angerannt und sprang mich an, wobei ich auf dem Po landete. Teddy war jetzt ausgewachsen, leckte mir das Gesicht ab und freute sich. „Na Teddy, hast du dein Frauchen wieder?", fragte Mikael, trat auf uns zu und lächelte dabei. Teddy freute sich noch immer, Lucan erschien und stellte die Koffer ab. „Du hast mich unten stehen gelassen", bemerkte er, ich erhob mich und lächelte ihn entschuldigend an. „Es tut mir leid Lucan. Ich wollte nur endlich wieder hier sein und in Sicherheit. Nicht das Tatjana mich angreift, wenn ich auf der offenen Straße bin", entschuldigte ich mich, Lucan nickte zustimmend und brachte die Koffer ins Schlafzimmer. „Also morgen Abend sind wir dann nur zu dritt da Lucan zu diesem Treffen fährt", fing Mikael an, ich wandte mich zu ihm um und nickte langsam. „Ja weiss ich schon, aber das ist nicht schlimm. Es geht ja um Tatjana die Endora getötet hat und soweit ich weiss, hatte die Tode einen Bruder gehabt." „Ja Kiran. Er ist außer sich vor Wut, weiss auch, dass Tatjana dich haben will oder besser gesagt aus dem Weg räumen will und er will dich ebenfalls beschützen." „Oh das ist sehr nett von ihm und das freut mich sehr." Lucan kam wieder, stand dann neben uns und sah Mikael ernst an.

„Die Anderen wohnen wieder auf dem Anwesen?", fragte er, Mikael nickte und Lucan war zufrieden. „Gut, Opal hat mir gerade eine Nachricht geschickt und das Treffen ist in einer halben Stunde. Er hat es verschoben und ich mache mich sofort auf den Weg." Lucan wandte sich an mich, war noch immer ernst und duldete keinen Widerspruch. „Du gehst dann ins Bett und wirst nicht auf mich warten. Ansonsten sehen wir uns im Zimmer wieder", befahl er, ich verdrehte genervt die Augen und versprach ihm, nicht auf ihn zu warten. „Du passt auf sie auf Mikael", fügte er noch hinzu, der Angesprochene versprach es und Lucan lies uns alleine. „Manchmal könnte ich ihn echt erschlagen. Er ist so stur", bemerkte ich, Mikael lachte und wir setzten uns auf die Sofalounge. „Wie war das damals eigentlich mit Lucan und dieser Frau, die ums Leben gekommen ist?", fragte ich plötzlich den Vampir, dieser wandte den Kopf zu mir und sah mich traurig an. „Er hat dir davon erzählt?" „Ja hat er. Deswegen kann und will er mich nicht lieben." „Sie hieß Jennifer, lernte Lucan in einem der Clubs kennen und sie verliebten sich sofort. Zusammen waren sie einsehr glückliches Paar gewesen, unternahmen viel und auch sie hatte gefallen daran, von ihm dominiert zu werden.

Doch kurz vor ihrer Wandlung zu einem Vampir wurde sie von einem LKW erfasst und war auch sofort tot. Das brach Lucan das Herz, er brachte den LKW-Fahrer um und lief Amok durch New York. Wir setzten uns mit den anderen Anführern zusammen, beratschlagten uns und führten Lucan in eine ziemlich gute Falle. Seit diesem schrecklichen Moment an war Lucan dominant, arrogant und herrisch bis du ihm in die Arme gelaufen bist. Ja er ist noch immer dominant und hat gerne die Peitsche in der Hand, doch welche Frau lässt sich nicht gerne von ihm dominieren?", erzählte er mir, bei diesen Worten wurde ich rot wie eine ausgereifte Kirsche und ein Lächeln umspielte meine Lippen. „Das Ungewöhnliche ist, dass du bei ihm wohnst, denn vor dir die Frauen blieben nie länger als eine Nacht. Lucan brauchte nur etwas zum spielen und dominieren. Bei dir ist es ganz anders und wir sind alle in der Hoffnung, dass er dich liebt", fügte Mikael noch hinzu, mein Herz schlug höher und ich bekam neue Hoffnung.

Doch sie zerplatzte wieder wie eine Seifenblase, ich seufzte und lies die Schultern hängen. „Du hast die Hoffnung schon aufgegeben. Das sehe ich bei dir sofort", schlussfolgerte er, ich hob den Kopf und traf seinen Blick. „Ehrlich gesagt ja Mikael. Doch ich warte noch immer, obwohl es das nichts mehr bringt. Lucan wird niemals wirklich niemals seine Liebe zu mir gestehen. Wir sollten der Wahrheit ins Auge blicken Mikael. Wirklich jetzt." „Willst du gehen und ihn verlassen?" „Nein ich kann ihn nicht verlassen. Den Liebeskummer und die Trennung würde ich nicht überleben", antwortete ich wahrheitsgemäß, lächelte schwach und seufzte kurz. „Nein Mikael, ich werde ihn niemals verlassen", sagte ich ernst, erhob mich von der Sofalounge und trat in die Küche, um mir einen Schokopudding zu holen. Mikael schwieg, wartete auf mich und als ich wieder bei ihm war, hatte er ein Rotweinglas in der Hand. „Es ist eine schwere Entscheidung für dich und bitte warte noch etwas Rose. Wenigstens solange bis Tatjana weh vom Fenster ist, denn die lebt nicht mehr lange", setzte er das Thema fort, ich lächelte und legte die Beine hoch. „Mikael, ich will Lucan nicht verlassen, denn auch wenn er mich niemals lieben wird, ist mein Sexleben durch ihn perfekt.

Er ist perfekt und ihn lasse ich nicht alleine. Also ist das Thema jetzt abgeschlossen und wir befassen uns mit etwas Anderem." „Natürlich Rose. Wie war denn jetzt die Zeit in Venedig gewesen?" Ich dachte an die wunderbare Zeit im Bett, an den dreifachen Orgasmus und kicherte leise. „Es war einfach nur fantastisch gewesen und wunderschön. Mehr brauche ich doch nicht zu sagen oder? Wir waren auch bei Donovan gewesen und der Typ ist voll cool." „Aha ich kann es mir denken und will jetzt auch nicht weiter nachhaken." Ich grinste, aß meinen Pudding und wir schwiegen beide...

Lucan

Ich hatte Rosalie zurückgelassen, fuhr nun zum Anwesen von Opal und dachte nach. Nein Tatjana würde mir Rosalie niemals nehmen, denn Rosalie war mein gewesen und niemand würde das ändern. Nicht umsonst war ich ein unberechenbarer brutaler und gnadenloser Vampir gewesen, der Alles bekam was er wollte. Ich hielt vor dem Eisentor des Anwesen, lies das Fenster runter und die Kamera fixierte mich ganz genau. Schließlich ging das Eisentor auf, ich schloss das Fenster wieder und fuhr auf das Anwesen zum Haus, wo ich mein Auto neben dem von Corbin parkte. Elegant stieg ich aus, schloss das Auto, schritt zur Tür und diese wurde von Nicholay geöffnet. „Willkommen Lucan, Anführer des Shadow Clans. Opal erwartet dich im Konferenzraum wo Corbin und Alberta schon sitzen. Wir warten nur noch auf Jose, der Vertreter von Tatjana", begrüßte mich der Vampir, ich nickte und schritt einen Gang entlang wo ich kurz darauf in den

Konferenzraum kam. Dort saßen Opal selber, Corbin und Alberta und sie begrüßten mich respektvoll.

Ja ich hatte mir den Respekt ehrlich erarbeitet, ich nickte den anderen Anführern zu und sobald ich saß, erschien Jose. „Es tut mir leid Opal. Ich hatte ein paar kleine Probleme mit Tatjana gehabt, die mich mit Arbeit überhäuft hatte. Sie hat sich jetzt so einen Redroom einrichten lassen um Lucan darin zu verführen und von ihm bestraft wird", entschuldigte er sich, nickte mir ehrfurchtsvoll zu und setzte sich. „Dann können wir ja endlich anfangen und erst einmal freue ich mich, dass ihr erschienen seid. Jose hat das Thema schon angesprochen, denn es geht um Tatjana. Weist du genau was sie vorhat Jose?", fing Opal an, wir sahen alle in die Richtung wo Jose saß und er seufzte kurz. „Nein leider nicht. Sie meinte nur, dass es noch eine Weile dauern wird, aber die Zeit kommt und dann kann sie es tun um Rosalie endgültig wegzuschaffen", antwortete der Vampir, ich verengte die Augen und knurrte bedrohlich. „Also genaueres weist du auch nicht. Das ist nicht gut, denn ich muss Rosalie vor diesem Vampir beschützen", erwiderte ich, die Tür ging auf und Kiran erschien.

„Ich biete dir meinen Schutz mit an Lucan und werde Rosalie mit bewachen", sagte er ernst, Opal erhob sich und schritt auf ihn zu. „Kiran geh bitte und entspanne dich. Der Tod deiner Schwester ist für uns alle ein schwerer Verlust, aber Rachegelüste sind jetzt keine Lösungen", beruhigte er Kiran, der junge Vampir sah mich ernst an und auch ich erhob mich. „Warte Opal! Ich nehme sein Angebot an, denn je mehr Schutz sie hat umso besser", warf ich ein, Kiran atmete erleichtert tief durch und verneigte sich kurz vor mir. „Danke Lucan. Ich muss noch etwas gestehen. Rosalie ist meine Nachfahrin und deswegen will ich sie mit beschützen", gab Kiran zu, wir alle sahen ihn total überrascht an und er nickte noch bestätigend zu seinem Geständnis. „Wie meinst du das?", fragte nun Alberta, setzte sich aufrecht hin und auch ich war neugierig gewesen. „Rosalie ist meine Nichte und Endora war ebenfalls mit ihr verwandt."

„Sie ist mit dir verwandt? Ich nehme dich auf sofern Opal nichts dagegen hat", sagte ich, Opal nickte und war somit einverstanden. Kiran setzte sich mit an den Tisch, war sehr ernst und wollte nichts verpassen"Wir müssen also herausfinden, was Tatjana wirklich vorhat, denn bei uns heißt es: 'Wenn ein Anführer eines Clans einen Spender oder Spenderin besitzt, dann wird dieser Mensch von den anderen Clans beschützt!' Diesen Kodex hat sie anscheinend außer acht gelassen und geht alles ein um Rosalie Peverell zu töten. Doch sie hat offenbar die Rechnung ohne uns gemacht, geht ohne Grund vor und da ist es gut, dass wir sie aufhalten, bevor sie zu großen Schaden anrichtet", fügte Opal noch hinzu, alle Anderen waren einverstanden und ich hatte ebenfalls nichts dagegen gehabt. „Jose du bist doch oft mit Tatjana zusammen oder?", fragte Opal den Vampir, der Angesprochene nickte langsam und atmete tief durch. „Oft Opal? Zur Zeit bin ich nur fürs Bett gut. Mehr nicht. Ich empfinde etwas für sie, aber sie hat nur Augen für Lucan", antwortete er, ich verspürte einen winzigen Stich in der Herzgegend und verdrängte es sofort. Sie war nur für das Bett gut und damit ich mich erlösen konnte.

Dabei liebte sie mich über alles und ich blockte sie ab! Nein! Ich konnte es ein zweites Mal nicht erdulden, dass ihr das gleiche Schicksal wieder fuhr wie damals meiner Geliebten! Schnell schob ich alles in den Hintergrund, konzentrierte mich wieder auf das Hier und Jetzt. „Also ist das abgemacht Jose. Du wirst weiterhin sozusagen mit Tatjana zusammen sein, sie aushorchen und uns die Informationen zuspielen. Doch achte darauf, dass Tatjana keinen Verdacht schöpft, denn sonst wäre alles umsonst gewesen und wir müssten uns etwas Neues einfallen lassen", sagte Opal, Jose nickte ernst und Lilith erschien mit einem Tablett wo gefüllte Weingläser darauf standen. Sie stellte es auf den runden Holztisch ab, verteilte die Weingläser und als ich mein eigenes entgegennahm, nickte ich ihr dankend zu. Dieses Nicken war auch so eine Regel gewesen. Außerhalb der Treffen unterhielten wir uns ganz normal, doch wenn es solche ernsten Zusammentreffen gab, dann durften nur die Anführer miteinander reden und die Mitglieder des Clans mussten schweigen. Sobald Lilith die Gläser verteilt hatte, verneigte sie sich kurz und verließ den Raum. Ich lehnte mich zurück, nippte an meinem Weinglas und meine Gedanken schweiften zu Rosalie.

Wo ich sie wohl antreffen würde und ob sie doch auf mich gewartet hatte? Wahrscheinlich hatte sie ein Buch gelesen, war darüber eingeschlafen und ich würde sie in einem bequemen Sessel finden. Mikael sollte zwar auf sie aufpassen, doch sie anfassen war ihm untersagt und es würde böse für ihn enden. Sobald ich mein Glas geleert hatte stellte ich es auf dem Tisch ab, erhob mich und nickte allen zu, wobei Kiran schnell aufsprang. „Danke, dass du da warst Lucan und viel Glück mit Rosalie, dass ihr nichts passiert", verabschiedete sich Opal von mir, wir klatschten uns ab und ich verließ mit Kiran den Raum.

Der noch junge Vampir hielt mit mir Schritt, war sehr ernst und ich wusste, dass er das Aufpassen auf Rosalie sehr ernst nehmen würde. Draußen beim Auto sah ich mich noch einmal um, sperrte es dann per Knopfdruck auf und nickte Kiran zu, damit er einsteigen konnte. Ich folgte ihm, startete den Motor, fuhr vom Anwesen und nahm die Richtung zum Penthouse.

Kapitel 29

Rosalie
Ich hatte ein Buch gelesen, war jedoch darüber eingeschlafen und wachte auf als mich jemand auf die Arme hob. Lucan. Er trug mich aus dem Zimmer, ging durch das Wohnzimmer und weiter ins Schlafzimmer. „Wie war das Treffen?", fragte ich ihn, gähnte herzhaft und er legte mich ins Bett, wo er mir die Sachen auszog. „Ganz gut. Kiran der Bruder von Endora ist mit hier, schläft in einem der Zimmer die Treppe runter und wird dich mit bewachen. Jetzt solltest du schlafen, damit du Morgen voller Elan den Tag beginnen kannst. Ich werde später dir Gesellschaft leisten", antwortete er, deckte mich zu und verließ das Zimmer. Ich drehte mich auf die Seite, der Wecker zeigte um eins früh am Morgen und ich schlief ein. Zwischenzeitlich wurde ich wach, der Wecker zeigte um drei und als ich auf die andere Seite sah, war diese noch leer. Also stand ich auf, zog den Morgenmantel über und machte mich auf die Suche nach Lucan. Lange brauchte ich ihn nicht zu suchen, denn er saß in seinem Arbeitszimmer und war in Gedanken versunken.

Er trug nur seine Jeans, sein Oberkörper war frei und auf dem Tisch stand ein Glas Rotwein. „Willst du denn nicht schlafen?", fragte ich ihn, er löste den Blick von der Wand und wandte sich mir zu. „Doch gleich. Kannst du nicht mehr schlafen?" „Ich kann schon schlafen, aber die andere Seite wo du immer liegst ist noch leer gewesen und da musste ich nach dir schauen." Lucan erhob sich, trat auf mich zu und küsste mich begierig. „Ich hätte jetzt Lust mit dir für den Rest der Nacht ins Spielzimmer zu gehen. Der Red Room. Passt doch irgendwie besser der Name oder?", grinste er, mein Herz schlug schneller und meine gesamte Haut prickelte voller Freude. „Heute Nacht jedoch nicht mehr Rose, denn selbst ich bin müde und jetzt sollten wir ins Bett gehen", fügte er noch hinzu, nahm meine Hand undzog mich zurück ins Schlafzimmer. Dort zog er seine Jeans aus, die Boxershorts ebenfalls und ich legte den Morgenmantel zur Seite. Sobald ich im Bett lag zog er mich an sich, umschlang mich und war schon sehr bald eingeschlafen. Ich lächelte darüber, schloss die Augen und folgte ihm ins Land der Träume.

Die restlichen Tage der Woche vergingen, Lucan war nur selten anwesend und die meiste Zeit saß er in seinem Büro fest. Dort ging es drunter und drüber, der Wirtschaftsmarkt war eingestürzt und Lucan versuchte alles zu retten. Ich hatte Gesellschaft von Kiran und Mikael, Teddy ebenfalls und konnte die Zeit ohne Lucan gut überbrücken. Am Freitag kam Lucan spät Abends aus dem Büro, löste die Krawatte von seinem Hals und warf diese achtlos zu Boden. „Pack einen kleinen Koffer Rosalie, denn wir werden ein Wochenende auf der Jacht verbringen. Ich brauche eine Pause und muss mich erholen. Es war ziemlich stressig gewesen. Wenn du damit fertig bist gehst du ins Spielzimmer und zwar nur in deinem Slip. Ich werde erst einmal ein Bad nehmen und keine Widerrede", befahl er mit seiner dunklen Stimme, ich schwieg und ging einen Koffer für uns beide packen. Als ich damit fertig war zog ich mich bis zum Slip aus, niemand war da bis auf Lucan und ich ging zum Spielzimmer.

Dort nahm ich meinen Platz ein, spreizte weit meine Beine so wie es von mir verlangt wurde und senkte den Kopf. In dieser Stellung verharrte ich aus, hatte die Hände auf meine Oberschenkel gelegt und wartete auf Lucan. Es dauerte seine Zeit bis ich irgendwann die Schritte von ihm vernahm und kurz darauf die Tür aufging. Dann stand Lucan vor mir, hatte seine Cowboyjeans wieder an und ich spürte seine Blicke auf mir. „Steh auf und zieh deinen Slip aus", befahl er, ich erhob mich und schlüpfte aus dem Slip ohne den Vampir anzusehen. Sobald ich das getan hatte, packte er mein Handgelenk und zog mich zum Andreaskreuz. Davor blieben wir stehen, er verband mir die Augen straff und nach nur wenigen Handgriffen war ich am Andreaskreuz befestigt. Meine Arme hingen von meinem Körper weg, meine Beine waren leicht gespreizt und mein Herz schlug vor Aufregung höher. Lucan entfernte sich von mir, ich hörte seine klassische Musik erklingen und lauschte angestrengt. Ohne jegliche Vorwarnung trafen mich die weichen Riemen von einem seiner Flogger, meine Haut kribbelte an dieser besagten Stelle und der nächste sanfte leicht schmerzhafte Schlag erfolgte sofort.

Lucan traf jede Stelle meines Körpers, mal war es ein sanfter Schlag, dann ein kräftigerer und alles lief im Rhythmus der Musik ab. Irgendwann widmete er sich dem unteren Teil zu, schlug dort ebenfalls mit dem Flogger zu und traf mich solange zwischen den Beinen bis ich einen Orgasmus hatte. Lucan legte den Flogger beiseite, band mich los und führte mich weiter in den Raum zur Mitte wo er mich mit dem Rücken zu sich dort festband, wo ich schon einmal war. Wieder entfernte er sich von mir, ich lauschte der Musik und wartete voller Spannung auf das

Nächste. Plötzlich traf mich etwas auf die linke Pobacke, es war ein erregender zarter Schmerz, Lucan strich über die betroffene Stelle und schlug wieder darauf. Diese Prozedur wiederholte er fast eine ganze Stunde lang, der Paddel verschwand und Lucan küsste die Stelle sanft ab. Seine Lippen bahnten sich einen Weg nach oben zu meinen Hüften, weiter über meinen Rücken und zu meinen Schultern. Seine Hände umfassten meine Brüste, er knetete sie grob und meine Brustwarzen stellten sich sofort auf. Seine Lippen strichen an meinen Wangen entlang zu meinem Ohrläppchen und an meinem Hals entlang. Seine Hände glitten über meine Haut an meinem Körper entlang, kamen zwischen meine Schenkel und streichelten mich dort. Ich war so erregt gewesen, dass ich erzitterte, meine Atmung ging stoßweise und ich wollte ihn endlich in mir spüren. Lucan band mich los, fesselte jedoch meine Hände und stellte etwas neben mich. „Lege deine Arme um meinen Hals und stelle dein rechtes Bein auf den Stuhl", befahl der Vampir, ich stellte das Bein auf den Stuhl und legte die Arme um seinen Hals.

   Jetzt war ich eng an ihm gepresst, er hielt mich fest und stieß zu, wobei er komplett in mich eindrang. Lucan hielt kurz inne, genoss diese Position und begann sich dann zu bewegen. Immer wieder stieß er kräftig zu, seine Hände strichen abermals über meinen Körper und er begann meinen Kitzler zu streicheln. Er zog leicht daran, drückte ihn und seine Finger fuhren darüber. Ein erneuter Orgasmus rollte an, ich stöhnte nun und hatte mich nicht mehr unter Kontrolle. Lucan bemerkte die Veränderungen, hielt mich gut fest und wir kamen beide gleichzeitig, wobei meine Beine nachgaben und er mich stützte. Mein Herz normalisierte sich wieder, meine Atmung ging in die

Normalität über und als ich wieder alleine stehen konnte, zog Lucan sich zurück.

Er entfernte die Fesseln von meinen Handgelenken, nahm die Augenbinde ab und schlüpfte dann in seine Hosen. Ich zog den Slip wieder an, warf den Morgenmantel über und Lucan machte die Musik aus. „Ich werde dir etwas zu essen kochen, dann kannst du etwas essen, ein Bad nehmen und sobald du fertig bist, werden wir schlafen gehen", erklärte er mir, ich lächelte und wir verließen das Spielzimmer. Während Lucan in die Küche ging, zog ich mir ein Top über, folgte ihm und setzte mich dann an die Frühstückstheke. „Du musst dir keine Gedanken machen, denn nur ich sehe dich jetzt so und niemand Anderes. Mikael und Kiran sind auf dem Anwesen bei den Anderen. Wir sind also alleine", erklärte er mir, ich nickte und fühlte mich nach unserem Sex einfach nur wunderbar. „Wie schaffst du es nur mich immer in solche Ekstasen zu bringen? Es ist jedes Mal so ein tolles unbeschreibliches Gefühl und danach bin ich immer so ausgeglichen", fing ich an, Lucan sah vom Fleisch auf und grinste breit.

„Das ist einfach zu beantworten, denn ich weiss wo die erogenen Zonen der Frau sind und wo ich sie treffen muss, damit sie vor Verzückung leise aufschreit. Ich liebe es Macht zu haben, der Dom zu sein und mit der Sub alles zu machen was ich will. Das ist mein liebstes Hobby", antwortete er, schnitt das Fleisch weiter und mein Herz schlug höher was er sichtlich hören konnte. „Ich war schon als Mensch ein machthabender junger Mann, ich befahl gerne und nahm gerne die Führung. Als ich ein Vampir wurde nahm dieses Gefühl mehr zu und ich nutzte meine Macht immer wieder aus, bis ich irgendwann auf BDSM kam. Ich begann es zu lernen, probierte es aus und es gab mir ein neues Machtgefühl. Seitdem mache ich das und mir gibt es

Zufriedenheit", fügte er noch hinzu, begann das Fleisch anzubraten und ich sah ihm dabei zu. Nach einer Dreiviertelstunde war mein Essen fertig, Nudeln mit Gulasch, ich begann zu essen und Lucan räumte auf. Es war still im Penthouse, Lucan ging mir ein Bad einlassen und als ich fertig war, verschwand ich im Badezimmer. Dort zog ich mich aus, stieg in das warme Wasser und lehnte mich zurück.

Stille umgab mich, selbst Lucan hörte ich nicht und ich konnte in aller Ruhe meine Gedanken schweifen lassen. Diese endeten bei Jane und Dallas, ich fragte mich was sie wohl gerade taten und ich bekam Heimweh. Ich vermisste sie sehr, würde gerne wieder etwas mit ihnen unternehmen und Spaß haben. Doch mir kamen Selbstzweifel, ich wollte Lucan nicht verlassen und fasste einen Entschluss. Ich blieb bei ihm, egal ob er mich liebte oder nicht. Nach zwei Stunden stieg ich aus dem Wasser, wickelte mich in ein großes flauschiges Handtuch und öffnete den Abfluss. Dann trat ich ins Schlafzimmer, das Bett war fertig und Lucan war schon unter der Decke. Er hatte ein Buch in den Händen, lies es sinken als ich ihm Gesellschaft leistete und ich setzte mich auf die Bettkante.

„Ich habe mir überlegt für immer bei dir zu bleiben. Auch wenn du mich niemals lieben wirst, kann ich ohne dich nicht mehr leben. Seitdem ich dich kenne ist mein Leben viel besser und der Sex einfach nur der Wahnsinn, da du dir immer wieder etwas Neues einfallen lässt", gestand ich, Lucan legte das Buch weg, zog mich weiter auf das Bett und ich lag unter ihm in den Kissen. „Bist du dir auch ganz sicher?", fragte er mich, nahm eine Haarsträhne von mir zwischen Zeigefinger und Daumen und lies sie hindurch gleiten. „Ja zu 100% sicher mein Vampir. Ohne dich kann ich es mir nicht mehr vorstellen." Lucan lächelte, strich über meine Wange und küsste sanft meine Lippen. Als ob er mich doch liebte und für einen Moment flammte diese Hoffnung wieder auf. Doch Lucan hörte abrupt auf, setzte sich auf und nahm sein Buch wieder in die Hände.

„Es freut mich, dass du bei mir bleibst und nie wieder gehen wirst", meinte er, las weiter und ich setzte mich auf. Da war dieser eine Moment gewesen, den ich herbeigesehnt hatte und er auch da war. Der Funke Liebe in den Augen von Lucan. Also doch, ich freute mich innerlich und begann mich abzutrocknen. Dann kroch ich unter die Bettdecke, stützte den Kopf auf der Hand ab und sah zum Vampir hinüber. „Was passiert eigentlich mit euch Vampire, wenn ihr in meine Welt gelangt?", fragte ich ihn, Lucan hob den Blick und wandte sich mir zu. „Das weiss niemand von uns, denn bisher hat es noch keiner ausprobiert oder getestet. Ich vermute mal wir bleiben Vampire aber wir müssten uns dort verstecken und unauffällig jagen, damit es keinem auffällt. Also die Tiere jagen und nicht die Menschen. Obwohl wir die Blutbank stürmen müssten nur um Menschenblut zu bekommen", antwortete er, ich dachte kurz nach und nickte langsam.

„Das klingt durchaus logisch und kann ich mir gut vorstellen. Doch testen wir es lieber nicht aus, denn ich will nicht mehr zurück und alleine als erfolgreiche Bestsellerautorin leben. Nein ich bleibe hier bei dir und genieße bei dir mein Leben", erwiderte ich, Lucan schmunzelte darüber und widmete sich seinem Buch zu. Ich legte mich auf den Rücken, sah zur Decke und lächelte leicht. „Nein nie wieder in meine Welt, denn hier fühle ich mich viel besser", fügte ich noch hinzu, gähnte herzhaft und rollte mich ein. „Es ist mir eine Freude, dich bei mir zu haben", hörte ich Lucan, lächelte darüber und schlief ein, wobei das Glück mir schon bald einen gewaltigen Strich durch die Rechnung machte.

Kapitel 30

Am nächsten Tag fuhren Lucan und ich wieder nach Atlantic City um dort zwei Tage auf seiner Jacht zu verbringen. Unterwegs war der Himmel bewölkt, es sah nach Regen aus und schon begann es zu tröpfeln, als wir fast am Ziel waren. Seit fast vier Monaten war ich schon bei Lucan, es war mittlerweile Herbst und es wurde deutlich kühler. Doch das störte mich überhaupt nicht, ich war überglücklich und lebte nun bei Lucan. Der Vampir parkte das Auto auf einem Parkplatz, wir stiegen gleichzeitig aus und als er den Koffer hatte, ging er voran zu einer riesigen Jacht. Ich blieb davor stehen, ein junger kräftiger Mann kam aus dem Deck und schüttelte Lucan die Hand. „Guten Morgen Mr Flynn! Ihre Jacht ist fertig zur Abfahrt", sagte er, Lucan nickte und ich kam auf die Jacht, während Lucan die Koffer unter Deck brachte. Dann ging er zum Steuerrad, der junge Mann machte die Leinen los und ich hörte den Motor, wo wir kurz darauf hinaus auf das Meer fuhren.

Ich setzte mich, lies die kühle Luft durch mein Haar wehen und lächelte. Es war einfach nur herrlich gewesen, ich freute mich und mit Lucan alleine zu sein, war ein schöner Gedanke gewesen. Der Vampir fuhr uns sehr weit auf den atlantischen Ozean, bald schonkonnte ich den Steg nicht mehr sehen und irgendwann hielten wir an. Lucan hatte den Motor abgestellt, kam zu mir und hob eine Augenbraue. „Du solltest dir eine Jacke anziehen, damit du nicht frierst und am Ende krank wirst", meinte er, verschwand kurz unter Deck und kam dann mit einer Jacke wieder. Er half mir in die Ärmel zu schlüpfen, machte den Reißverschluss zu und war sehr zufrieden. „Du brauchst ja keine Jacke, denn Vampire frieren nicht", bedankte ich mich, Lucan lies sich neben mir nieder und sah auf das Meer hinaus. „Stimmt. Uns macht die Kälte nichts aus, denn selbst bei unter -50°C können wir komplett nackt durch den Schnee laufen", erwiderte er, ich schmunzelte bei der Vorstellung und Lucan grinste. „Leider kannst du es niemals sehen, denn ich würde niemals zulassen, dass du in so eine Kälte kommst.

Du würdest erfrieren", fügte er noch hinzu, ich sah ihn an und nickte verstehend. „Ich fange sowieso schnell an zu frieren und könnte so eine Kälte nicht ertragen. Ich würde erfrieren", gab ich zu, Lucan zog mich augenblicklich in seine Arme und begann mich zu wärmen. Ich lehnte an seinem Oberkörper, seine Hände ruhten auf auf meinem Bauch und komischerweise blieben sie dort auch liegen. „Mache dir keine Hoffnungen, denn ich werde mit dir hier keinen Sex haben. Du wirst bis morgen Abend warten, bis wir nach Hause zurückkehren und morgen wirst du noch etwas für mich tragen. Doch das erfährst du später", sagte er, ich wurde rot und er schmunzelte dabei. „Okay und hoffentlich falle ich nicht über dich her, während der Zeit auf der Jacht." Lucan lachte über diese Aussage, plötzlich wirbelte ich herum und saß breitbeinig auf seinem Schoß. „Das wäre mal etwas Neues, wenn du die Zügel in den Händen hättest und ich bin neugierig, wie es sich anfühlt, wenn ich gefesselt im Bett liege", flüsterte er, seine Hand lag in meinem Nacken und er küsste mich besitzergreifend.

„So etwas kann ich nicht, denn so etwas habe ich noch nie gemacht. Ich habe keine Ahnung", brachte ich hervor, unsere Blicke trafen sich und er lächelte. „Dann werden wir jetzt damit anfangen und du darfst machen was du willst. Egal was." Abrupt stand er auf, hielt mich fest und brachte mich unter Deck der riesigen Jacht. Ich hatte die Zügel in der Hand und durfte alles mit ihm tun was ich wollte? Der Gedanke gefiel mir sehr, mein Herz schlug vor Aufregung schneller und ich dachte fieberhaft nach, was ich machen wollte. In einem Schlafzimmer was schon recht groß war, setzte er mich ab, zog sich bis zu den Boxershorts aus und nahm die Haltung ein, die ich in seinem Spielzimmer hatte. Sein Kopf war gesenkt, ich war im ersten Moment überrascht und blieb reglos auf dem Bett sitzen. Dann hatte ich mich gefasst, stand auf und zog die Jacke aus. Diese legte ich zur Seite, mein Herz hämmerte mir in der Brust und ich war total nervös gewesen. In der Kommode fand ich die Augenbinden, Handschellen und Flogger, legte alles zur Seite und trat dann auf Lucan zu. Bevor ich ihm etwas befehlen konnte musste ich mich zuerst räuspern und fasste meinen gesamten Mut zusammen. „Zieh dich komplett aus und dann nimm deine Stellung wieder ein", befahl ich mit leicht zittriger Stimme, der Vampir tat es ohne zu zögern und war danach wieder in derselben Position. Ich trat hinter ihn, verband ihm die Augen und stand dann wieder vor ihm.

„Steh auf!" Lucan erhob sich, ich packte sein Handgelenk und half ihm sich hinzulegen. Meine Hände waren nicht mehr so zittrig, ich nahm die Handschellen und kettete den Vampir ans Bett. Nun lag er hilflos auf dem Bett, ein Lächeln umspielte meine Lippen und ich wurde mutiger. Den Flogger brauchte ich nun doch nicht mehr, ich zog mich bis zur Unterwäsche aus und setzte mich breitbeinig auf Lucan. Dann bewegte ich mich zu ihm vor, streifte seine Lippen mit die Meinen und lächelte leicht. Mit meinen Fingern fuhr ich über seine Wangen die ganz glatt waren, küsste ihn begierig und er erwiderte diesen Kuss mit voller Hingabe. Sanft küsste ich mich zu seinem Oberkörper vor, fuhr mit der Zunge über seine Brustwarzen und über diese vielen Muskeln. Still lag Lucan da, versuchte sich nicht zu bewegen und ich setzte mich diesmal anders herum auf ihn drauf. Sanft umfasste ich seinen Penis, fuhr mit der Hand den Schaft hinauf und wieder hinunter und machte auch mehr Druck. Lucan verbiss sich krampfhaft ein Aufstöhnen, ich leckte mit der Zunge seinen Penis entlang und nahm diesen schließlich in den Mund.

Zaghaft saugte ich daran, biss sanft hinein und umkreiste mit der Zunge die Penisspitze. Mit den Fingern knetete ich seine Hoden, Lucan erzitterte und konnte nicht mehr an sich halten. „Oh Gott Rosalie! Erlöse mich", brachte er raus, ich hielt inne und gluckste. Langsam zog ich mich aus, küsste ihn auf den Mund und machte bei seinem Penis weiter bis er laut stöhnend zum Orgasmus kam. Eilig zog ich mich wieder an, band ihn los und machte die Augenbinde von ihm ab. „Du bist der Wahnsinn Rose! Sehr gut gemacht. Ich habe nur gefühlt aber sehen konnte ich absolut nichts. Alle Nerven waren angespannt gewesen", bemerkte er, hatte sich aufgesetzt und begann sich anzuziehen. „Dann werde ich wohl des Öfteren die Domina sein", witzelte ich, Lucan zog die Hose an und hatte eine Augenbraue hochgezogen.

„Das wird wahrscheinlich nie wieder passieren, aber warten wir es doch einfach mal ab", erwiderte er, ich schlüpfte in die Jacke und verschwand nach draußen. Nach ein paar Minuten erschien Lucan ebenfalls, ging nach vorne und genoss die Aussicht auf das Meer. Ich stand an der

Reling, es fing langsam an zu regnen und ich zog die Jacke enger um meinen Körper. Nach nur wenigen Minuten wollte ich wieder rein, rutschte jedoch auf dem nassen Deck aus, fiel über die Reling und landete mit einem lauten Platscher ins Wasser. Sofort sog sich meine Kleidung mit Wasser voll, zog mich weiter runter und ich drohte in dem Moment zu ertrinken. Etwas Dunkles schwamm auf mich zu, ich wurde an den Sachen gepackt und durchbrach die Wasseroberfläche wo ich nach Atem rang. Lucan schwamm zur Jacht zurück, stieg aus dem Wasser und zog mich rauf. Ich war bis auf die Haut total durchnässt, zitterte vor Kälte am ganzen Körper und fror wie verrückt. Lucan hob mich hoch, trug mich unter Deck und war dann im Badezimmer. Dort lies er heißes Wasser in die Badewanne, zog mich aus und sobald genug drinnen war, lies er mich ins Wasser. Die Wärme kroch von den Zehenspitzen angefangen hoch über meinen Körper bis in die Haarspitzen und ich fror nicht mehr. Während ich noch in der Badewanne saß holte Lucan neue warme Sachen, legte sie bereit, nahm einen weichen Schwamm und begann mich einzuseifen.

Dann wandte er sich meinen Haaren zu, shamponierte sie gut ein und spülte sie aus. „Wie geht es dir?", fragte er mich, klang besorgt und hob mich aus dem Wasser. „Zumindest bin ich wieder aufgewärmt", antwortete ich, Lucan wickelte mich in ein flauschiges

Handtuch und begann mich abzutrocknen. „Ich koche dir gleich einen heißen Tee und das Essen dazu. Du kannst dich auf das Sofa setzen und ich decke dich zu. Schließlich sollst du nicht krank werden", fügte er noch hinzu, half mir in die warmen Sachen und sobald er das Wasser in der Badewanne abgelassen hatte, nahm er mich abermals hoch. Er trug mich zu einem Wohnzimmer, setzte mich auf dem Sofa ab und holte eine dicke Wolldecke in die er mich sofort wickelte. Ich fühlte mich wie eine Frühlingsrolle, Lucan wandte sich von mir ab und verschwand in einer eingerichteten Küche. Nach nur wenigen Minuten war er wieder bei mir, stellte mir eine Tasse dampfenden Tee hin und verschwand abermals um das Essen zu kochen. Ich pustete kurz, trank dann einen Schluck und die heiße Flüssigkeit bahnte sich einen Weg in meinen Magen.

Es tat mir wirklich gut, der Duft von einer Reispfanne wehte mir um die Nase und mir lief augenblicklich das Wasser im Mund zusammen. Lucan kam eine halbe Stunde später zu mir, hatte einen Teller und eine Gabel dabei und reichte diese Sachen am mich weiter. Ich bedankte mich, begann zu essen und Lucan schenkte sich ein Glas Rotwein ein. Dann sank er in den weißen Ledersessel, lehnte sich zurück, schlug die Beine übereinander und nippte an seinem Wein. „Wirst du schnell krank?", fragte er mich nach einer Weile, ich sah von meinem Essen auf und wandte mich ihm zu. „Eigentlich nicht, denn ich habe ein starkes Immunsystem und werde selten krank", antwortete ich, beendete das Essen und trank dann meinen Tee. „Gut denn ich kenne mich damit nicht aus und müsste meine Mutter anrufen", erwiderte er und ich musste grinsen. „Wadenwickel, gut zudecken, Wärmflaschen, fiebersenkende Mittel wie Medikamente zum Beispiel und Fiebertee."

Lucan erhob sich, holte Block und einen Stift und schrieb alles auf, damit er es nicht vergaß. Ich trank den letzten Rest meines Tees aus, stellte die Tasse auf den kleinen Couchtisch und kuschelte mich in die Decke hinein. „Wenn du etwas schlafen willst, dann tue es ruhig und ich lese derweil ein Buch", schlug der Vampir vor, ich schüttelte mit dem Kopf und lächelte ihn an. „Nein jetzt möchte ich nicht schlafen aber später sicherlich. Jetzt würde ich gerne auch ein Buch lesen und mich dabei entspannen", erwiderte ich, Lucan erhob sich und trat an das Bücherregal. Schon nach wenigen Minuten hatte er ein interessantes Buch gefunden, wandte sich zu mir um und reichte es mir. Ich nahm es dankend an, schlug die erste Seite auf und begann sofort zu lesen. Lucan hatte ebenfalls etwas, sank in den Sessel zurück und tat es mir gleich. Die Stille umgab uns durchbrochen vom gelegentlichen Seiten umblättern, ich war total vertieft und hatte auch endlich meine normale Körpertemperatur gehabt. Die Zeit verging wie im Flug, irgendwann legte ich das Buch weg und Lucan tat es mir gleich. Draußen war es mittlerweile dunkel, Lucan sah kurz auf die Uhr und erhob sich aus dem Sessel. „Was möchtest du essen Rose?", fragte er mich, ich dachte kurz nach und nickte schließlich.

„Ja einen einfachen Obstsalat bitte. Auf etwas Warmes habe ich gerade keine Lust", antwortete ich, Lucan dachte ebenfalls kurz nach und verschwand dann in der Küche. Ich lächelte, setzte mich bequemer hin und wartete auf den Obstsalat. Lucan war wirklich schnell gewesen, brachte nach nur 10 Minuten den Obstsalat und eine neue Tasse Tee, die er auf den Tisch abstellte. „Hoffentlich wirst du nicht doch noch krank, denn das ist überhaupt nicht schön und wirft alles durcheinander", fing Lucan an, ich aß stillschweigend und lächelte dabei. „Doch denn um Mitternacht wollte ich dir etwas zeigen, sofern du aufgewärmt bist und es auch schaffst. Ich werde dich auf jeden Fall stützen", fügte er noch hinzu, ich freute mich auf das was er mir zeigen wollte und beendete das Essen. Dann trank ich den Tee, wurde von Innen heraus aufgewärmt und war auch sehr entspannt. Lucan brachte das Geschirr weg, stellte es in den Geschirrspüler und gesellte sich dann wieder zu mir, wobei er immer wieder auf die Uhr schaute.

Kapitel 31

Fünf Minuten vor um Mitternacht half Lucan mir in die Schuhe, zog mir eine warme Jacke über und sobald der Reißverschluss zu war, führte er mich ans Deck der Jacht zur Reling. Wir standen Richtung Strand, Lucan sah abermals auf die Uhr und lächelte schließlich. Ein entferntes Knallen drang an meine Ohren, ich schaute in die entsprechende Richtung und sah ein Feuerwerk am Strand. Der Himmel war erfüllt von bunten Lichtern, meine Augen leuchteten und ich war fasziniert gewesen. Lucan hatte einen Arm um mich gelegt, war ebenfalls davon fasziniert und schwieg. Plötzlich ging alles sehr schnell, Lucan kippte einfach um und bevor ich die Gefahr realisierte, legte sich ein Tuch auf meinen Mund und Nase. Ich atmete tief ein, die Welt verschwamm vor meinen Augen und ich sank bewusstlos zu Boden...

Es dauerte eine ganze Weile bis ich wieder zu mir kam, ich wollte die Augen öffnen aber irgendjemand hatte diese mir mit einem Tuch verbunden. Ich bewegte mich, hielt inne und mein Herz schlug vor Angst schneller.

Jemand hatte mich gefesselt aber ziemlich unbeweglich und ich schluckte. Meine Handgelenke waren auf meinem Rücken gefesselt, ich kniete mit Oberkörper nach vorne auf einer gummiartigen Fläche gestützt und etwas war in meinem Mund, damit ich nicht schreien konnte. Mein Gehör war verfeinert, ich hörte eine Tür und kurz darauf stand jemand neben mir. „Schön, dass du mich beehrst Rosalie. Ich weiss wie du so etwas liebst und ich kann es genießen. Es gibt mir den nötigen Kick, aber keine Angst, denn ich will nicht mit dir vögeln. Das nicht meine Schöne", flüsterte diese männliche Stimme in mein Ohr, ich erschauderte vor Angst und zitterte. Seine Hand strich über meinen Rücken, kam zu meinem Po und dort blieb sie lieben. Ohne jegliche Vorwarnung schlug er zu, der Schmerz war heftig und ich schrie auf, wobei mein Schrei gedämpft wurde.

Doch bevor sich meine Haut erholen konnte, erfolgte der nächste kraftvolle Schlag und schon liefen die Tränen los. Immer und immer wieder schlug er mich, ich schrie und flehte Lucan in Gedanken herbei. Als ich dachte, dass es nicht mehr schlimmer kommen würde, traf mich plötzlich die Wucht einer Peitsche und ich schrie auf. Der fremde Mann tobte sich an mir aus, irgendwann wollte ich den Schmerz nicht mehr spüren und wurde bewusstlos...

Als ich abermals wieder zu mir kam lag in einem Bett auf dem Bauch und war überall verbunden. Jemand berührte meinen Po, ich zuckte zusammen und stöhnte leise auf. „Shht alles wird wieder gut Rose." Lucans Stimme drang an meine Ohren, ich öffnete die Augen und konnte den Vampir sehen, der Etwas auf meinen schmerzenden Po rieb. „Es war schrecklich gewesen und ich dachte, ich müsste sterben", erwiderte ich, Lucan deckte mich zu und strich mir über die Wange. „Als ich wieder zu mir kam warst du nicht mehr da gewesen und ich habe die Anderen sofort angerufen. Da der Geruch des fremden Vampirs noch da war, fuhr ich die Jacht zurück und raste los, um die Anderen zu holen. Gemeinsam suchten wir dich, ich spürte deine Schmerzen und dein Leiden was mich richtig wütend machte. Dieser Typ war von Tatjana geschickt wurden, ist jetzt tot und kann dir nicht mehr schaden. Als wir dich fanden warst du am gesamten Körper blutüberströmt und deine Haut hing in Fetzen runter. Besonders an deinem Po.

Mikael hat dich unter meiner Aufsicht behandelt, verbunden und gab mir die Salbe um deinen Po damit einzureiben. Er versicherte mir, dass durch die Salbe keine Narben auf deinem Körper zurückbleiben. Spätestens in einer Woche ist deine Haut wieder komplett hergestellt", erklärte er mir, saß noch immer und lächelte mich leicht an. „Und das Sitzen?" „Solange du so liegen bleibst und eine weiche Sitzoberfläche hast, geht das ohne Schmerzen. Die Salbe heilt und kühlt zugleich, wobei sie auch betäubt", antwortete er, ich drehte mich vorsichtig um und saß dann angelehnt an die drei Kissen. Von meinem Po spürte ich rein gar nichts, Mia erschien mit einem Tablett und lächelte mich an, als sie mich sah. „Wie geht es dir Rose? Du sahst mehr tot als lebendig aus, als wir dich gefunden hatten", fing sie an, stellte das Tablett ab und lies sich auf der Bettkante nieder. „Es geht schon Mia. Ich bin nur noch sehr geschwächt und will dann auch schlafen", antwortete ich, Mia nickte verstehend und Lucan sah sie eindringlich an.

„Gut dann iss jetzt etwas und dann kannst du schlafen, denn schließlich ist es schon halb vier Uhr am Morgen", fügte sie noch hinzu, erhob sich und lies mich mit Lucan alleine. Der Vampir reichte mir den Teller mit dem Sandwich, ich aß es stillschweigend und er wartete bis ich fertig war. Danach trank ich den O-Saft, stellte das Glas weg und Lucan erhob sich, um alles wegzubringen. Ich legte mich in der kurzen Zeit wieder hin, zog die Decke hoch und Lucan kam wieder. Er machte das Licht aus, entkleidete sich und legte sich komplett nackt ins Bett. Sobald er sich ebenfalls zugedeckt hatte, schloss er die Augen und schlief sogleich ein. Ich drehte mich zu ihm um, lächelte, schloss die Augen und schlief ebenfalls ein. Am nächsten Tag wachte ich erste gegen Nachmittag auf, die Herbstsonne schien durch die Fenster und direkt in mein Gesicht, wo ich sogleich niesen musste. „Gesundheit", ertönte die dunkle sonore Stimme von Lucan, ich lächelte und öffnete die Augen um ihn anzusehen. „Danke", bedankte ich mich, gähnte herzhaft und setzte mich im Bett auf. „Wie fühlst du dich?" „Schon besser. Darf ich das Bett verlassen?" „Sofern du dich kräftig genug fühlst, denn Mia hat dir etwas zu essen gemacht und Kiran muss dir noch etwas sagen."

„Und was muss er mir sagen?" „Alles zu seiner Zeit Rose." Ich nickte langsam, verließ das Bett und zog mir Sachen an, die nicht auf der geschundenen Haut rieben. Lucan rieb mir die Salbe auf meinen Po, ich war dann komplett angezogen und wir gingen zur Küche wo Mia gerade für mich anrichtete und Kiran an der Frühstückstheke saß. Lucan legte ein weiches Kissen auf den Hocker und ich lies mich darauf nieder. „Wie geht es dir Rose?", fragte mich Mia, ich trank einen Schluck vom Eistee und lächelte meine Freundin an. „Schon besser. Es wird wieder", antwortete ich und begann zu essen. „Ich werde dich ebenfalls mit beschützen und dir wird so etwas nie wieder passieren", fing Kiran an, Lucan räusperte sich und sah Kiran eindringlich an. Als ob er eifersüchtig wäre, doch er liebte mich nicht und würde es auch nie tun. „Danke Kiran", bedankte ich mich, aß zu Ende und Mia räumte sofort alles weg. „Also Kiran, Lucan hat gemeint du müsstest mir dringend etwas beichten", meinte ich, Kiran druckste etwas herum und ich bekam sofort ein komisches Gefühl in der Magengegend.

„Naja...ich...ähm bin mit dir verwandt Rose. Du bist meine Nichte sozusagen", gestand er, mir klappte der Mund auf und meine Augen waren größer geworden. „Das soll wohl ein Scherz sein oder? Du verarschst mich hier gerade gewaltig", brachte ich raus, war noch immer wie gelähmt und starrte ihn an. „Nein ich sage die Wahrheit Rosalie. Wir sind miteinander verwandet", beharrte er, ich warf einen Blick zu Lucan und er nickte langsam zur Bestätigung. „Das ist echt nicht mehr normal und das glaube ich jetzt nicht! Wie soll das gehen?" „Ich hatte nicht nur Endora als Schwester sondern noch einen Bruder der damals in deine Welt gegangen ist. Dort hatte er sich eine Frau gesucht, sie geheiratet und ein Kind mit ihr bekommen. Du bist das Kind von ihm." „Scheiße! Ich hoffe es kommt nicht noch mehr, denn meine Eltern sind vor fünf Jahren ums Leben gekommen", seufzte ich, Teddy kam in die Küche und begann zu fressen. „Oh das tut mir leid Rosalie.

Ich habe es nicht gewusste." „Moment! Er kam in meine Welt und hat ein Kind gezeugt?", fragte ich und sah Kiran neugierig an. „Das darfst du mich nicht fragen, denn ich weiss es nicht. Mein Bruder hat es mir nie gesagt und auch in den Jahren danach, hatte er mir gegenüber nie etwas erwähnt", antwortete er, lächelte mich entschuldigend an und ich seufzte kurz. „Okay schon gut. Es wäre interessant zu erfahren, wie so etwas möglich ist. Außerdem ist das egal." „Genau es ist egal." Ich trank meinen Eistee aus, erhob mich und zuckte kurz zusammen. „Hast du Schmerzen?", fragte mich Lucan sofort, war ernst dabei und ich nickte langsam. „Komm dann werde ich dich eincremen und neu verbinden", fügte Lucan noch hinzu, nahm meine Hand und zog mich ins Schlafzimmer zurück. Dort entkleidete ich mich komplett, Lucan wickelte den Verband ab und rieb die Salbe auf meinen kompletten Körper. Dabei ging er sehr behutsam vor, lies sich viel Zeit und wickelte danach einen neuen Verband drum. Sobald ich wieder angezogen war, lächelte der Vampir zufrieden und führte mich ins Wohnzimmer. Dort liesen wir uns auf der Sofalounge nieder, Lucan drückte einen Knopf auf der Fernbedienung und wir konnten einen Film anschauen. Mia stand total auf Liebesfilme, kuschelte sich bei Stan in die Arme und war begeistert von diesem Film.

Ich teilte ihr Begeisterung leider nicht, denn der Film war total kitschig und zum kotzen. Lucan gluckste die ganze Zeit, versuchte nicht zu lachen und seine Mimik war unergründlich. „Gib doch zu, dass du den Film hasst", fing Mia an, wandte sich an Lucan und funkelte ihn böse an. „Was denn? Ich habe doch gar nichts gesagt oder Sonstiges getan", erwiderte der Vampir, sah Mia unschuldig an und lächelte friedlich. „Du bist ein elender Lügner Lucan Flynn! Mir kannst du nichts vormachen", fauchte sie, ich fing an zu lachen und sah zu Mia. „Ignoriere ihn einfach und tue so als ob er nicht da wäre", warf ich ein, Mia atmete tief durch und nickte einverstanden. Dann wandte sie sich dem Film wieder zu, Stan traf meinen Blick und zwinkerte mir amüsiert zu. Naja Lucan hatte schon Recht gehabt, denn wer schaute heutzutage denn noch Casablanca an? Ich definitiv nicht, denn ich war nicht in der Zeit hängen geblieben und schaute mir Filme an, die ich auch wirklich mochte. „Wann kommen eigentlich deine Eltern wieder?", fragte ich Lucan nach einer Weile, der Vampir löste den Blick vom Film und wandte sich mir zu.

„In zwei Wochen werden sie hier wieder erscheinen", antwortete er mir, lächelte und Teddy legte sich zu meinen Füßen hin, wo er dann einschlief. „Ah okay. Ich vermisse deine Mum irgendwie, denn sie ist voll cool und kümmert sich auch um mich. Das mag ich so an ihr", fügte ich noch hinzu, Lucan grinste breit und sah wieder zum Film. „Es wird sie freuen das zu hören, wenn sie wieder da ist und bis dahin bin ich bei dir und die Anderen ebenfalls", schmunzelte er und der Film neigte sich dem Ende. Innerlich freute ich mich auf das Ende, Lucan grinste die ganze zeit und ich wusste, dass er meine Gefühle spürte. Derweil schweifte ich ab und dachte nach. Kirans Bruder war mein Vater gewesen, er konnte in meiner Welt ein Kind zeugen und das war irgendwie merkwürdig. Weiter dachte ich an mein Vorhaben und schloss es ab, denn ich hatte mich entschieden und wollte bei Lucan bleiben und zwar für den Rest meines Lebens.

    Ich wollte Lucan einfach nicht alleine lassen, die Hoffnung keimte in mir wieder auf und ich lächelte selig, als der Film endlich zu Ende war. Draußen war es schon fast dunkel, der Himmel war jedoch bewölkt und es hatte angefangen zu regnen. Es waren jetzt nur noch zwei Wochen bis das Portal sich wieder öffnete und ich lächelte leicht. Nein ich wollte nie wieder nach Hause und das Portal war mir egal gewesen, denn nur eins zählte in meinem Leben. Lucan der herrische besitzergreifende und dominante Vampir, der meinen Körper in Extasen brachte und ich am Ende nicht nur einen Orgasmus hatte. Mia holte den Film aus dem DVD-Player, stand vor dem Regal und suchte nach einem neuen Film. Schnell hatte sie einen gefunden, legte ihn ein und ich dachte ich sah nicht richtig. Ausgerechnet Avatar, ich hüstelte und lehnte mich an Lucan, der sich abermals ein Lachen verkneifen musste. Also blieben wir auf unseren Plätzen sitzen, sahen uns den Film an und schwiegen.

    Mia war total begeistert, hatte die schreckliche Angewohnheit mit zu reden und wir vergaßen fürs Erste die Probleme, die diese Tatjana mit sich brachte um Schaden anzurichten.

Kapitel 32

Der Herbst neigte sich seinem Ende, draußen stürmte es und die Blätter tanzten im Wind. Mein Körper hatte sich regeneriert, die Wunden waren alle verheilt und keine einzige Narbe blieb zurück. Lucans Eltern waren ebenfalls wieder zurück, sie wohnten jedoch auf dem Anwesen und wir wurden dorthin eingeladen. Also fuhren Lucan und ich den Samstagnachmittag im Fahrstuhl nach unten in die Garage, wo wir dann in seinem schwarzen Porsche einstiegen und losfuhren, sobald ich angeschnallt war. „Eigentlich ist es schön, dass wir wieder auf dem Anwesen kommen und den Wintergarten sehen. Dort wo wir das erste Mal miteinander Sex hatten", fing Lucan an, ich kicherte und wurde rot. „Du warst so eng gewesen was du heute noch bist und das finde ich so anziehend auf dich. Doch wir warten noch ein paar Tage bis wir wieder miteinander Sex haben werden. Bis dahin lasse ich dich zappeln", fügte er noch hinzu, fuhr auf das Anwesen und als er geparkt hatte, stellte er den Motor aus. Ich schnallte mich ab, wir stiegen aus und und Lucan schloss das Auto mit der Zentralverriegelung ab.

Gemeinsam traten wir auf den Eingang zu, die Tür wurde geöffnet als wir sie erreicht hatten und Mia stand vor uns. „Du meine Güte Rose! Komm doch rein, sonst erfrierst du noch", sagte sie, packte mich am Arm, zog mich ins Haus und knallte die Tür vor Lucans Nase zu. Ich wandte mich um, kicherte und öffnete die Tür selber um Lucan reinzulassen. „Mia verdammt! Du hast mich draußen stehen gelassen", knurrte der Vampir, Mia lächelte ihn unschuldig an und hob nur die Schultern. „Tut mir leid Lucan aber ich habe dich gar nicht gesehen", murmelte sie, wandte sich eilig ab und flitzte davon, bevor Lucan sie in die Finger bekam. „Rose, Lucan! Schön, dass ihr hier seid und du siehst schon besser aus Rose. Victor hat uns alles berichtet und wir waren sehr besorgt gewesen", fing Bonnie an, stand im Türrahmen zum Wohnzimmer und lächelte uns an. „Es ist alles wieder in Ordnung Mum. Wir haben sie rechtzeitig gefunden, bevor sie verblutet ist", erwiderte Lucan, Bonnie atmete erleichtert tief durch und lies die Hände sinken. Dann trat sie auf uns zu, umarmte mich zuerst und zog Lucan ebenfalls an sich. Lucan tätschelte ihr denRücken, verdrehte die Augen und ich musste bei diesem Anblick kichern.

    Als Bonnie ihren Sohn los lies musterte sie ihn ernst und boxte ihn gegen den Arm. „Stell dich doch nicht so an Lucan! Sei froh, dass du von deiner Mum umarmt wirst", schimpfte sie, ich lachte als Lucan sich gespielt beleidigt über die betroffene Stelle rieb und wie ein unerzogener Junge auf den Boden sah. Doch er hob seinen Blick, sah mich mit funkelnden Augen an und ich musste noch mehr lachen. „Du weist was passiert oder?", fragte mich der Vampir, ich richtete mich auf und streckte ihm die Zunge raus. „Ja weiss ich du alter Blutsauger", antwortete ich, wirbelte auf den Absatz herum und flitzte ganz schnell die Treppe hinauf, wobei Lucan mich eingeholt hatte. Seine Arme umschlangen meine Taille, er warf mich über seine Schulter und ich quietschte überrascht auf. „So jetzt werde ich dir den Hintern versohlen und es wäre für dich gut, wenn du dich nicht bewegst", knurrte er tief in seiner Kehle, trug mich in das Spielzimmer und sperrte hinter uns ab. Dann stellte er mich auf die Füße, zog mich wortlos aus und führte mich zum Bett, wo er sich auf der Bettkante nieder lies.

Er legte ein Kissen auf seinen Schoß, zwei weitere neben sich und sah mich dann ernst an. Ich legte mich auf seinen Schoß, mein Oberkörper auf die Kissen und mein Po war etwas erhöht. Mit der flachen Hand schlug Lucan mir auf die Pobacke, ich fuhr erschrocken kurz zusammen und versuchte mich nicht zu bewegen. Sanft strich er über die betroffene Stelle, schlug wieder darauf und ich stöhnte lustvoll. Als er es zum dritten Mal wiederholte drang er mit zwei Fingern in mich ein und hielt kurz inne. Dann bewegte er die Finger in mir, schlug mir nebenbei immer wieder auf den Po und sofort überrollte mich ein gewaltiger Orgasmus. Während ich meine Atmung wieder beruhigte schob Lucan mich von sich runter, erhob sich und entkleidete sich. Ich lag auf dem Bauch, er begann meine Schultern zu küssen und wanderte langsam über meinen Rücken nach unten zu meinem Po. Den hob er an, positionierte sich dahinter und drang in mich ein. Ein abermaliges Stöhnen entfuhr meinen Lippen, ich stützte mich mit den Ellbogen ab und er begann erst sanft zuzustoßen. Ich genoss dieses Gefühl der Vereinigung, Lucan küsste abermals meine Schultern und stieß härter zu. Ein erneuter Orgasmus nahte schnell, Lucan hatte mich an den Hüften gepackt und kam dann mit mir gemeinsam.

Total überglücklich und erschöpft lagen wir im Bett, waren zugedeckt und hatten die Augen geschlossen. Auf einmal ertönte ein Knall, wir setzten uns auf und Lucan zog sich eilig an. Ich folgte seinem Beispiel, er nahm meine Hand und wir eilten nach unten in die Eingangshalle wo auch die Anderen standen. „Was war das gewesen?", fragte Lucan, war sehr ernst und die Anderen hoben nur die Schultern. „Da seht! Lucan dein Auto steht in Flammen", rief

Stan, Lucan eilte nach draußen und sah sich genau um. Als er nichts fand kam er wieder ins Haus und blieb ernst drein blickend vor mir stehen. „Du bleibst hier drinnen, verriegelst alles und gehst nicht nach draußen", knurrte er, ich nickte verstehend und alle liefen nach draußen mit ihm als Nachzügler. Sofort sperrte ich alles ab, sah aus dem Fenster und konnte erkennen, wie die Vampire sich aufteilten um alles abzusuchen. Plötzlich schlug mich jemand zu Boden, ich sah Sterne und versank in tiefe Dunkelheit, als sich eine Gestalt über mich beugte...

Ein Durchschütteln meinerseits holte mich wieder aus der Bewusstlosigkeit, ich blinzelte und öffnete die Augen, was ich mir erspart hätte. Um mich herum war es dunkel, nur das Schaukeln hielt an und ich versuchte nachzudenken, wo ich war. Doch in meinem Kopf pochte es schmerzhaft, mein Gehirn fühlte sich zermatscht an und mir war leicht schwindelig. Ich wollte mich bewegen doch ich war gefesselt und schreien konnte ich ebenfalls nicht. Innerlich rief ich nach Lucan hoffte, dass er bald kam und mich rettete, falls er mich auch fand. Ich lag also im Kofferraum meine Entführers, hatte einen starken Verdacht und ahnte schon, wer es war. Tatjana. Urplötzlich kam mir in den Sinn was sie vorhatte, meine restliche Gesichtsfarbe wich und ich fing an zu zittern. Es war heute Nacht gewesen. Das Portal würde sich öffnen, Tatjana würde mich dort hinein werfen und hätte endgültig gewonnen. „Scheiße", fluchte ich in Gedanken, konnte überhaupt nichts machen und die ersten Tränen bahnten sich einen Weg nach oben.

Nein jetzt nur nicht weinen! Das durfte ich nicht, denn diese Genugtuung gab ich Tatjana nicht. Niemals! Nach einer holprigen kopfschmerzhaften Fahrt hielt sie endlich an und ich wartete ab. Nach nur wenigen Minuten wurde der Kofferraum geöffnet, ein fremder Mann hob mich hoch und stellte mich ab. In meinem Kopf pochte es schmerzhafter, alles drehte sich und das Blut rauschte kribbelnd wieder in meine eingeschlafenen Beine. Wir standen in einem Wald, um uns herum nur Bäume und ich konnte mir die Flucht echt abschminken. „Schön, dass du zur Portalöffnung erschienen bist Rosalie! Fühle dich als mein Gast heute Nacht und genieße die letzten Stunden, bis du nach Hause kommst", ertönte die Stimme von Tatjana, der Vampir trat von rechts auf uns zu und strahlte. Da ich nichts erwidern konnte funkelte ich sie voller Hass an und viele verschiedene Schimpfwörter liefen durch meinen Kopf. Tatjana beobachtete mich genau, grinste und nickte dem Typen zu, der etwas abseits stand. Dieser hob mich hoch, Tatjana ging voraus und ich wurde hinter ihr her getragen. Verdammt nein! Ich wollte Lucan niemals verlassen, ewig bei ihm bleiben und nie wieder in meine eigene Welt verschwinden. Tatjana ging durch den Wald, lies sich viel Zeit und summte ein Lied vor sich hin. Verdammte Schlampe, die viel zu gute Laune hatte und ich sie verstehen konnte.

Sie wollte Lucan von Anfang an, ich war ihr eben im Weg und da ihre vorherigen Versuche nicht funktioniert hatten, gab es nur noch diese eine einzige Chance. Das Portal und darauf liefen wir zu. Nach einem ziemlich verwirrenden Weg kamen wir auf eine Waldlichtung, blieben stehen und ich wurde wieder abgesetzt. Tatjana schwieg, ich schaute mich derweil um und versuchte nicht in Panik auszubrechen. Wir waren auf einer großen Waldlichtung gewesen, in der Mitte stand ein großer alter Weidenbaum und der Himmel war von Sternen übersät. Nur der Vollmond war von einer dicken Wolke bedeckt, ein kalter Windhauch fegte über die Lichtung und ich bekam eine Gänsehaut. Schließlich war ich noch immer nur ein Mensch, fror wie verrückt und beobachtete Tatjana genau. Diese ignorierte mich, trat auf den Weidenbaum zu und umrundete ihn, wobei sie ihn ganz genau musterte. „Ist das nicht eine herrliche Nacht Rose?

Genau richtig um wieder nach Hause zu kommen, Lucan zu vergessen und das eigene Leben zu genießen. Um Lucan musst du dir auch keine Gedanken machen, denn ich bin ja auch noch da und tröste ihn, sobald du weg bist", fing Tatjana an, der Vampir neben mir nahm mir den Knebel aus dem Mund und ich befeuchtete meine Lippen, die ziemlich trocken waren. „Lucan ist schon auf dem Weg hierher und wird mich schon retten. Dir wird er den Kopf abreißen, Süße und dann heißt es: 'Endstation Schafott für dich'", erwiderte ich, beobachtete Tatjana und über uns zog die Wolke langsam weiter. „Oh Lucan kann hierher kommen, aber dann ist es schon zu spät und du bist für immer weg. Ich werde ihn trösten", hauchte sie, trat auf mich zu und der Vampir verschwand im Dunkeln. „Natürlich Tatjana! Da deine vorherigen Versuche gescheitert waren, blieb dir nur noch diese eine Möglichkeit hier und jetzt hast du also diese Chance. Sehr schlau von dir.

Nur hast du etwas vergessen. Ich bin mit Lucan verbunden und er spürt alles, was mit mir passiert." Tatjana verengte böse die Augen, trat auf mich zu und grinste unheilverkündend. „Das wird sich ändern, sobald du von hier verschwunden bist und dann verbinde ich mich mit ihm. Wir werden ewig zusammen leben und heiraten. Ich habe schon alles geplant." „Verzeih mir Tatjana, aber Lucan ist da und sogar mit Anhang. Sie sind auf den Weg hierher", unterbrach der Vampir uns, Tatjana packte mich und zerrte mich zum Weidenbaum. Dort blieben wir stehen, der Mond trat hervor und beleuchtete alles, inklusive uns. Neben uns begann es zu glitzern wie tausende Diamanten, das

Glitzern wurde größer und das Portal hatte sich geöffnet. Indem Moment erschien Lucan mit den Anderen, sie blieben stehen und sahen der ganzen Situation zu.
„Tatjana, lass Rosalie los und zwar sofort", forderte Lucan, Tatjana lachte und schob mich näher zum Portal. „Gleich wird sie für immer von hier verschwinden und dann sind wir beide frei von ihr. Wir können ewig zusammen leben und sogar heiraten. Ich habe alles schon in die Wege geleitet", erwiderte Tatjana, alle um Lucan herum knurrten und fluchten innerlich, was ich an ihren Gesichtern sehen konnte. Ich sah alle traurig an, die Tränen kamen nun doch und ich weinte.

Mein Husky Teddy erschien, knurrte und rannte bellend auf Tatjana zu. Als er sie erreicht hatte verbiss er sich in ihr Bein, sie schrie auf und stieß mich von sich. Von da an ging alles ziemlich schnell. Ich stolperte über meine eigenen Füße, landete zum Glück auf dem Boden und ziemlich nahe am Portal. Von dort aus sah ich Opal und die Anderen, Teddy zerrte am Bein von Tatjana und diese schrie wie verrückt. Plötzlich erschien der Vampir von Tatjana, hob mich hoch, trat Teddy kräftig und der Husky quietschte auf. Dann hob der Vampir mich über seinen Kopf, trat noch näher ans Portal und warf mich hinein. Um mich herum war alles hell, ich schrie nach Lucan und verschwand in meine eigene Welt ohne diesen Vampir.

Kapitel 33

New York/ Rosalies Welt

Ich lag in einem Bett im Krankenhaus, Dallas und Jane saßen an meinem Bett und das Gesicht von Jane wurde von den vielen Tränen nass. „Du bist endlich wieder wach", flüsterte sie, ich schaute mich um und setzte mich dann vorsichtig auf. „Was ist passiert?", fragte ich, Jane wischte sich das Gesicht trocken und Dallas lächelte leicht. „Wir hatten uns Sorgen gemacht als du uns nicht mehr angerufen hattest und sind zu dir gefahren. Unten im Keller neben dem Stromkasten lagst du reglos da und wir dachten schon du wärst tot. Ich hatte bei dir jedoch einen Puls gefühlt, den Krankenwagen angerufen und du kamst hierher. Die Ärzte hatten keine Verletzungen bei dir gefunden, du bist jedoch nicht aufgewacht und lagst deswegen im Koma. Jeden Tag sind wir bei dir gewesen, haben dich besucht, mit dir geredet und sind nur zum schlafen nach Hause gefahren", antwortete Dallas, ich nickte langsam und dachte sofort an Lucan. Wie ich ihn doch vermisste, aber er war nicht hier und ich war wieder alleine. „Moment das geht doch gar nicht", sagte ich, meine beiden Freunde sahen sich kurz an und wandten sich dann wieder mir zu. „Was geht nicht Rose?"

„Ich konnte doch nicht hier sein, denn ich war in einer Parallelwelt und dort gab es Vampire die von den Menschen das Blut entnahmen und die Menschen wussten von der Existenz der Vampire. Vor allem Lucan, den ich alleine gelassen habe", antwortete ich, starrte ins Leere und beachtete meine beiden Freunde nicht. „Ähm...Rosalie, du warst die ganze Zeit hier und bist nicht verschwunden. Das mit den Vampiren hast du nur geträumt", sagte Jane vorsichtig, ich löste den Blick von der Wand, sah sie an und schüttelte mit dem Kopf. „Nein das war kein Traum. Er war kein Traum. Lucan gibt es wirklich und zwar in der Parallelwelt. So eine Welt die Dallas mir erzählt hatte, als ich in den Keller zum Stromkasten gehen wollte", protestierte ich, Wut stieg in mir auf und ich sah sie ernst an. „Das sind nur Vermutungen Rosalie und keine Tatsachen. Du warst wirklich die ganze Zeit hier bei uns. Nur lagst du im Koma und jetzt bist du wieder wach", beteuerte Dallas, ich verengte die Augen und zeigte auf die Tür. „Raus! Alle Beide! Verschwindet und lasst mich alleine! Sofort", schrie ich, Tränen liefen über meine Wangen und sie rührten sich nicht. „Rosalie wir...", versuchte es Jane, ich packte irgendetwas was auf dem Nachtschrank stand und war es ihnen entgegen.

„Verpisst euch endlich und lasst mich alleine", schrie ich, die Tür des Zimmers wurde geöffnet und ein Arzt erschien. „Sie sollten jetzt gehen, damit Miss Peverell sich ausruhen kann", sagte er, trat zu mir ans Bett und hatte eine Spritze dabei gehabt. „Ja okay. Wir kommen morgen wieder Rose. Ruhe dich aus und schlafe gut", sagte Jane, sie erhoben sich von den Stühlen und verließen das Zimmer. Der Arzt wollte mir ein Beruhigungsmittel spritzen, doch ich packte sein Handgelenk und hielt es fest umklammert. „Miss Peverell bitte! Sie sollten etwas schlafen", flehte er, drückte mit der freien Hand einen Knopf und zwei Pfleger mit zwei Krankenschwestern eilten ins Zimmer. Ich schrie wütend auf, stieß ihn zur Seite, sprang aus dem Bett, wich den greifenden Händen aus und schnappte mir meine ganzen

Sachen, bevor ich das Zimmer verließ. So schnell ich konnte rannte ich durch die Gänge, fand eine Abstellkammer und dort drinnen zog ich mich an.

    Das Krankenhaushemd warf ich in die Ecke, kontrollierte meine Handtasche und sobald ich alles fand was mir gehörte, schlich ich mich auf den Gang um nach draußen zu gelangen. „Da vorne ist sie", rief jemand, ich sah kurz nach hinten und dort zeigte ein Pfleger auf mich. Sofort rannte ich wieder los, bog mehrmals ab und stolperte etliche Stufen hinunter. Endlich kam ich dem Ausgang näher, die Türen glitten auf und ich kam ins Freie. Heftig atmend und mit schmerzendem Seitenstechen schaute ich mich nach einem Taxi um, es stand eins günstig in meiner Nähe und ich eilte darauf zu. Gerade rechtzeitig stieg ich ein, sagte dem Fahrer wo ich hinwollte und er fuhr los, bevor die Pfleger mich erreicht hatten. Erleichtert lehnte ich mich im Sitz zurück, schloss die Augen und lies das Taxi fahren. Unterwegs dachte ich an Lucan, an unsere schönen Zeiten und die vielen schönen Stunden in unserem Spielzimmer.

    Nein ich konnte ohne ihn nicht leben und wollte zu ihm zurück. Doch wie sollte das gehen? Es war unmöglich, ich musste in meiner Welt leben und das Beste daraus machen. Das Taxi hielt vor dem Haus wo mein Appartement war, ich gab dem Fahrer das Geld samt Trinkgeld, er bedankte sich und sobald ich ausgestiegen war, fuhr er davon. Ich holte den Schlüssel aus der Tasche, öffnete die Haustür und fuhr mit dem Fahrstuhl in meine Etage. Auf dem Gang war es wie immer sehr still gewesen, nichts hatte sich verändert und nach wenigen Minuten war ich in meinem Appartement. Es kam mir so fremd vor, so leer und viel zu still. Kein herzhaftes Lachen von Lucan, kein herrisches Auftreten. Einfach gar nichts und ich fühlte mich ziemlich einsam. Liebeskummer! Nun wusste ich wie es sich anfühlte, wenn man seinen Partner vermisste und von ihm getrennt war. Langsam ging ich zum Kakaoautomaten, holte mir einen heißen Becher Kakao und setzte mich dann vor das Fenster auf die Fensterbank. Meine Knie hatte ich an den Körper gezogen, mit dem Kopf lehnte ich an der Fensterscheibe und mein Blick starrte ins Leere.

 Einzelne Tränen kullerten über mein Gesicht, mein Herz schmerzte und mein Magen verkrampfte sich. Es tat so verdammt weh, ich vermisste Lucan so sehr und obwohl er nie zu mir gesagt hatte, dass er mich liebte, tat ich es mit meinem Körper und mit meiner Seele. Ebenso mit meinem Herzen. Langsam trank ich den Kakao, sah nach draußen und starrte abermals ins Leere. Wie viel Zeit war verstrichen? Wie lange war ich schon von Lucan getrennt? Was tat er gerade? Dachte er genauso an mich wie ich an ihn? Immer wieder gingen mir diese Fragen durch den Kopf, suchte verzweifelt nach einer Antwort und fand diese einfach nicht. Draußen wurde es langsam dunkel, mein Becher war leer und ich warf ihn weg. Noch langsamer schlurfte ich ins Badezimmer, zog die Klamotten aus und stand kurz darauf unter der Dusche. Das warme Wasser prasselte auf mich nieder, meine Gedanken hingen an dem Erlebnis was ich mit Lucan hatte und seufzte auf.

 Wieso wollte ich zurück in meine Welt? Warum bin ich nicht bei Lucan geblieben? Auch wenn man mich ins Portal geworfen hatte. Der Schmerz wurde schlimmer, ein dicker Kloß bildete sich in meinem Hals und ich musste weinen. Dabei rutschte ich an der Wand zu Boden, zog die Beine an den Körper und schrie meinen ganzen Verlust hinaus. Es tat zu sehr weh, ich wiegte mich vor und zurück und weinte hemmungslos. Ich konnte nicht mehr, wollte zu Lucan zurück und in seinen Armen einschlafen. Irgendwann war ich vom weinen erschöpft gewesen, verließ die Dusche und trocknete mich ab. Plötzlich beschlich mich ein Gedanke, ich zog mich an und stürmte aus dem Badezimmer. Genau! Ich würde sofort nach unten rennen, den Stromkasten aufsuchen und anfassen. So konnte ich zurück zu Lucan und für immer bei ihm bleiben. Schnell hatte ich meine Schlüssel genommen, verließ barfüßig mein Appartement und rannte nach unten.

    Unterwegs wäre ich fast die Treppen hinabgestürzt, konnte mich jedoch fassen und kam nach wenigen Minuten unten an. Bevor ich weiter ging beruhigte ich meine Atmung, mein Herzschlag wurde langsam wieder normal und ich sah ein letztes Mal zurück. Niemand war zu sehen. Ich ging weiter den Gang entlang, stand kurz darauf vor dem Stromkasten und dachte an Lucan. Bald würde ich wieder bei ihm sein und dann würde ich für immer bei ihm bleiben. Ich hob den rechten Arm, näherte mich dem Stromkasten und war bereit, diesen anzufassen. „Halt! Nicht anfassen! Ich verliere dich sonst für immer!" Diese Stimme! Das war doch Lucan gewesen aber das war unmöglich, denn er war in der Parallelwelt und nicht bei mir. Langsam wandte ich den Kopf, Lucan stand wirklich in meiner Nähe und ich lies den Arm sinken. „Bist du wirklich bei mir?", fragte ich ihn, Lucan nickte und lächelte dazu. Ich rannte auf ihn zu, warf mich ihm in die Arme und weinte hemmungslos, während Lucan mich fest hielt.

    „Du bist hier! Aber wieso und wie ist das möglich?", schluchzte ich, hob den Kopf und sah ihn fragend an. „Ich konnte ohne dich nicht mehr leben und bin dir gefolgt, nachdem ich gesehen hatte wie Opal Tatjana getötet hatte. Hier habe ich mein Penthouse, meine Autos, meine Firma und mein Geld. Außerdem noch etwas völlig Neues", antwortete er, ich musterte ihn und er wischte mir die

Tränen weg. Erst da erkannte ich, dass er total braun war, seine Augen noch dunkler und ich war überrascht. „D...Du bist ein Mensch", flüsterte ich, er nickte bestätigend und ich strahlte. „Du bleibst bei mir, du bist ein Mensch und noch etwas?" „Ja noch etwas Rose. Ich liebe dich." Er hatte es gesagt! Er hatte diese drei Worte endlich ausgesprochen, meine Augen füllten sich abermals mit Tränen und mein Herz schlug vor Freude höher. „Ich liebe dich auch Lucan. Genau so sehr wie du mich", erwiderte ich, musste abermals weinen und Lucan hielt mich fest. „Wollen wir in dein Appartement gehen und uns schlafen legen? Es ist schon spät und morgen kommt der Umzugswagen um deine Sachen in mein Penthouse zu bringen. Falls du zu mir ziehen möchtest. Ich zwinge dich nicht dazu." „Natürlich will ich zu dir ziehen Lucan! Ich will mit dir für immer zusammen sein. Bis ans Ende meiner Tage." „Dann komm Rose.

Ich weiss doch nicht wo dein Appartement ist und du musst es mir zeigen." Ich nickte, nahm seine Hand und wir verließen den Keller. Vor dem Fahrstuhl blieben wir stehen, ich drückte den Knopf und hielt Lucans Hand fest in der Angst, ihn wieder zu verlieren. Es war wie ein Traum gewesen, doch Lucan war real und stand wirklich neben mir. Die Tür glitt auf, wir betraten den Fahrstuhl und sobald die Tür wieder zu war, fuhren wir nach oben. Lucan legte einen Arm um meine Hüfte, zog mich enger an sich und lächelte die ganze Zeit. Der Fahrstuhl hielt in meiner Etage, wir gingen den Gang entlang und vor der Tür holte ich den Schlüssel hervor, woraufhin ich aufsperrte. Als Lucan mit in meinem Appartement war blieb er stehen und schaute sich neugierig um. „Hier ist es wirklich schön und sehr gemütlich", bemerkte er, erblickte den Automaten und hob eine Augenbraue. „Ich liebe den Kakao aus dem Automaten und sobald ich das Geld zusammen hatte, musste ich einen Automaten in meinem Appartement haben", erklärte ich, Lucan schmunzelte und nickte schließlich. „Den nehmen wir auf jeden Fall mit, damit du glücklich bist", meinte er, stand vor dem Bücherregal und zog ein Buch von mir geschrieben aus dem Regal. Er las den Klappentext, ich sah ihm dabei zu und schwieg.

„Klingt interessant. Darf ich das Buch lesen?", fragte er mich, hob den Blick und ich lächelte. „Ja du darfst das Buch lesen, denn jeder Mensch auf dieser Welt hat es schon durch. Das Buch in deinen Händen ist ein Weltbestseller", antwortete ich, Lucan strahlte und sah sich weiter um, wobei er das Buch festhielt. „Und wo ist dein Schlafzimmer? Ich meine es ist schon spät und wir sollten etwas schlafen, bevor wir morgen Früh deine Sachen in Kartons packen." Ich lächelte, wandte mich um und betrat das Schlafzimmer, wobei Lucan mir folgte. Auch hier schaute er sich um, legte das Buch dann auf den Nachtschrank und zog sich bis zu den Boxershorts aus. Dann legte er sich in die Kissen, zog die Decke hoch und sah zu mir hinüber, mit einem Lächeln auf den Lippen.

Ich schlüpfte eilig aus meinen Klamotten, folgte ihm und sobald ich in den Kissen lag, zog er mich zu sich heran. „Jetzt kann ich wieder besser schlafen, da du bei mir bist Rose", fing er an, ich hob den Kopf und unsere Blicke trafen sich. „Ich hatte gedacht alles sei ein Traum gewesen und zu mir hatte man das auch gesagt. Meine Freunde wollten es mir ebenfalls einreden, doch ich glaubte ihnen nicht und das war auch gut so. Du bist real, du bist bei mir und ich bin überglücklich. Mein Leben ist jetzt perfekt", erwiderte ich, Lucan gab mir einen Kuss auf die Lippen und zwinkerte mir zu. „Noch nicht ganz Rose. Es ist noch nicht ganz perfekt, denn es fehlt noch etwas. Doch erst wenn wir deine gesamten Sachen bei mir im Penthouse haben, spreche ich das Thema wieder an. Bis dahin bleibt es geheim und sozusagen eine Überraschung." Ich setzte mich auf, hatte große Augen bekommen und lächelte ihn zuckersüß an. „Du hast mich neugierig gemacht. Was ist es? Sag es mir", bettelte ich, Lucan grinste und musste schließlich lachen. „Mir hat man damals zu meinem Geburtstag auch nicht gesagt was ich bekomme und ich musste viel länger warten als du", antwortete er, ich schmollte und er gab mir einen Kuss auf die Lippen. „Ich bin nicht alleine hierher gekommen.

Mia, Stan, Dimitri und Victor ebenfalls. Sie wollten uns nicht alleine lassen und bei uns sein. Vor allem bei dir." „Wirklich? Das ist ja fantastisch! Wann werde ich sie wiedersehen?" „Sie werden uns morgen helfen deine Sachen zu mir ins Penthouse zu schaffen." Ich freute mich, hatte endlich mein Leben wieder und es konnte nicht besser werden. „Also jetzt sollten wir endlich schlafen, damit wir morgen Früh ausgeruht sind. Dein Wecker zeigt schon halb Zwölf an und in 30 Minuten bricht der neue Tag an."

„Ja ich weiss ich und in vier Tagen habe ich Geburtstag und werde 21 Jahre alt", erwiderte ich, kuschelte mich an ihn und schloss die Augen. „Dann muss ich mir ja überlegen, was ich dir schenke und es wird ebenfalls eine Überraschung sein." „Du machst mich noch neugieriger als ich es schon bin. Jetzt sollten wir endlich schlafen und die Welt draußen aussperren", murmelte ich, gähnte herzhaft und schloss die Augen. „Ja eine gute Idee Rose meine Liebste auf dieser gesamten Welt", erwiderte er und war kurz darauf eingeschlafen. Ich lächelte, kuschelte mich mit in die Decke und versank endlich in einen festen Schlaf, in den Armen des Mannes meiner Träume.

Kapitel 34

Ein Klingeln und Klopfen riss mich aus den Schlaf, ich murrte und kuschelte mich enger an Lucan. Leider ging die Nervensäge uns weiter auf den Keks, ich wühlte mich aus der Decke und tapste zur Tür. Diese öffnete ich, Jane wollte abermals klingeln, hielt in der Bewegung inne und sie und Dallas sahen mich an. „Was hast du dir nur dabei gedacht? Du darfst das Krankenhaus nicht verlassen", schimpfte sie, beide schoben mich nach drinnen und sahen mich ernst an. „Schatz, wer ist es denn?", fragte Lucan, meine Freunde sahen zum Schlafzimmer und mein Liebster erschien in der Tür. „Darf ich euch Lucan meinen Freund vorstellen? Ehemaliger Vampir", fing ich an, Jane klappte der Mund auf und sie starrte Lucan an wie das erste Auto. Fehlte nur noch, dass sie anfing zu sabbern. „D...Das ist Lucan? Er ist real?", fragte Dallas leise, Lucan lehnte sich an den Türrahmen und lächelte beide an, wobei er die Arme verschränkt hatte. „Ja sehr real Dallas und wir sind glücklich zusammen", antwortete ich, stellte mich neben Lucan und er legte einen Arm um meine Taille. „Du warst wirklich in dieser Parallelwelt und hast ihn getroffen", flüsterte Jane, ich kicherte und als ich an unsere vielen schönen Stunden dachte, wurde ich knallrot im Gesicht.

„Getroffen, viele wundervolle Stunden mit ihm verbracht und das werden wir auch fortführen. Wenn ihr uns also entschuldigt, aber wir haben noch einiges zu erledigen." „Oh...okay. Dann stören wir euch nicht weiter", kicherte Jane, war ebenfalls rot angelaufen, packte Dallas am Handgelenk und zog ihn hinter sich her aus dem Appartement. Als die Tür hinter ihnen zu ging, drückte Lucan mich gegen die Wand und küsste mich voller Leidenschaft. „Ich liebe dich so sehr Rose und das ist mir schon von Anfang an klar geworden. Dich lasse ich nie wieder gehen", presste er hervor, hob mich hoch, ich schlang meine Beine um seine Hüften, die Arme um seinen Hals und er trug mich ins Schlafzimmer zurück. Auf dem Bett setzte er mich ab, trat zu seiner Hose und holte etwas aus der Hosentasche. Dann kam er wieder zu mir, kniete sich vor mich hin und hatte eine kleine Schatulle in der linken Hand. „Rosalie Peverell, du bist die einzige und wahre Liebe für mich, du hast mein Herz erobert und ich liebe dich einfach nur über alles. Deswegen frage ich dich jetzt auch. Willst du meine Frau werden?"

Lucan hatte die Schatulle geöffnet, zum Vorschein kam ein goldener Ring mit einem silbernen Streifen und einem echten Diamanten darin. Meine Augen füllten sich mit Tränen, ich sah den Ring und mein Herz schlug höher. Endlich hatte er mich gefragt und endlich wurde mein Traum wahr. „Ja Lucan, ja ich will dich heiraten", antwortete ich flüsternd, Lucan steckte mir den Ring an den Finger und küsste mich abermals besitzergreifend. Diesmal lies er sich nicht unterbrechen, ich fiel in die weichen Kissen und mein Verlobter folgte mir eilig um mich inniger zu küssen, wobei seine Hände über meinen Körper glitten. Sofort waren alle Emotionen wieder vorhanden, die Hitze der Leidenschaft strömte durch meine Adern und ich erschauderte bei seinen Berührungen. Lucan lies kurz von mir ab, griff in die Schublade des Nachtschrankes und holte Gleitgel raus. Dann küsste er mich wieder, legte die Kissen bereit und drehte mich auf den Bauch. Mein Oberkörper war auf den Kissen, mein Po streckte sich ihm entgegen und ich wusste was da kam.

Lucan schmierte mich großzügig am Po mit Gleitgel ein, seinen Penis ebenfalls und ganz vorsichtig drang er Stück für Stück in meinen Po ein. Ich stöhnte lustvoll auf, meine Finger krallten sich in die Kissen und Lucan stieß sanft zu. Unsere Stöhnen vereinten sich, er küsste meine Schultern und der Orgasmus nahte. Kurz davor entzog sich Lucan, drang in meine Scheide ein und hielt inne. Er richtete sich auf, hatte mich festgehalten und setzte sich so, dass ich auf seinem Schoß saß. Dann hielt er mich an den Hüften fest, ich bewegte mich auf und ab und der Orgasmus rollte schneller heran. Lucan streichelte meine Brüste, ich hatte die Augen geschlossen und wir kamen sofort zu einem heftigen Orgasmus. Während wir noch so eng umschlungen da saßen, lächelte ich und küsste dann Lucan innig. „Wir sollten uns anziehen, schnell etwas essen und die Sachen zusammen packen, denn die Anderen werden bald hier auftauchen und beim tragen helfen. Du musst nichts machen, denn du bist meine Verlobte und vielleicht irgendwann auch Mutter unseres Kindes", fing Lucan, mein Herz schlug höher und ich löste mich von ihm.

„Das wäre wirklich schön ein Kind von dir zu bekommen, dass genauso schön wie du aussiehst", flüsterte ich, strich ihm über die Wange und küsste sanft seine Lippen. Er lächelte, ich erhob mich und zog mich an, als es auch schon an der Tür klingelte. Lucan sprang aus dem Bett, schlüpfte in seine Klamotten und fand sehr schnell die Küche, während ich die Tür öffnete. „Rosalie", rief Mia voller Freude, umarmte mich stürmisch und ich lies sie dann alle rein, damit die Sachen gepackt wurden. „Ihr habt ja noch gar nicht angefangen", protestierte Stan, ich kicherte und wollte die Tür schließen, als Bonnie und Charlie ebenfalls eintraten gefolgt von Teddy. „Ihr seid auch da aber Lucan hat davon gar nichts gesagt", bemerkte ich, Bonnie umarmte mich und ich war den Tränen nahe. Beide sahen nun viel älter aus, so Mitte Vierzig und strahlten mich an. „Wir müssen doch da sein, wenn ihr heiratet und uns zu Großeltern macht", erklärte Charlie kurz, ich kicherte und ging in die Küche um schnell zu frühstücken.

Als ich mit Lucan fertig war, gingen wir gemeinsam zu den Anderen und halfen ihnen beim packen der Sachen. „Rose, können wir Teddy haben?", fragte Mia mich nach einer Weile, die Männer brachten die Kartons nach unten und verstauten diese im Umzugswagen. „Wenn ihr wollt und euch gut um ihn kümmert, dann ja", antwortete ich, Mia freute sich, sah den Ring und strahlte regelrecht. „Und wann wollt ihr heiraten?" „In zwei Monaten Mia", antwortete diesmal Lucan, sie holten den Automaten und Mia sprang vom Sofa auf. „Dann werden wir eine Liste erstellen, einen Pfarrer bestellen und alles organisieren. Nächste Woche werden wir das Hochzeitskleid besorgen und ihr müsst euch noch überlegen, wo ihr die Flitterwochen verbringen wollt." Mia war total aus dem Häuschen, zog mich auf die Beine und als alle fertig waren, verließen wir das Appartement. Unten stiegen wir in die Autos, ich saß bei Lucan im schwarzen Porsche und auch er hatte sich angeschnallt, da er kein Vampir mehr war.

Der Umzugswagen fuhr voraus zum Penthouse von Lucan, wir folgten ihm und ich war überglücklich. In zwei Monaten würde ich heiraten, vielleicht kam danach die Schwangerschaft und ich war schon sehr gespannt darauf. Lucan legte eine Hand auf meine, drückte diese sanft und ich lächelte ihn an. „Das ist dir doch recht, dass wir zwei Monaten heiraten oder?", fragte er mich, hielt an einer roten Ampel und sah mich an. „Ich habe nur darauf gewartet dich endlich zu heiraten Lucan Flynn. Auch wenn wir uns gerade erst zwei Monate kennen", antwortete ich, gab Lucan einen Kuss und wir konnten weiter fahren. „Und wo wollen wir unsere Flitterwochen verbringen?" „Das weiss ich noch nicht, aber bis zu unserer Hochzeit habe ich mir etwas überlegt." „In Ordnung meine Verlobte." Als er das sagte schlug mir das Herz bis zum Halse und ich freute mich riesig. Nach einer halben Stunde hielten wir vor dem Penthouse, stiegen aus und ich zog Lucan mit nach drinnen. Im Penthouse wurden schon die Sachen auf ihre Plätze gestellt, der Automat kam in die Küche und ich saß auf der Sofalounge wo ich allen zusah. „Schatz ich weiss einen Ort wo wir die Flitterwochen verbringen können", sagte ich plötzlich, alle hielten inne und Lucan lächelte mich an.

„Auf Kreta! Ich war dort noch nie gewesen", fügte ich noch hinzu, Lucan lies sich neben mir nieder und küsste mich voller Leidenschaft. „Einverstanden meine Verlobte. Dann werde ich kurz vor unserer Hochzeit alles organisieren und fertig stellen. Übrigens wir sind ebenfalls fertig, Teddy kommt zu Mia und Stan und wir können uns voll entfalten. Sollte es soweit sein, dann habe ich genau die richtige Person da, welche hier in diese Welt ging und eine gute Frauenärztin ist. Ich kenne sie sogar persönlich und werde sie jetzt zum Essen einladen, damit ihr euch kennenlernt", meinte Lucan, erhob sich und verschwand in seinem Arbeitszimmer. Ich sah ihm nach, lächelte und fühlte mich wie auf Wolke Sieben. Niemand konnte dieses Glück noch zerstören, denn Tatjana war tot und konnte mir nichts mehr anhaben. „Du strahlst ja wie die Sonne am Himmel. Das steht dir besser als wenn du ein Gesicht machst wie sieben Tage Regen", bemerkte Mia, sie setzten sich zu mir und Teddy legte sich zu meinen Füßen hin.

„Mein Traum ist wahr geworden Mia. In zwei Monaten heirate ich den tollsten dominanten Mann, mache Flitterwochen mit ihm auf Kreta und irgendwann wird ein Kind unser Leben bereichern. Dass ist das Schönste, was mir je passiert ist und ich bereue auch nicht, dass ich vor zwei Monaten in die Parallelwelt gekommen bin." „Ja so siehst du auch aus und sofern du die Zeit abwartest, wirst du auch ein Kind bekommen." „Ja Mia, ich werde warten und dann sind wir eine Familie." „Wir werden nächste Woche ein Haus besichtigen, das außerhalb von New York steht und ich hoffe es gefällt dir. In drei Stunden kommt Abigail vorbei, sie ist die Frauenärztin und sie ist schon neugierig auf dich Schatz", warf Lucan ein, war wieder bei uns und lies sich neben mir nieder. „Das bin ich schon gewohnt, dass andere Personen neugierig auf mich sind und ich bin ebenfalls auf sie gespannt. Schließlich muss ich doch wissen, wer mich dann betreut, wenn ich mal schwanger bin", erwiderte ich, Mia erhob sich und Teddy tat es ihr gleich.

„So wir lassen euch beide jetzt alleine und planen eure Hochzeit. Ihr braucht es nicht zu machen, außer die Kleidung getrennt zu besorgen, denn der Bräutigam darf das Brautkleid nicht sehen. Das bringt Unglück", sagte Bonnie, ich kicherte und nickte bestätigend. Lucan führte sie alle noch zum Fahrstuhl, verabschiedete sich von ihnen und sobald sie weg waren, freute sich Lucan sehr darüber. „Ich liebte dich eigentlich schon von Anfang an Rose, aber ich hatte jegliches Gefühl abgeschalten aus Angst dich dich zu verlieren. Als ich gesehen hatte wie du durch das Portal geworfen wurdest, da flippte ich komplett aus und brachte diesen Vampir um. Opal hatte Tatjana den Kopf abgerissen, ich hatte den Anderen zugenickt und war dir gefolgt. Es geht einfach nicht. Ohne dich kann ich nicht leben und da ich jetzt ein Mensch bin, kann ich wieder Kinder zeugen. Du wirst eine fantastische Mutter werden, ich der perfekte Ehemann und Vater.

Das neue Haus was wir uns nächste Woche anschauen werden liegt zwischen New York und New Heaven." „Ich freue mich darauf und bin schon neugierig. Vor allem was ich zum Geburtstag bekomme, der in zwei Tagen ist und jetzt werde ich das Mittagessen kochen." Ich stand auf und wollte in die Küche, doch Lucan hielt mich auf und zog mich auf die Sofalounge zurück. „Lass ruhig meine Liebste. Ich werde das schon machen und du bleibst hier sitzen", bemerkte er, erhob sich und lächelte mich an. „Bin ich etwa schwanger und ich weiss nichts davon?", fragte ich ihn, Lucan lachte und schüttelte mit dem Kopf. „Nein aber du bist meine Verlobte, ich dein Verlobter und da ich bald dein Ehemann bin, werde ich kochen. Außerdem werden wir in unserem neuen Haus dann sowieso eine Haushälterin haben, die dann die Arbeit übernimmt", antwortete er, ging in die Küche und verschwand dort. Ich seufzte, verdrehte die Augen und lehnte mich zurück. Lucan arbeitete derweil in der Küche, ich nahm mir ein Buch und begann es zu lesen.

„Wie lange ist diese Abigail schon hier? Also in meiner Welt?", fragte ich nach einer Weile, Lucan sah aus der Küche zu mir rüber und lächelte abermals. Wow was für ein Typ und er hatte ganz kleine Grübchen, wenn er lächelte. Total süß. „20 Jahre schon. Sie war 24 als sie ging und ist jetzt 44 Jahre alt", antwortete er, es klingelte und Lucan schritt zum Fahrstuhl. Dort meldete er sich an der Sprechanlage, ein Summer ertönte und Lucan ging kurz wieder in die Küche. Ich erhob mich, stellte das Buch weg und sah wie der Fahrstuhl nach oben fuhr. Lucan kam wieder aus der Küche, stellte sich neben mich und legte einen Arm um meine

Taille. Kurz darauf hielt der Fahrstuhl, die Türen glitten auf und unser Besuch trat aus der Kabine.

Kapitel 35

Doktor Abigail Davis war eine große Frau, fast so groß wie Lucan, hatte braune schulterlange Haare und sie trug eine Hose, einen grünen Pullover und darüber einen grauen Mantel. Lächelnd trat sie auf Lucan zu, sie gaben sich die Hand und Lucan erwiderte das Lächeln. „Hallo Abigail! Darf ich dir meine Verlobte vorstellen? Das ist Rosalie Peverell", stellte er mich ihr vor, Abigail wandte sich mir zu und schüttelte meine Hand. „Hallo Rosalie! Es ist schön dich kennenzulernen und es freut mich, dich bald in deiner ersten Schwangerschaft zu begleiten. Ich bin Frauenärztin und Hebamme zugleich und meine Praxis ist auch nicht so weit von eurem neuen Haus entfernt. Ich kann also jederzeit schnell zur Stelle sein", fing sie an, ich nickte und Lucan gab mir einen Kuss auf das Haar. „Bis dahin haben wir noch viel Zeit Abigail. Rose ist noch nicht schwanger", erwiderte er, lies von mir ab und ging zurück in die Küche, damit nichts verbrannte. Ich setzte mich wieder, Abigail lies sich neben mir nieder und lächelte noch immer.

„Du hast es also geschafft und bekommst Lucan endlich unter die Haube. Das wurde aber auch Zeit mit ihm." „Hey! Ich bin zwar kein Vampir mehr, aber meine Ohren funktionieren noch ganz gut", rief Lucan, Abigail und ich sahen uns an und mussten beide lachen. „Was gibt es denn

Gutes zu essen?", lenkte Abigail ab, erhob sich und schlenderte in die Küche. Stille, dann fiel etwas zu Boden, Abigail flitzte zu mir und Lucan fluchte lautstark. „Mensch Abby! Du hat einen Teller kaputt gemacht und dich wollte ich zur Hochzeit einladen", schimpfte er, ich kicherte und ging nun selber zu Lucan meinem Verlobten. Dieser kniete auf dem Boden, sammelte die Scherben ein und fluchte leise vor sich hin. Ich trat vor ihn hin, zog ihn hoch und begann ihn voller Liebe und Hingabe zu küssen. Lucan legte die Scherben zur Seite, umschlang mich mit seinen Armen und erwiderte diesen Kuss mit mehr Hingabe. „Ich muss das Essen vom Herd nehmen sonst brennt es mir an und dann kann ich es wegwerfen",brachte er hervor, wir lösten uns voneinander und ich lächelte ihn liebevoll an. „In Ordnung mein Verlobter.

Ich werde mich zu Abigail gesellen und sie nicht mehr zu dir lassen. Versprochen", erwiderte ich, gab ihm noch einen leichten Kuss, wandte mich um und ging zu Abigail. „Du kannst mich auch Abby nennen. Abigail ist mir zu lang", schlug sie vor, ich kicherte und war einverstanden. Nach zehn Minuten war Lucan mit dem Essen fertig, richtete es auf dem Esstisch an und wir setzten uns um zu essen. Wir schwiegen, man hörte nur das Geklappere unseres Bestecks und ich musste die ganze Zeit lächeln. „Du bist jetzt zufrieden oder? Schließlich strahlst du die ganze Zeit wie ein Stern am Himmel", bemerkte Lucan, ich schluckte meinen Bissen runter und gab ihm rasch einen Kuss auf den Mund. „Ich bin der glücklichste Mensch auf Erden, denn ich habe jetzt dich, du liebst mich und wir werden in zwei Monaten heiraten." Abby lächelte darüber, aß stillschweigend weiter und hörte lieber zu. Lucan nickte, nahm meine linke Hand in seine Rechte und gab einen sanften Handkuss darauf. „Ich bin überglücklich dich zu haben Rose und wir beide können endlich in Frieden für immer leben. Bald eine glückliche Familie sein und ich kann dir sagen, dass ich nicht unfruchtbar bin.

Wahrscheinlich hat es sogar schon heute geklappt und in dir entwickelt sich gerade ein kleines Wesen." „Scherzkeks. Es dauert 72 Stunden bis das Ei von den Spermien erreicht werden." „Wartet es doch einfach ab Lucan und dann werdet ihr es schon erfahren. Heutzutage gibt es auch Schwangerschaftstests", mischte sich Abby ein, Lucan wandte sich an sie und atmete tief durch. „Dann werde ich wohl warten müssen, bis wir es erfahren und bis dahin werde ich mich in Geduld üben müssen", seufzte Lucan, beendete sein Mahl und trank einen Schluck vom Rotwein. Ich wollte das ebenfalls, Lucan nahm es mir weg und ich zog eine Augenbraue hoch. „Du könntest schwanger sein." „Lucan Flynn! Ich habe dir vor wenigen Minuten gesagt, wie es abläuft und jetzt gib mir den Wein zurück", schmollte ich, Lucan atmete tief durch und reichte mir das Glas zurück. Ich gab ihm dankend einen Kuss auf den Mund, nippte an dem Glas und trank einen Schluck, wobei der Wein gut mundete. Nach dem Essen saßen wir zusammen auf der Sofalounge, genossen die Stille und hingen unseren Gedanken nach.

„Das Essen war wirklich gut gewesen aber jetzt muss ich mich auf den Weg nach Hause machen, da ich morgen wieder arbeiten muss. Ich wünsche euch noch einen angenehmen Abend und eine gute Nacht", verabschiedete sich Abby, umarmte mich, gab Lucan die Hand und war kurz darauf weg. Lucan ging die Küche aufräumen, ich schlenderte ins Schlafzimmer, zog mich komplett aus und verschwand nackt unter der Bettdecke. Lucan lies nicht lange auf sich warten, entkleidete sich ebenfalls und lag kurz darauf eng an mir. „Ich wünsche dir einen guten Schlaf meine Verlobte und irgendwann Mummy unserer Kinder", flüsterte er mir ins Ohr, ich kicherte, gab ihm einen Kuss und schlief ein. Eine Woche später wurde ich von Mia durch die Straßen gezerrt und sie suchte einen ganz bestimmten Laden. Schon am frühen Morgen war sie bei uns aufgetaucht, hatte mir kaum Zeit gelassen um zu frühstücken und zerrte mich quer durch New York mit Bonnie und Abby im Schlepptau. Abigail hatte Urlaub, wollte bei den Vorbereitungen helfen und nun eilte sie mit Bonnie hinter uns her. Abrupt blieb Mia stehen, ich prallte gegen sie und versuchte nicht hinzufallen „Genau hier sind wir richtig.

Das bekannte Brautmodengeschäft von Marie Louis, eine französische Schneiderin", bemerkte sie, ich schaute mir das Geschäft von außen an und wurde sofort von Mia nach drinnen gezogen. Das Geschäft war riesig gewesen, überall waren Brautkleider gewesen und Mia fühlte sich wie im Himmel. Eine schlanke hochgewachsene Frau erschien aus dem hinteren Teil des Ladens, trat auf uns zu und strahlte über das ganze Gesicht. Sie trug ein dunkelblaues Kostüm, hatte rote hochgesteckte Haare und sie trug blaue Pumps. „Guten Tag die Damen! Was kann ich für Sie tun?", begrüßte sie uns, Mia strahlte und lies mich endlich los. „Meine Freundin hier wird in knapp zwei Monaten heiraten und sie braucht ein traumhaftes Brautkleid um ihren besonderen Tag nie zu vergessen", erklärte Mia, die Frau nickte und ging dann um mich herum. „Mhmm. Dann wollen wir doch mal schauen ob wir nicht das passende Kleid für Sie finden Miss", sagte sie geschäftig, blieb vor mir stehen, wandte sich dann um und schritt an den Kleidern vorbei.

Die Besitzerin brauchte sehr lange, ich setzte mich in einen gepolsterten Stuhl und lehnte mich zurück, während

Mia nervös mit dem rechten Fuß wippte. Irgendwann kam die Ladenbesitzerin wieder, hatte ein Brautkleid dabei und ich bekam große Augen. Das Kleid war komplett weiß gewesen, hatte nur einen Träger und sah fantastisch aus. Bis zur Taille lag es eng am Körper, war dann gerafft und fiel sanft auf den Boden. „Probieren Sie doch mal dieses Kleid an. Es passt bestimmt, ist ein Einzelstück und Sie würden traumhaft aussehen", erklärte sie mir, ich erhob mich und folgte der Frau zu einer Umkleidekabine. Ich betrat diese, die Frau reichte mir das Kleid und alle warteten auf mich. Ich schlüpfte aus meinen Klamotten, zog das Kleid an und die Frau machte hinten zu, wo es geschnürt werden musste. Als sie fertig war trat ich aus der Umkleidekabine und meine drei Begleiterinnen waren begeistert gewesen. Das Kleid war hinten mit zwei roten Streifen versehen, ein Strumpfband war dabei und ein langer Schleier. „Oh Gott siehst du fantastisch aus Rose. Ein wahrer Traum", bemerkte Mia, Bonnie und Abby stimmten ihr zu und ich musste die ganze Zeit über lächeln.

„Das Kleid nehme ich", sagte ich, die Besitzerin war zufrieden und ich zog das Kleid wieder aus. Als ich meine Sachen wieder an hatte, bezahlte Mia das Kleid und sobald ich bei den drei Frauen war, verließen wir das Geschäft. „Gut jetzt brauchen wir die passenden Schuhe, den Schmuck dazu, einen Termin beim Friseur und der Blumenstrauß. Die Männer kümmern sich um den Anzug und die Schuhe von Lucan und der Hochzeitstermin in der Kirche", zählte Mia auf, schaute sich kurz um und nickte schließlich. „Lasst uns gehen und sobald wir alles haben, gehen wir in ein nettes Café um uns auszuruhen", fügte sie noch hinzu, wandte sich nach links und ging voran, wobei wir ihr folgten. „Wenn wir damit fertig sind, dann kann ich meine Füße nicht mehr spüren", murmelte ich, Bonnie und

Abigail hörten es und lächelten. Mia führte uns zuerst zum Friseur, flitzte hinein und machte den Termin. Sobald sie wieder bei uns war, schritt sie zu einem Blumengeschäft und bestellte den Strauß für die Hochzeit, bevor sie den Schmuck mit uns besorgte. Es war eine Silberkette gewesen mit einem silbernen Herz als Anhänger, einem silbernen Armband und silbernen Ohrringen. Der Preis war zum Herzstillstand verfügbar, ich verdrehte die Augen und Mia führte uns in das letzte Geschäft. Ich war total fertig gewesen, plumpste in einen gepolsterten Sessel und streckte die Beine aus. „Schon erschöpft?", fragte mich Abby, ich nickte und sie lächelte.

„Kommst du Rose? Hier hinten sind die Schuhe für die Hochzeit", rief Mia, ich verdrehte die Augen und nachdem ich mich erhoben hatte, schlurfte ich zu ihr nach hinten in den Laden. Mia stand vor einer riesigen Auswahl an Highheels, suchte bereits welche aus und stellte mir das perfekte paar Schuhe hin. Es waren Highheels in Silber die mit Strasssteinen versehen waren, ich schlüpfte hinein und sie passten perfekt. „Wow die sehen fantastisch aus Rose! Ja die nehmen wir", bemerkte Mia, ich zog sie wieder aus und hatte schnell meine Schuhe an. Mia nahm die Highheels, ging zur Kasse und während sie bezahlte, verließ ich mit Bonnie und Abigail den Laden. „Endlich sind wir hier fertig und jetzt will ich einen Moccachino haben", seufzte ich, schaute mich um und fand sofort ein kleines Café. Dieses steuerte ich an, betrat es und setzte mich erleichtert an einen der Tische wo Bonnie und Abby es mir nach taten. Kurz darauf war Mia an unserem Tisch, strahlte und legte die Einkäufe neben sich auf die Sitzbank.

„Jetzt haben wir alles für dich da, ihr heiratet in knapp zwei Monaten um 11 Uhr in der Trinity Church bei Pastor Alastor Wendley und an diesem Tag musst du um 6 Uhr aufstehen", erklärte Mia mir, eine Bedienung kam und ich bestellte sofort einen Moccachino mit einem Schokoladenkuchen dazu. Mia bestellte sich lieber ein Eis, Bonnie eine Tasse Kaffee mit Schokoladenkeksen und Abby eine Tasse Cappuccino. Die Bedienung schrieb alles auf, lächelte und lies uns wieder alleine. „Wo macht ihr die Flitterwochen?", fragte mich Abby, ich wandte mich an sie und hob nur die Schultern. „Ich weiss es nicht. Ich denke mal Kreta." „Ganz sicher Rose. Ihr könnt mit dem Privatflugzeug dorthin fliegen und das Ferienhaus wartet auf euch", meinte Bonnie, unsere Bestellung kam und ich trank genüsslich meinen Moccachino. Es schmeckte einfach herrlich, ich begann den Schokoladenkuchen zu essen und auch meine drei Freundinnen liesen es sich ebenfalls schmecken. „Du kannst dir gar nicht vorstellen wie froh wir sind, dass du damals in die Parallelwelt kamst und ausgerechnet Lucan in die Arme gelaufen bist.

Seitdem ist er total verändert und seit einer Woche plant er schon alles für ein Baby. Bist du schwanger", fragte mich Mia nach einer Weile, ich sah in ihre Richtung und lächelte. „Nein ich bin noch nicht schwanger, aber das kann ich mir gut vorstellen." „Wie ich gehört habe werdet ihr erst nach den Flitterwochen das Haus besichtigen und dort einziehen", fügte sie noch hinzu, ich nickte bestätigend und aß meinen Schokoladenkuchen weiter. „Es wird dir bestimmt gefallen, denn auf den Fotos war es wirklich schön gewesen und ihr habt viel Platz für ganz viele Kinder." „Jetzt wartet doch einfach die Zeit ab! Es nervt, dass mich jeder fragt und es unbedingt wissen will", murrte ich, meine drei Freundinnen verstanden es und hörten auf zu fragen. Wir saßen noch eine Stunde im Café, nahmen dann die Einkäufe und fuhren wieder nach Hause.

Kapitel 36

Zwei Monate später
Der Tag der Hochzeit war gekommen, früh am Morgen als mein Wecker klingeln sollte ging die Tür auf und Mia stürzte ins Schlafzimmer. „Aufwachen Schlafmütze! Wir haben noch viel zu tun und in fünf Stunden sagt ihr euch das Ja-Wort", rief sie, zog die Vorhänge zurück und die Sonne blendete mich regelrecht. „Man Mia! Mache das Licht wieder aus", murrte ich, zog die Decke über den Kopf nur damit Mia sie mir wieder wegnehmen konnte und zog die Beine an den Körper. „Jetzt los Rosalie Peverell! Wir müssen noch zum Friseur und dort kannst du auch das Kleid gleich mit anziehen", drängte Mia, zog mich aus dem Bett und ich gähnte herzhaft um mich im nächsten Moment von Mia loszureißen. In meinem Magen rumorte es komisch, mir wurde schlecht und ich rannte ins Badezimmer um mich zu übergeben. „Das ist ganz normal Rose. Nur die Aufregung und Nervosität. So etwas legt sich nach der Hochzeit", bemerkte Mia, ich spritzte mir kaltes Wasser ins Gesicht und putzte mir gründlich die Zähne.

Sobald ich fertig war zog ich die Spitzenunterwäsche in weiß an, es war ein Hauch von Nichts und darüber Jeans und ein grüner Pullover. Schnell kämmte ich mir die Haare, band sie zusammen, schlüpfte in die Schuhe und Mia, Bonnie und Abigail begleiteten mich nach unten, wo wir in einen weißen Audi R8 stiegen. Mein Geburtstag wie der war? Das war fantastisch gewesen, denn Lucan hatte mir diesen weißen Audi R8 geschenkt und es war mein ganzer stolz gewesen. Jedoch fuhr Mia ihn jetzt, sie raste die Straßen entlang und nahm mindestens vier rote Ampeln mit. Ich klammerte mich angstvoll am Sitz fest, schluckte und betete um mein Leben. „Gott Mia! Ich wollte lebend zu meiner Hochzeit und nicht in einer Holzkiste", fluchte ich, Mia hielt mit quietschenden Reifen vor dem Friseur und spazierte vor uns in das Geschäft, wobei wir ihr folgten. Kurz darauf saß ich in einem schwarzen Lederstuhl und meine Haare wurden gewaschen.

„Ich habe hier etwas zu essen und zu trinken für dich", bemerkte Bonnie, ich lächelte und bedankte mich. Die Friseurin wusch mein Haar, schnitt es stufig, föhnte es dann und begann Locken zu drehen. Ich frühstückte nebenbei, trank meinen Kaffee dazu und wartete ab. Das ganze dauerte vier Stunden, danach war ich fertig und begutachtete mich im Spiegel. Mein Pony war geglättet, meine Haare gelockt, hochgesteckt und drei Rosen rundete die Frisur ab. „Hier das Kleid Rosalie. Victor wartet mit der Limousine vor dem Friseur", bemerkte Mia, reichte mir das Kleid und ich zog es hinter einem Vorhang an. Nur gab es ein Problem. Es passte nicht mehr und ich hatte zugelegt. „Mia es gibt ein Problem! Ich bin fett geworden, denn ich passe nicht mehr in das Kleid", sagte ich, Mia kam auf mich zu und musterte mich von oben bis unten.

„Ja das sehe ich. Gut ich sehe zu, dass ich noch ein Zweites für dich besorgen kann", meinte sie, wandte sich um und eilte aus dem Laden. Ich seufzte, es grummelte ganz komisch in meinem Magen und ich legte die rechte Hand darauf, wobei ich merkte, wie da eine Wölbung war. Hatte es geklappt? War ich etwa schwanger? „Ach was! Du hast eindeutig zu viel gegessen", sagte meine innere Stimme, ich atmete tief durch und nach einer Viertelstunde kam Mia mit einem zweiten Exemplar an. „Das sollte dir passen." Sie reichte es mir, ich zog es an und Bonnie schnürte es hinten zu, wobei dieses Kleid diesmal wirklich passte. Dann zog ich das Strumpfband an, schlüpfte in die Schuhe und Mia befestigte den Schleier. „So los jetzt, denn in einer halben Stunde müssen wir dort sein", meinte sie, hatte ein rosanes Kleid als Brautjungfer an und wir traten nach draußen zur Limousine. Dort stieg ich zuerst ein, dann folgten die Anderen und Victor fuhr lächelnd los, während ich den Blumenstrauß mit den weißen Rosen von Abigail bekam. Nervös kaute ich auf meiner Unterlippe herum, sah aus dem Fenster und war wirklich nervös gewesen. „Du siehst gut aus Rose und das trotz deines Bauches. Außer du bist schwanger."

„Ich bin nicht schwanger Mia! Hör auf damit", fauchte ich, sah sie an und sie hob in Frieden ihre Hände. „Schon gut Rose! Es tut mir leid und ich werden ebenfalls warten, bis du es selber offiziell sagst", beschwichtigte sie mich, ich atmete tief durch und lächelte. „Danke Mia", bedankte ich mich, Victor hielt vor der Kirche, stieg aus und öffnete uns die Tür. Bonnie, Abigail und Mia stiegen zuerst aus, ich beruhigte mein Herz und folgte ihnen dann. Hinter mir schloss Victor das Auto ab, lächelte mir zu und eilte nach drinnen. „Na dann, auf geht's Rose und nur keine Panik. Das schaffst du schon. Tief durchatmen", meinte Mia, lächelte mir aufmunternd zu und sie gingen voraus die Stufen rauf zur großen Eingangstür. Ich folgte ihnen langsam, betrat mit ihnen dann den Vorraum der Kirche und sie stellten sich auf bis auf Bonnie, die nach drinnen verschwand. Mein Herz schlug vor Aufregung schneller, ich schluckte und die Türen gingen auf. Eine Musik von der Orgel gespielt ertönte, Abigail und Mia gingen los und ich folgte ihnen.

Zu meiner Überraschung waren alle Vampirclans anwesend, sie hatten sich erhoben und sahen mir entgegen. Ich hasste es im Mittelpunkt zu stehen, lächelte gequält und bald hatte ich Lucan erreicht, der einfach perfekt aussah. Er hatte einen schwarzen Nadelstreifenanzug an, ein schwarzes Hemd aus Seide und er trug eine rote Krawatte. Pastor Wendley stand in einem weißen Talar vor uns, hatte ein Buch aufgeschlagen und lächelte uns an. „Meine lieben Gäste! Wir haben uns heute hier versammelt um einem jungen Paar in den heiligen Stand der Ehe zu begleiten. Lucan Jethro Flynn, willst du die hier angetraute Rosalie Jenny Peverell zu deiner Ehefrau nehmen? Sie lieben und ehren in guten wie in schlechten Zeiten? Bis das der Tod euch scheidet?", fragte er Lucan, ich sah meinen Verlobten an und er traf lächelnd meinen Blick. „Ja ich will:" „Rosalie Jenny Peverell, willst du den hier angetrauten Lucan Jethro Flynn zu deinem Ehemann nehmen? Ihn lieben und ehren in guten wie in schlechten Zeiten? Bis das der Tod euch scheidet?", wurde ich gefragt, alle sahen mich an und ich hatte nur Augen für Lucan.

„Ja ich will." „Die Kraft des mir verliehenen Amtes hier, erkläre ich euch hiermit vor Gottes Augen zu Mann und Frau. Ihr dürft die Braut jetzt küssen", sagte Pater Wendley, Lucan zog mich zu sich heran und küsste mich voller Liebe. Dann steckten wir uns die Ringe an, Lucan musterte mich von oben bis unten und grinste breit. „Nur ich darf dir das Kleid dann ausziehen und niemand anderes", flüsterte er, ich wurde rot wie eine Tomate und kicherte etwas. „Aber sicher doch Mr Flynn." „Braves Mädchen Mrs Flynn." Wir drehten uns zu den Anderen um, alle klatschten und freuten sich für uns. Lucan führte mich den Gang entlang nach draußen, ich war überglücklich und kurzer Hand saßen wir in der Limousine, die Victor fuhr. Lucan zog mich an sich, küsste mich begierig und ich spürte, wie groß sein Verlangen nach mir war. „Du scheinst zugelegt zu haben", bemerkte er, ich wurde rot und seufzte. „Ja ich habe wirklich zugenommen, aber ich werde demnächst wieder abnehmen." Musste er das so direkt sagen? „Brauchst du nicht, denn das stört mich nicht. Genießen wir einfach unsere Hochzeit und danach die Hochzeitsnacht. Übermorgen fliegen wir zu unserem Ferienhaus auf Kreta", fügte er noch hinzu, ich bekam große Augen und strahlte schließlich.

„Wow das klingt fantastisch", bemerkte ich, Lucan sah noch einmal zu meinem Bauch und drückte den Knopf um mit Victor zu reden. „Halte an der nächsten Apotheke an", befahl er, lies den Knopf wieder los und ich sah ihn sprachlos an. „Wieso das denn?", fragte ich ihn, Lucan sah aus dem Fenster und schwieg die ganze Zeit. Nach nur wenigen Minuten hielt Victor vor einer Apotheke, Lucan stieg aus und schritt zügig ins Geschäft. Ich wartete derweil, sah nach hinten und traf den Blick von Mia im Auto hinter uns. Sie hatte eine Augenbraue hochgezogen, buchstäblich Fragezeichen über dem Kopf und ich hob selber ahnungslos die Schultern. Lucan kam wieder, drückte mir eine Tüte in die Hand und ich schaute hinein. „Ein Schwangerschaftstest?", fragte ich ihn, Victor fuhr weiter und Lucan nickte kurz. Abermals drückte er auf den Knopf und befahl kurz:

„Victor, eine Toilette und zwar sofort!" Nach zehn Minuten hielt Victor vor einem Einkaufszentrum, wir stiegen aus und Bonnie eilte auf uns zu.

„Was ist denn los? Ich dachte wir wollten feiern?", fragte sie, Lucan nahm meine Hand und zog mich wortlos ins Einkaufszentrum. Die Leute blieben stehen, sahen uns an und waren sichtlich überrascht. Konnte ich mir gut vorstellen, denn man sah nicht jeden Tag ein Hochzeitspaar in einem Einkaufszentrum. Lucan suchte die Toiletten auf, fand nach einer gewissen Zeit eine und schob mich in die Damentoilette. Ich hielt den Beutel fest, zwei ältere Damen sahen mir verwundert entgegen und ich verschwand schnell in einer der Kabinen. Etwas unbeholfen durch das Kleid schaffte ich es den Test zu machen, saß dann auf dem Toilettendeckel und wartete die Zeit ab. Es kam mir wie eine Ewigkeit vor, irgendwann sah ich doch drauf und mein Herz schlug vor Freude höher. Zwei Striche-Positiv. Ich war von Lucan schwanger, packte den Test zurück in die Tüte und nachdem ich mir die Hände gewaschen hatte, verließ ich die Damentoilette. Davor standen Lucan, Bonnie, Charlie, Mia, Abby, Victor und Dimitri und sahen mich gebannt an. „Alles in Ordnung?", fragte mich Bonnie, ich reichte den Test an Lucan und dieser musterte ihn wortlos.

Dann erhellte sich sein Gesicht, packte mich und küsste mich als wäre ich sein Rettungsanker. Als er mich wieder los lies, sahen uns alle gebannt an und selbst Jane und Dallas waren ungeduldig. „Rose ist schwanger und erwartet ein Kind. Wir würden gerne erst noch ein Ultraschallbild machen bevor wir die Hochzeit feiern können", sagte Lucan endlich, alle freuten sich und Abby trat auf uns zu. „Dann fahren wir jetzt zu meiner Praxis und danach feiern wir bei euch", schlug sie vor, alle waren einverstanden und wir gingen zu den Autos zurück. Sobald ich in der Limousine saß, folgte Lucan mir und als Victor ebenfalls seinen Platz eingenommen hatte, fuhren wir weiter mit Abigail im Schlepptau. Schon nach zehn Minuten hielten wir vor einem großen Haus, stiegen aus und noch immer hatte Lucan meine Hand in seiner. Abby ging voraus, sperrte die Praxis auf und sobald wir drinnen waren, sperrte sie wieder zu. Die Frauenärztin führte uns ins Behandlungszimmer, dort half Lucan mir aus dem Kleid und ich nahm auf dem Behandlungsstuhl platz, wo Abby mich untersuchte. Dann holte sie das Ultraschallgerät, tat kaltes Gel großzügig auf meinen Bauch und begann das Bild zu machen.

„Oh das ist aber eine schöne Überraschung", platzte es aus ihr heraus, Lucan stand neben mir und war sehr angespannt. „Was ist denn? Ist etwas mit dem Baby?", fragte er, runzelte die Stirn und versuchte irgendetwas zu erkennen. Abby lächelte, druckte zwei Bilder aus und bedeutete Lucan mir zu helfen, während sie den Mutterpass vorbereitete. Lucan wischte das Gel weg, half mir wieder ins Kleid und seine Finger zitterten vor Nervosität. „Nun sag schon Abigail! Was ist denn nun?", drängte er, ich lächelte und Abby gab mir den Mutterpass. „Meinen Glückwunsch Lucan. Du wirst bald stolzer Vater von drei wunderbaren Babys sein", gestand sie, Lucans Augen weiteten sich und sein Mund klappte praktisch auf.

„W...Wie bitte? Sagtest du gerade Drillinge?", hakte er noch einmal nach, Abigail nickte bestätigend und freute sich für uns. „Drei kleine Engel von dem Mann den ich über alles liebe. Das ist ein wahrlich schönes Geschenk", bemerkte ich, Lucan hatte sich vom Schock erholt und küsste mich sanft. „Sei in der Schwangerschaft vorsichtig, denn es ist ein Risiko und ruhe dich mehr aus. Jetzt lasst uns die Hochzeit feiern", meinte Abby, wir folgten ihr nach draußen und fuhren dann zur Hochzeitsfeier.

Kapitel 37

Zwei Tage später saßen wir im Flugzeug Richtung Kreta und Lucan kümmerte sich liebevoll um mich. Er hatte mir ein Kissen in den Rücken gepackt, mich zugedeckt und eine Tasse Tee hingestellt. Nachdem Abby mich noch einmal untersucht hatte gab sie grünes Licht und wir konnten unsere Flitterwochen machen. Während ich ein Buch las, hörte Lucan Musik und entspannte sich dabei. Das war auch gut so, denn er kümmerte sich viel zu sehr um mich und lies mich nicht mehr aus den Augen. Natürlich war das total süß gewesen, ich freute mich und es gefiel mir auch. Der Flug zog sich dahin, das Flugzeug setzte irgendwann zur Landung an und rollte dann aus. Lucan packte die Kopfhörer weg, ich erhob mich und legte die Decke zur Seite. „Ich werde das Auto raus fahren und du kannst dann einsteigen", meinte Lucan, das Flugzeug kam zum stehen unddie Tür öffnete sich. Lucan stieg zuerst aus, ging die Treppe runter und ich folgte ihm langsam.

Wir waren auf einem kleinen Landeplatz auf Kreta, es war herrliches Wetter und sehr warm. Lucan fuhr das Auto vor, ich stieg zu ihm ein und als ich ebenfalls angeschnallt war, fuhr er los zum Ferienhaus. Unterwegs hörten wir seine klassische Musik, ich schaute mir die Gegend an und lächelte. „Das Ferienhaus wird dir gefallen Liebling. Direkt am Strand, mit einem wundervollen Blick auf das Meer und einem wunderschönen Sonnenuntergang. Einfach nur herrlich", fing Lucan an, ich wandte mich ihm zu und lächelte ihn voller Liebe an. Mein Ehemann! Das klang wie Musik in meinen Ohren, Lucan warf mir einen Blick zu und dieser war voller Liebe und Zuneigung zu mir. Diesen ehemaligen Vampir hatte ich endlich an mich gebunden, wir würden zusammen alt werden und irgendwann auf der Veranda unseres Hauses sitzen, während unsere Enkelkinder im Garten spielten. Eine wundervolle und schöne Zukunft, Lucan hielt endlich vor dem Ferienhaus und wir stiegen aus. Mein Blick wanderte über die Fassade des Hauses während Lucan die Koffer holte und sie zur Tür trug. Das Haus war groß umzäunt von einem weißen Palisadenzaun und Blumenbeete verzierten den Weg zum Eingang. Langsam näherte ich mich dem Ferienhaus, schaute mich interessiert um und fand diese ruhige ländliche Gegend einfach nur wundervoll. Sobald ich ins Haus trat wehte mir ein lauer Wind entgegen und ich lächelte vor mich hin.

 Eine Wendeltreppe führte nach oben, dort waren Schritte zu vernehmen und ich sah mir alles ganz genau an. Das Wohnzimmer war gerade aus an der Wendeltreppe vorbei, hatte auch eine Sofalounge in weiß und ein riesiger Fernseher war in der Wand eingelassen. Auf der linken Seite war eine Glastür, diese führte auf eine Terrasse und von dort aus konnte man auf das Meer blicken. Durch einen Durchgangsbogen kam man in die hochmoderne Küche, von dort aus weiter in ein Esszimmer und es sah fast so aus wie unser Haus in New York. Bis auf die Wendeltreppe und der Terrasse, denn wir hatten eine Veranda gehabt. „Schatz komm ruhig nach oben und sieh dich hier um. Es ist genauso schön wie der untere Bereich", rief Lucan, ich lächelte und stieg die Wendeltreppe hinauf. Oben führte ein Gang nur nach rechts, drei Türen waren zu sehen und eine Tür am Ende des Ganges stand offen. Langsam ging ich darauf zu, betrat das Schlafzimmer und Lucan packte gerade die Sachen aus den Koffern in den Schrank.

 Das Bett war riesig gewesen, hatte eine weiße Bettwäsche und weiße Vorhänge. Eine große Fensterwand zierte die linke Seite des Schlafzimmers und von dort aus konnte man ebenfalls auf das Meer schauen. Einfach nur unglaublich. Ich war davon sehr eingenommen, bekam den Blick nicht mehr davon los und erst als ich den warmen Atem von Lucan an meinem Hals spürte, löste ich den Blick vom Meer. Sanft glitten seine Finger in meinen Nacken, er drehte mich zu sich herum und begann mich zart zu küssen. Seine Zunge bat um Einlass dem ich ihm gerne gewährte und unsere Zungen fochten einen kleinen Kampf aus. Automatisch schlang ich meine Arme um seinen Hals, er zog mich enger an sich und seine Hand ruhte auf meinem Po, dem er einen kleinen Klaps gab. Langsam wanderte seine Hand nach oben, umfasste meine linke Brust und streichelte sie durch den Stoff hindurch. Sofort wurde meine Brustwarze hart, drückte gegen den Stoffe des Pullovers und Lucan zog ihn mir sofort aus, da es sowieso zu warm war.

 Der Pullover landete auf dem Boden, Lucans Hände waren auf meinen Hüften und strichen dann über die kleine Wölbung des Bauches. „Ich bin gespannt was die Drillinge werden", flüsterte er, trat wieder hinter mich und küsste meinen Nacken, während er die Träger meines BHs von den Schultern strich. Dabei küsste er sich weiter voran, befreite nebenbei meine Brüste, umfasste sie mit beiden Händen und knetete sich leicht hart. „Sind deine Brüste größer geworden?", fragte er mich leise, ich gluckste und lehnte mich an ihn. „Ja das ist normal, denn da ist dann die Milch für die Babys da", antwortete ich, Lucan brummte verstehend und zog und zwirbelte meine Brustwarzen bis sie hart und aufrecht standen. Ich hatte die Augen geschlossen, genoss seine Berührungen auf meinem Körper und Hitzewellen schossen durch meine Adern. Heiße Küsse wanderten an meinem Hals entlang, er knabberte an meinem Ohrläppchen und biss mir sanft in den Hals was mich total schwach machte. Lucan kniete sich hinter mich, streifte mir die Hose samt Slip, Schuhe und Strümpfe von meinem Körper und hauchte meine kalte Haut an. Liebevoll spreizte er meine Pobacken, begann mich zu streicheln und drang dann mit einem Finger dort ein.

Ich stöhnte lustvoll auf, er bewegte den Finger und drang dann mit einem zweiten Finger in mich ein um mich weiter auszudehnen. Dabei strich er mit der anderen Hand über meine rechte Pobacke und schlug kurz hart auf die Stelle was leicht schmerzte. Langsam löste er sich von mir, nahm, ein Seidentuch und verband mir die Augen. Dann führte er mich zum Bett, half mir mich auf einem Stapel Kissen zu liegen und da ich nicht auf dem Bauch liegen durfte, war es auf dem Rücken. Lucan winkelte meine Beine an, spreizte diese und fesselte meine Hände ans Bett. Dann verschwand er kurz, ich lauschte und hörte wie eine Schublade geöffnet und dann geschlossen wurde. Die Matratze sank bei meinen Füßen leicht ein, kaltes Gleitgel wurde großzügig auf meinen Po aufgetragen und dann drückte etwas dagegen was ebenfalls Gleitgel besaß. Langsam und vorsichtig schob er das Etwas in meinen Po was mich weiter ausdehnte, bis es in mir drinnen war und er davon abließ. Lucan begann mich wieder zu küssen, streichelte mich voller Leidenschaft überall und drang dann komplett in mich ein.

Für einen kurzen Moment hielt er inne, mein Herz schlug schneller und mein Blut pulsierte in meinen Adern. „Lucan bitte", flehte ich, wollte endlich Erlösung und mein

Ehemann gluckste leise. „Du bist zu ungeduldig meine Liebe", hauchte er mir entgegen, fing an sich zu bewegen und ich kam ihm ungeduldig entgegen. „Du bist so eng und durch den Analplug ist es ein noch engeres Gefühl", gestand er, bewegte sich provozierend langsam und reizte mich bis zum Äußersten. Es fühlte sich für mich ebenfalls so eng an, war einfach unglaublich und ich stöhnte schon lauter. Als der Orgasmus heran nahte, spürte Lucan die Zuckungen und stieß härter zu bis wir beide laut stöhnend zu unserem Ziel kamen. Lucan entfernte zuerst den Analplug, dann löste er sich von mir und machte die Fesseln samt Augenbinde ab. Ich war müde geworden, rollte mich ein, Lucan deckte mich zu und ich schlief sofort ein. Ein leckerer Duft von frisch gebackenem Kuchen wehte mir entgegen, ich wachte auf und räkelte mich in den Kissen.

Dann stand ich auf, zog frische Unterwäsche an, schlüpfte in ein weißes Sommerkleid und ging nach unten dem leckeren Duft entgegen. Auf der Terrasse war der kleine Tisch gedeckt, ein Sonnenschirm aufgestellt und es stand ein purer Schokoladenkuchen zum Verzehren bereit. „Hallo meine Schönheit und Frau meines Lebens. Hast du gut geschlafen?", fragte Lucan, trat auf mich zu und küsste mich sanft. „Ja bis mich so ein köstlicher Duft weckte und ich der Sache auf den Grund gehen musste", antwortete ich, wir setzten uns und eine leichte Brise kam uns entgegen was gut war, denn es war schon fast eine unerträgliche Hitze gewesen. Es gab etwas zu trinken, aber keinen Kaffee sondern Vitaminsaft und Orangensaft und Lucan legte mir ein Stück vom Schokoladenkuchen auf den Teller. Selber tat er sich auch ein Stück auf den Teller und wir begannen zu essen. Der Kuchen schmeckte köstlich, ich lächelte und Lucan sah mir an, dass der Kuchen schmeckte. „Den habe ich in der Zeit gebacken als du geschlafen hast", erklärte er mir kurz, ich nickte und trank einen Schluck vom Vitaminsaft.

„Er schmeckt fantastisch Schatz! Einfach nur wunderbar und bei so einer schönen Gegend passt es auch gut dazu", erwiderte ich, Lucan freute sich und wir aßen fast den ganzen Kuchen auf. Danach räumte Lucan den Tisch ab, lies das Trinken stehen und gemeinsam genossen wir den anfangenden Sonnenuntergang. Alles wurde in pures Gold getaucht, ich sah zu Lucan und seine Augen schienen durch die Sonne heller zu sein. Sie strahlten wie zwei Sterne, ich lächelte und freute mich noch immer diesen sturen dominanten Mann geheiratet zu haben. „Was werden wir die zwei Wochen alles tun?", fragte ich ihn nach einer Weile, lächelte und schaute mir den rot goldenen Himmel an. „Wir werden uns ein paar Sehenswürdigkeiten anschauen und auch noch an den Strand gehen. Natürlich ganz langsam und ruhig, denn wir werden nichts überstürzen. Es ist eine Risikoschwangerschaft und ich will nichts riskieren Liebes", antwortete er, ich wandte mich zu ihm und lächelte ihn an. „In Ordnung mein dominanter Ehemann.

Da kann ich ja gar kein böses Mädchen sein", kicherte ich, Lucan hob eine Augenbraue und gluckste darüber. „Hier im Haus gibt es ebenfalls ein Spielzimmer und ich denke dort werden wir auch Spaß haben. Sofern es den Drillingen nicht schadet, denn ich will nichts riskieren und irgendetwas tun, was ihnen schadet", fügte er noch hinzu, ich nickte langsam und atmete tief durch. „Ja ich denke auch, dass du den Flogger nicht mehr benutzen kannst." „Aber ich kann dir noch immer den Hintern verhauen, denn da passiert nichts." Ich kicherte darüber, wir saßen noch lange auf der Terrasse und gingen schon fast im Morgengrauen ins Bett. Am nächsten Tag wachten wir erst gegen Mittag auf, ich streckte mich und sah in Lucans

Gesicht. Mein geliebter Ehemann war schon wach, seine dunkelblauen Augen musterten mich und ein Lächeln umspielte seine Lippen. „Guten Morgen Liebes, hast du gut geschlafen?", fragte er mich, ich beugte mich zu ihm hinüber und gab ihm einen innigen kurzen Kuss.

„Ja das habe ich Schatz und ich bin bereit für den ersten Tag, die Sehenswürdigkeiten anschauen", antwortete ich, verließ das Bett und tapste komplett nackte ins Badezimmer. Dort erledigte ich meine morgendliche Wäsche, trocknete mich nach dem Duschen ab und sobald ich sommerliche Sachen angezogen hatte, ging ich nach unten in die Küche. Lucan hatte das Frühstück schon hergerichtet, saß am Tisch, trank seinen Kaffee und las eine Zeitung. Ich setzte mich dazu, begann ein Brötchen zu schmieren und frühstückte ausgiebig, da ich Hunger hatte. Morgendliche Übelkeit? Fehlanzeige, denn es ging nur zwei Tage und dann war Schluss gewesen. Ein Glück für mich, denn es war ziemlich nervig und Lucan hatte sich deswegen schon Sorgen gemacht.

Mein Mann legte die Zeitung beiseite, frühstückte nun ebenfalls und lies sich viel Zeit. Nach einer halben Stunde waren wir gesättigt, Lucan räumte alles weg und reichte mir Sonnenbrille und Sonnenhut. „Du solltest geschützt sein, damit du keinen Sonnenstich bekommst", erklärte er mir, ich setzte Beides auf und als Lucan seinen Autoschlüssel und seine Sonnenbrille hatte, traten wir nach draußen und fuhren kurz darauf ins Zentrum von Kreta.

Kapitel 38

Das Zentrum war groß gewesen, Lucan parkte das Auto in einer Parklücke, stieg aus und kam um das Auto herum um mir die Tür zu öffnen. Ich stieg aus, schaute mich um und Lucan schloss das Auto ab. Wir waren in Stalis, viele alte Gebäude standen rechts und linkseiner Straße und besaßen ebenfalls viele Geschäfte. Ich hakte mich bei Lucan unter, wir wandten uns nach rechts und gingen los. Gemächlich gingen die Bewohner durch die Straße, Touristen mischten sich darunter und sahen sich die Geschäft an. Wir kamen nach einer Weile bei einem Café an, setzten uns ins Kühle und schauten uns die Karte an. Ich wählte ein Erdbeereis mit vielen Früchten und Schlagsahne und Lucan nahm ein Stück Obstkuchen mit einer Tasse Kaffee. Eine Bedienung kam, es war ein junger Mann und während er unsere Bestellungen entgegen nahm, flirtete er mächtig mit Lucan. Ich verkroch mich hinter der Karte, unterdrückte ein breites Grinsen und tat so als ob ich es nicht mitbekam. Sobald die Bedienung wieder gegangen war, warf ich einen Blick zu Lucan und prustete los. Lucan sah total angepisst aus, presste die Lippen aufeinander und ihm war nicht zum lachen zumute.

„Muss ich mir jetzt Sorgen machen? Vielleicht gefällt es dir ja und du schwimmst dann zum anderen Ufer", fing ich an, Lucan warf mir einen giftigen Blick zu und ich musste lachen. „Das kannst du vergessen junge Dame, denn ich stehe nicht auf Männer", knurrte er, die schwule Bedienung kam wieder, stellte zuerst mir das Eis hin und dann das Stück Obstkuchen samt Kaffee für Lucan. Sobald der schwule schnuckelige Typ weg war, zog Lucan eine Karte hervor und als ich erkannte, dass es eine Telefonnummer war, musste ich herzhaft lachen. „Oh Gott ist das süß Lucan! Du hast einen Verehrer", brachte ich hervor, Lucan legte die Nummer zur Seite und begann seinen Kuchen zu essen. Ich machte mich an mein Eis ran, für eine Weile war es still und ich genoss ebenfalls die Kühle des Cafés. Schließlich tat mir die Hitze einfach nicht gut, Lucan warf mir einen Blick rüber und bekam sofort einen besorgten Gesichtsausdruck. „Geht es dir gut? Du bist ziemlich blass im Gesicht", bemerkte er, ich erwiderte seinen Blick und nickte langsam. „Ja denn wir sitzen hier drinnen und nicht draußen in der Sonne wo es zu warm ist.

Die Wärme tut mir einfach nicht gut", erwiderte ich, Lucan wurde noch besorgter und aß seinen Kuchen auf. „Dann lassen wir das mit den Sehenswürdigkeiten und bleiben beim Ferienhaus und dem Strand. Ich will nicht, dass du zusammenklappst und im Bett liegen musst. Und keine Widerrede", sagte er bestimmt, sah mir beim Eis essen zu und duldete kein protestieren. „Aber es wäre doch schön, wenn wir uns einiges Sehenswürdigkeiten anschauen würden", widersprach ich, Lucan traf meinen Blick und eigentlich sollte es mich verängstigen, doch ein leichtes Ziehen in meiner unteren Region machte sich sofort bemerkbar. „Rosalie Flynn! Wir fahren dann wieder zurück zum Ferienhaus und bleiben dort! Widerspreche mir hier nicht", knurrte er, ich lächelte und aß die letzte Erdbeere. „Pah Lucan Flynn! Ich bin ein eigenständiger Mensch und kann tun und lassen was ich will. Also mein Lieber? Ich protestiere und widerspreche hier und jetzt genau", schmollte ich, Lucan verengte die Augen und ich streckte ihm noch die Zunge raus.

Das wars. Dafür kam ich ins Spielzimmer und er würde mich bestrafen. Lucan bezahlte die Rechnung, erhob sich und ich folgte ihm nach draußen, wo wir uns unter die Menge mischten. Abermals hakte ich mich bei ihm unter, flehte ihn regelrecht an und am Ende gab er nach, wenigstens mit mir zum Archäologischen Museum-Heraklion zu fahren. Also saßen wir in seinem Porsche, fuhren die Straße entlang und hörten Musik. Ich lächelte, hatte gegen Lucan gewonnen und freute mich wie ein kleines Kind. Die Fahrt dauerte eine ganze Stunde, wir kamen ins Zentrum der Stadt Heraklion und Lucan parkte sofort vor dem Museum. Abermals öffnete er mir die Tür, ich stieg aus und gemeinsam gingen wir nach drinnen. Im Museum war es kühl, Lucan bezahlte den Eintritt und wir gingen langsam durch die Räume. Im Erdgeschoss gab es 13 frei zugängliche Räume, wir sahen viele Schätze und ich war ehrlich begeistert, während Lucan auf mich aufpasste. Sobald wir die 13 Räume durchschritten hatten gingen wir nach oben und dort befanden sich die Überreste der byzantinischen Zeit.

Auch Fragmente der Fresken, die einst im Palast von Knossos beheimatet waren, schauten wir uns an. Irgendwann hatte Lucan keine Lust mehr und zog mich wieder nach draußen. „Jetzt fahren wir aber wieder nach Hause, dort ruhst du dich aus und schläfst ein bischen", sagte er bestimmt, ich kicherte und widersprach erst gar nicht. Auf dem Weg zurück gähnte ich plötzlich, Lucan warf mir einen Blick zu und sah dann wieder auf die Straße. „Gute Idee mit dem Schlafen. Ich bin müde geworden und werde mich auch etwas hinlegen", gab ich zu und gähnte abermals. Plötzlich fielen mir die Augen zu, ich lächelte leicht und schlief sogleich ein. Der Schlaf war sehr fest, ich wachte erst am darauffolgenden Tag auf und die Sonne schien wieder. „Du hast lange geschlafen was wohl normal ist, denn ich habe Abby angerufen und sie klärte mich auf", fing Lucan an, der mich wie immer beobachtet hatte und ich lächelte. „Ja scheint so", erwiderte ich und setzte mich auf. „Wir gehen den Tag heute im ruhigen an und werden nichts überstürzen.

Überhaupt nichts." „In Ordnung obwohl es gestern nicht zu viel war", erwiderte ich, stand auf und wollte ins Badezimmer, als Lucan mich in die Arme zog und sanft zu küssen begann. Ich erwiderte diesen Kuss, seine Hände strichen über meinen Bauch und er hatte ein Lächeln auf den Lippen. Dann kniete er sich hin, küsste meinen Bauch und legte ein Ohr drauf. „Hallo meine drei Goldengel. Wir freuen uns schon, wenn ihr auf der Welt seid", flüsterte er, ich lächelte und strich ihm über den Kopf. Nach ein paar Minuten erhob er sich wieder, gab mir abermals einen Kuss auf die Lippen und einen Klaps auf meinen Po. „Los ab unter die Dusche, damit ich dann auch das Wasser genießen kann", sagte Lucan bestimmt, ich lächelte und verschwand im Badezimmer. Kurz darauf stand ich unter der Dusche, meine Lebensgeister erwachten und ich hatte neue Energie für den heutigen Tag gehabt. Nach der Dusche trocknete ich mich gründlich ab, trat nackt aus dem Badezimmer und suchte mir Klamotten für den Tag raus.

Einen rosanen Bikini da ich an den Strand wollte, ein gelbes Sommerkleid mit einer Schleife auf dem Dekolletee und dazu passende gelbe Ballerinas. Lucan war im Badezimmer verschwunden, ich hörte das Rauschen der Dusche und ging derweil nach unten. Auf der Terrasse stand schon das Frühstück bereit, ich lies mich am Tisch nieder und trank einen Schluck vom Orangensaft. Der Duft von Männerduschgel wehte zu mir rüber, kurz darauf erschien der Mann dazu und lies sich ebenfalls am Tisch nieder. Er trank einen Schluck vom Kaffee, schmierte sich ein Brötchen und reichte mir eine Hälfte davon. Ich bedankte mich, begann zu frühstücken und sah zum Strand. „Heute möchte ich an den Strand", begann ich ein Gespräch, Lucan warf mit einen Blick zu und musterte mich genau. „In Ordnung.

Ich packe einen Korb mit Essen und trinken und wir nehmen einen Sonnenschirm mit", erwiderte er, ich lächelte und während ich weiter frühstückte, begann mein Mann die Zeitung zu lesen. Es war wieder ein herrlicher Tag gewesen, als ich fertig war räumte Lucan den Tisch ab und packte ein paar Sachen zusammen.

Danach nahm er den Korb und meine Hand, wir verließen das Ferienhaus und gingen runter zum Strand von Vai. Der Strand samt Ferienhaus befand sich im Osten der Insel, war ein magischer Anziehungspunkt für Touristen aus aller Welt und wir bemerkten es, als wir dort ankamen. Lucan suchte einen ruhigen Platz, breitete dann die Decke aus und stellte den Sonnenschirm auf. Ich lies mich auf der Decke nieder sobald ich das Kleid und die Ballerinas ausgezogen hatte und als Lucan neben mir saß, begann er mich einzucremen. „Du sollst keinen Sonnenbrand bekommen und ebenfalls auch keinen Sonnenstich", bemerkte er, ich lächelte und setzte dann die Sonnenbrille auf. Lucan tat es mir gleich, legte sich dann hin und genoss das Wetter. Ich schaute mich um, legte dann die Sonnenbrille weg, erhob mich und ging ins Wasser. Es war angenehm warm gewesen, ich schwamm etwas hinaus und lies mich dann auf dem Rücken treiben.

Jemand erschien neben mir, es war Lucan und er zog mich in an sich um mich zu küssen. Dabei hielt er mich fest, seine Hände lagen auf meinen Hüften und unsere Zungen fochten einen kleinen Kampf aus. „Wusstest du das du nach Vanille und Erdbeereis schmeckst?", fing er an, wir lösten uns voneinander und ich lächelte leicht. „Wirklich? Bis jetzt wusste ich es selber nicht", erwiderte ich, Lucan grinste und küsste mich abermals nur intensiver. Wir vergaßen alles um uns herum, hatten nur noch uns und das Wasser, was uns sanft trug. Nach einer halben Ewigkeit lösten wir uns wieder voneinander, schwammen zurück zum Strand und dort trocknete Lucan mich ab. Als er sich ebenfalls abtrocknete lies ich mich auf der Decke nieder, öffnete den Korb und holte eine Flasche Orangensaft hervor, aus der ich sofort trank. Lucan setzte sich zu mir und holte aus dem Korb etwas zu essen. Obstsalat. Er reicht mir etwas davon, ich bedankte mich und begann zu essen.

„Du brauchst viele Vitamine für das Baby in unserem Falle den Drillingen und das ist sehr wichtig. So steht das zumindest in den Broschüren und ebenfalls im Internet", erklärte er mir nach einer Weile, ich wandte den Blick vom sagenhaften Meer ab und sah Lucan lächelnd an. „Das hätte ich dir auch sagen können Schatz." „Ach was! Mum und Abby haben ebenfalls mit ausgereicht." Ich grinste breit und musste schließlich herzhaft lachen. „Jetzt bist du bestimmt sehr gebildet und kannst am Ende die Rolle der Hebamme übernehmen", brachte ich raus, bekam Kopfkino mit Lucan in der Hauptrolle mit Kittel und Häubchen und bei diesem Gedanken musste ich noch mehr lachen. Lucan zog eine Augenbraue hoch, ich hatte schon Tränen vor Lachen im Gesicht und bekam Bauchschmerzen dazu.

„Wieso lachst du denn jetzt so? Was ist denn so witzig?", fragte er mich, ich wischte mir die Tränen weg und atmete tief durch. „Ich habe dich mir als Hebamme vorgestellt mit Kittel und Häubchen. Das brachte mich zum lachen", antwortete ich schließlich, Lucan runzelte kurz die Stirn und warf sich dann auf mich um mich durch zu kitzeln. Ich lachte und quietschte als er mich durch kitzelte, mir kamen abermals die Tränen und ich versuchte von ihm loszukommen. Erst nach einer halben Ewigkeit hörte er auf, ich beruhigte mich und mein Herz nahm einen normalen Rhythmus ein. „Genug gestraft für heute. Jetzt entspannen wir einfach und genießen unsere Flitterwochen", meinte er, setzte sich die Sonnenbrille auf und legte sich auf den Rücken. Ich tat es ihm gleich, schloss die Augen und genoss die leichte Brise. Unsere Flitterwochen verliefen fast immer gleich, wir fuhren shoppen, gingen ein Eis essen, spazierten am Strand entlang als die Sonne unterging und besuchten noch ein paar Sehenswürdigkeiten.

Die zwei Wochen vergingen wie im Flug, ich kam derweil in den dritten Monat und Lucan freute sich mit jedem Tag neu auf die Drillinge. Am letzten Tag der zwei Wochen packte Lucan unsere Koffer, verschloss sie gut und verstaute sie im Auto mit samt den Einkäufen der Shoppingtour. Ein letztes Mal schaute ich auf das Meer, lächelte dabei und stieg dann zu Lucan ins Auto. Später im Flugzeug entspannte ich mich, hörte Musik und schlief die ganze Zeit.

Kapitel 39

Vier Monate später ...
Mittlerweile war ich im siebten Monat, mein Bauch war beträchtlich gewachsen und ich konnte mich kaum noch bewegen. Ob ich noch etwas alleine tat? Ja und zwar duschen, baden, auf die Toilette gehen, essen und trinken. Lucan übernahm den Rest, tat alles für mich und war dabei sehr ernst. Der Sex fiel ebenfalls aus, Lucan wollte den Babys nichts antun und trug sozusagen den Keuschheitsgürtel. Ich saß gemütlich auf einer Liege die auf der Veranda unseres neuen Hauses stand, las ein Buch und hatte eine Decke auf mir liegen. Lucan brachte eine kleine Torte nach draußen, stellte alles auf den kleinen Tisch ab und reichte mir einen Teller. „Danke Liebster", bedankte ich mich, lächelte ihn an und begann das Stück Torte zu essen. Lucan tat es mir gleich, lächelte ebenfalls und musterte meinen Bauch. „Du siehst aus wie ein Luftballon kurz vor dem Platzen", bemerkte er, ich lachte und zwinkerte ihm zu. „Ja ich weiss Schatz. Es sind jetzt noch zwei Monate, wenn überhaupt. Wahrscheinlich kann es auch schon in den nächsten Tagen passieren", erwiderte ich, Lucan nickte ernst und nahm sich ein zweites Stück von der kleinen Torte. Auf einmal wurde es nass unter mir, ich sah zu Lucan und er sprang auf, als ob er es geahnt hätte. „Ganz ruhig. Ich gehe deinen Koffer ins Auto verstauen und du ziehst dir etwas Anderes an", meinte er, war total ruhig und ich ging ins Schlafzimmer. Dort zog ich mir eine trockene Hose an, machte mich auf den Weg

nach unten und Lucan hielt mir die Tür der Beifahrerseite auf. Ich lies mich auf den Sitz sinken, schnallte mich an und sobald Lucan hinter dem Steuer saß, fuhr er eilig zum Krankenhaus. Unterwegs rief er Abby an, erklärte ihr die Situation und beendete nach nur wenigen Minuten das Gespräch. Äußerlich gab er sich ruhig und gelassen, doch innerlich war er total aufgeregt. Vor dem Krankenhaus fand er schnell einen Parkplatz, stieg aus dem Auto und rannte rein um kurz darauf mit einem Rollstuhl neben mir zu halten. Dann half er mir mich hinein zu setzen, schob mich ins Krankenhaus und Abby wartete schon auf uns. „Na dann schauen wir doch mal oder?", fing sie an, führte uns in einen Untersuchungsraum und sobald ich auf dem Stuhl saß, untersuchte sie mich gründlich, wobei sie auch einen Ultraschall machte. „Mhm eine natürliche Geburt können wir leider nicht machen, denn der kleine Fratz liegt quer und versperrt sozusagen den Ausgang", erklärte sie, Lucan wischte das Gel von meinem Bauch und als ich dann ein T-Shirt an hatte, fuhr er mich im Rollstuhl in ein anderes Zimmer. Dort sollte ich mich auf eine Liege setzen, ein Arzt erschien und er stellte sich als Dr. Mortis vor. Ganz genau erklärte er uns die Betäubung, Lucan hielt meine Hand und half mir dann in ein tolles Krankenhaushemd. Dann solle ich einen richtigen Buckel machen und sie machten die Betäubung was ziemlich schmerzhaft war. Während wir auf die Wirkung warteten zog Lucan einen grünen Kittel an, setzte einen Mundschutz auf und man schob mich in den OP-Saal. Mit einem Tuch verdeckte man mir die Sicht auf den Bauch, ich wurde an einen Tropf gehängt und an Geräte zur Überwachung angeschlossen. „Spüren Sie das hier?", fragte mich Dr. Mortis, ich verneinte und hatte Herzklopfen. Lucan saß an meinem Kopf, strich mir über die Wange und wartete voller Ungeduld. Nach ein paar

Minuten erfolgte der erste Schrei, ich lächelte und man zeigte mir das erste Baby. Ein Mädchen. Kurz darauf folgte der zweite Schrei, ebenfalls ein Mädchen und Lucan strahlte. Plötzlich ging es mir gar nicht gut, alles wurde schwarz vor meinen Augen und das Letzte was ich vernahm war ein lautes Piepen...

Überall Dunkelheit um mich herum. Die Stille drückte auf meine Ohren, ich sah nur das Schwarz, bis ich einen hellen Lichtfleck vor mir erkannte. Es kam immer näher, war angenehm warm und tat in den Augen überhaupt nicht weh. Vor mir erschienen meine Eltern wie Flimmerbilder und sie lächelten mir zu. „Deine Zeit ist noch nicht gekommen Spätzchen. Du musst zurück", sagte meine Mutter, ich sah kurz nach hinten und da war nur die Dunkelheit. „Aber wir sehen uns wieder oder?", fragte ich, beide nickten gleichzeitig und ich war erleichtert. „Wir werden hier auf dich warten bis es soweit ist und bis dahin lebe dein Leben. Du wirst niemals alleine sein, denn wir passen auf euch auf und sind immer an deiner Seite. Nur siehst du uns nicht", meinte mein Vater, ich atmete zitternd tief durch und wischte mir schnell die Tränen weg. „Ja irgendwann sehen wir uns wieder", erwiderte ich, wandte mich von meinen Eltern ab und verschwand in der Dunkelheit...

Abrupt wurde ich ins Leben zurückgeholt, es piepte und ich öffnete die Augen. „Sie ist stabil Doktor", sagte eine weibliche Stimme, ich wurde durch die Gänge geschoben und in einem ruhigen Zimmer abgestellt. Sofort erschien Lucan, war regelrecht blass und hatte rote verweinte Augen. „Oh Gott Rose! Ich hatte schon gedacht, dich für immer verloren zu haben. Du hast plötzlich sehr viel Blut verloren und du warst für ein paar Minuten tot. Den Drillingen geht es gut, sie sind gesund und liegen in den Brutkästen", flüsterte er, setzte sich auf einen Stuhl und nahm meine Hand in seine. „Es geht mir gut Schatz. Ich bin nur etwas müde", erwiderte ich, Lucan nickte und gab mir einen sanften Kuss auf die Stirn. „Dann schlafe etwas meine Liebe. Ich leiste dir hier Gesellschaft und werde dich nicht alleine lassen." Ich lächelte, schloss die Augen und schlief sofort ein. Irgendwann wachte ich auf, fühlte mich kräftiger und setzte mich auf. Die Tür wurde geöffnet, Lucan erschien und hinter ihm seine Eltern samt Mia. „Rosalie! Erzähl, wie geht es dir?", fragte sie mich, setzte sich mit ans Bett und Lucan stellte etwas zu trinken hin. „Schon besser Mia. Zumindest fühle ich mich nicht mehr wie ein Luftballon", antwortete ich, Mia lachte und Charlie stellte drei Tüten ab. Zwei Rosane und eine Blaue. Für Rachel, Isabella und Hunter. „Du kannst dann gleich zu den Drillingen", fing Lucan an, ich lächelte und freute mich. „Das ist schön. Ich will sie endlich sehen", erwiderte ich, nahm die Flasche Bananensaft entgegen und trank etwas daraus. Abby erschien im Zimmer, hatte einen Rollstuhl dabei und Lucan half mir mich dort hinein zu setzen. Während er mich durch die Gänge schob folgten uns Charlie, Bonnie und Mia und in einem Zimmer hielten wir an. Dort standen drei Brutkästen, alle versehen mit einem niedlichen Kärtchen und dort standen die Daten drauf.

Name: Hunter Flynn
Gewicht: 2500g
Größe: 48cm
Name: Isabella Flynn
Gewicht: 2350g
Größe: 48cm
Name: Rachel Flynn
Gewicht: 2400g
Größe: 49cm

Lucan schob mich zwischen die Brutkästen, ich schaute mir die Drillinge an und war sehr stolz auf sie genauso wie Lucan. Er sah mit einem Blick voller Liebe auf seine Kinder, seine Augen strahlten wie zwei Sterne am Himmel und er konnte sich nicht an ihnen sattsehen. Eine Krankenschwester erschien, lächelte uns an und blieb vor uns stehen. „Möchten Sie mal ihre Babys auf den Armen halten?", fragte sie uns, wir waren sofort einverstanden und sie gab uns die Babys. Sie waren so winzig und klein, Bonnie machte Fotos zur Erinnerung und wir waren stolze Eltern gewesen. „Jetzt ist unser Glück perfekt", fing Lucan an, gab mir einen Kuss und musterte dann die kleine Rachel. „Die sehen so süß aus! Wie kleine Engel", bemerkte Mia, ich gab ihr Hunter und sie strahlte ebenfalls. „Ja unsere Engel und das Zimmer ist auch fertig für die Drillinge", meinte Lucan, ich sah ihn an und lächelte selber. „Du hast dir auch sehr viel Mühe dafür gegeben und ich freue mich schon, wenn wir nach Hause kommen. Da fühle ich mich wenigstens wohl." „Ein paar Tage wirst du noch bleiben müssen und dann geht es nach Hause. Ich habe mich mit Abby unterhalten während du geschlafen hast." „Und wie lange sind ein paar Tage?"

„Vier Tage um genau zu sein", antwortete er, die Drillinge meldeten sich und ich gab ihnen die Muttermilch. Lucan strahlte noch immer, saß neben mir und unsere Besucher schwiegen in der Zeit. „Stan und ich werden in sieben Monaten ebenfalls Eltern", fing Mia an, ich half Hunter beim Bäuerchen und sah dann in ihre Richtung. „Das ist aber eine freudige Nachricht Mia und wir freuen uns für euch. Wo ist Stan eigentlich?" „Er richtet das Zimmer jetzt schon her, obwohl wir noch nicht wissen, was es wird und Victor und Dimitri helfen ihm dabei. Dallas und Jane sind im Urlaub und als sie erfuhren, dass die Drillinge auf der Welt sind, haben sie euch viele Glückwünsche gesagt", antwortete sie, Lucan begann die Drillinge zu wickeln und ich lächelte noch immer. „So jetzt wird es Zeit, dass Rosalie etwas isst und danach ein bisschen schläft", sagte Lucan bestimmt, schob mich aus dem Zimmer und die drei Besucher folgten uns. Sobald ich im Bett saß, bekam ich etwas zu essen und Bonnie, Charlie und Mia verabschiedeten sich von uns. „Wir sehen uns ja wieder sobald ihr draußen seid und dann gibt es leckeren Kuchen mit Schlagsahne", meinte Mia, ich lachte und freute mich darauf. Sobald alle Drei weg waren, begann ich zu essen und merkte, dass ich regelrechten Heißhunger hatte. „Iss langsam Schatz, sonst verschluckst du dich noch", stoppte mich Lucan, ich schluckte den Bissen runter und wurde leicht rot. „Tut mir leid aber ich komme mir vor als ob ich seit Tagen nichts mehr gegessen habe." „Stimmt eigentlich auch. Die Drillinge kamen vor drei Tagen auf die Welt", gab er zu, ich trank den Bananensaft und sobald ich fertig war, nahm Lucan das Tablett entgegen.

„Jetzt schlafe etwas und ich gehe derweil in die Cafeteria um selber etwas zu essen." Lucan gab mir einen Kuss, ich legte mich hin und schlief sofort ein. Die vier Tage bis zu meiner Entlassung mit den Drillingen vergingen in Gesellschaft von Lucan schnell und am Entlassungstag wurden die Drillinge zu uns gebracht. Ich gab ihnen die Muttermilch, wickelte sie neu und zog sie warm an. Abby untersuchte mich ein letztes Mal, begutachtete die Narbe sehr genau und gab dann grünes Licht. Also nahm Lucan die kleine Rachel und Hunter, ich hatte Isabella und gemeinsam verließen wir das Krankenhaus. Auf dem Rücksitz des Autos schnallten wir sie gut an, setzten uns vorne rein und als auch wir angeschnallt waren, fuhren wir nach Hause. Die Sonne schien, der Himmel war blau und es war als würde ich meine Eltern lächeln sehen. „Ein neuer

Lebensabschnitt beginnt jetzt für uns Beide, wir ziehen gleich drei Kinder groß und werden die glücklichsten Familie auf der ganzen Welt sein", fing Lucan an, wir hielten in der Einfahrt unseres Hauses und schnallten uns ab. „Ja das sind wir mein dominanter Ehemann, den ich über alles liebe", flüsterte ich, beugte mich zu ihm vor und wir küssten uns voller Hingabe. Danach stiegen wir aus, Lucan brachte schnell den Koffer ins Haus und kam dann wieder zum Auto. Ich schnallte die Drillinge ab, nahm diesmal Rachel und Lucan die anderen Beiden. Sobald er das Auto abgeschlossen hatte, gab er mir einen weiteren Kuss und ging voraus ins Haus. Ich sah diesem wunderbaren Mann hinterher, atmete frisch verliebt tief durch und folgte ihm mit Rachel ins Haus...

Epilog

Drei Jahre später...
Nun stand ich hier an diesem trostlosen Ort, hielt die Hand von Isabella und zog die Jacke enger um mich. Vor uns war ein Grab mit einem gepflegten Grabstein der einen Engel obendrauf hatte und ich seufzte schwer.
Hier ruht:
Lucan Jethro Flynn 20.06.1987-18.11.2015 geliebter Sohn, Vater und Ehemann Wir tragen dich ewig in unseren Herzen!

Der kalte Wind wehte uns entgegen, die Drillinge weinten leise und auch mir liefen die Tränen über die Wangen. Wie das passiert war? Ich erzähle es euch...

Es war vor zwei Wochen passiert als wir in der Stadt waren und Weihnachtseinkäufe erledigten. Der Schnee fiel in weißen Flocken vom Himmel, bedeckte alles und es sah so friedlich aus. An einer Ampel blieben wir stehen, gingen dann hinüber und da passierte das Unglück. Hunter war mitten auf der Straße stehen geblieben, ein Quietschen ertönte und wir sahen einen riesigen Truck der außer Kontrolle geraten war. Geschockt sah ich allem zu, war starr vor Angst und unfähig mich zu bewegen. Es lief dann alles wie in einem schlechten Film ab, ich sah wie Lucan nach vorne rannte und Hunter brutal zur Seite stieß, bevor der Truck ihn erfasste. Ein dumpfes Geräusch drang an meine Ohren, endlich kam der Truck zum stehen und Menschenmassen versammelten sich an der besagten Stelle. Von Weitem ertönten die Sirenen, ich wandte mich zu meinen Kindern um, hockte mich vor sie hin und sah sie an. „Bleibt bitte hier stehen und kommt mir nicht nach. Wartet hier auf mich. Versprecht es mir", sagte ich mit fester Stimme, sie nickten und ich ging los. Wie ferngesteuert kam ich der Menge näher, fühlte mich wie betäubt und als ich dort war, machte die Menge schnell platz.

Da lag er. Blutüberströmt, die Gliedmaßen merkwürdig verrenkt und seine dunkelblauen Augen starrten ins Leere. Betäubt ließ ich mich auf die Knie sinken, fühlte nach dem Puls und fand vergebens irgendein Anzeichen. Der Schnee fiel weiterhin, blieben auf Lucan liegen und meine Tränen vermischten sich mit seinem Blut als die Tropfen darauf fielen. Die Menge machte noch mehr platz, zwei Sanitäter eilten auf uns zu und konnten nach einer kurzen Untersuchung nur noch den Tod feststellen. Ich weinte stumm, gab Lucan einen letzten Kuss, erhob mich und ging zu den Kindern zurück, die nach wie vor auf mich warteten. „Kommt Daddy auch?", fragte Rachel, sie sahen mich an und ich lächelte. „Daddy ist jetzt bei den Engeln, aber er wird uns nie verlassen und in unseren Herzen wird er immer weiter leben", antwortete ich, sie nickten, ich nahm die Hände von Rachel und Hunter und als Isabella die Hand von Rachel nahm, gingen wir nach Hause.

Trauer und Schmerz brachen über mich herein, getröstet von der Familie, die sich um die Beerdigung kümmerten und diese zwei Wochen später am heutigen Tage erfolgte. Wieder fiel neuer Schnee, bedeckte das frische Grab von Lucan und es sah wunderschön aus. „Mummy, schläft Daddy jetzt hier?", fragte mich Isabella, ich wischte mir die Tränen weg und nickte bestätigend. „Gehen wir Rose?" ich sah vom Grab auf, Mia stand neben mir und ich lächelte leicht. „Ja lass uns nach Hause gehen", antwortete ich, wandte mich vom Grab ab und zu fünft verließen wir den Friedhof...

Ein Brief lag zwischen den Blumen auf dem Grab, bedeckt vom Schnee mit den Worten einer liebenden Frau.

Mein lieber Lucan!
Nun liegst du hier in dieser ruhigen Gegend, der Schnee fällt und es ist kurz vor Weihnachten. Die Kinder freuen sich schon auf die Geschenke die wir Beide ausgesucht hatten und sind schon ganz gespannt. Als wir uns das erste Mal begegneten war ich sofort verliebt in die und kämpfte um alles, bis ich gewonnen hatte. Wie viele schöne Stunden wir verbracht hatten konnte ich nicht zählen, doch ich danke dir für das schönste Geschenk, die Drillinge. Als sie sich bewegten, deine Augen strahlten und du hattest jeden Moment genossen.

Als sie auf der Welt waren warst du sehr stolz auf die kleinen Würmchen gewesen und du standest stundenlang davor, konntest dich von ihnen nicht sattsehen. Nun werden sie größer und älter, ich werde irgendwann eine alte Frau sein, auf der Veranda sitzen und unser Wiedersehen entgegen gehen, während unsere Enkelkinder im Garten spielen. Bis dahin werde ich leben, die Zeit genießen und dich immer in meinem Herzen tragen.
Deine dich liebende Frau Rosalie!

Ein starker Wind kam auf, der Schnee wirbelte nach oben und der Brief begab sich in die Luft, immer weiter hoch gen Himmel, bis er für immer verschwand.

ENDE

Über den Autor

Jan Behl ist ein Deutscher Buchautor für Romane und Sachbücher im Bereich der IT. Seine Leidenschaft für das schreiben von Büchern kam nachdem seine Eltern sehr Jung verstarben und er somit sein erlebtes mit dem Schreiben verarbeiten konnte.

© 2021 - Jan Behl
Alle Rechte vorbehalten und der Inhalt entsprang meiner Fantasie. Alle Rechte vorbehalten.

Autor: Jan Behl
BehlMedia - Medien & More
www.behlmedia.de